PUTTE VILL BLI JAN

Jan Modin

# Putte vill bli Jan

En skådespelarhistoria

Förlag: BoD – Books on Demand, Stockholm, Sverige
Tryck: BoD – Books on Demand, Norderstedt, Tyskland

Formgivning omslag: Jonatan Modin

ISBN: 978-91-7969-959-8

Till Anna, Jonatan och Agnes

# Förord

Några säger att ett minne bara är en kopia av det vi senast mindes, eller berättade, om en situation. Kanske det, men var gång minnet uttalas måste det ändå sättas i ett sorts spann mellan nuet och det återberättade "dået". Det är vi själva som håller i tråden som löper genom tiden ända bort till det upplevda och är bilderna nog starka och avgörande, etsar de sig fast.

Våra senare upplevelser kan säkert påverka hur och vad vi minns men det förändrar inte att det fortfarande är vår egen berättelse. Kanske blir bilderna ännu sannare och berättar ännu mer om vilka vi egentligen är.

När jag hade skrivit på den här texten ett tag anade jag att det var en terapi att gå igenom allt. Att tänka, känna och fundera omkring hur jag handlat, eller inte handlat, under min levnad. Att söka svaren på varför jag alltid varit så förbannat noga med att hålla mitt eget ljus under skäppan och varför jag så ofta vikt mig och valt att placera min egen vilja längst bak i kön. Varför jag så länge hade svårt för att ta emot och visa kärlek.

En del svar fick jag visserligen redan under 1986 och jag fungerar lyckligtvis annorlunda sedan många år, men det var först nu, i och med skrivandet, som jag började skönja hur allt verkligen hängde ihop.

Jag förde ner en eller ett par meningar för varje år men började snart att svälla ut och dyka än djupare in i händelserna. När minnesflödet tillfälligt ebbade ut, hoppade jag resolut till en helt annan del av mitt liv, för att där finna andra bilder som till slut förklarade sammanhangen. Här och där kunde jag också tydligt se hur jag utvecklats och vunnit mark i strävan efter att följa min inre röst.

Det var en frihet att kunna växla i tid, flika in, fylla ut och hoppa i kronologin. Att vrida och vända. Det var att kånka upp en minneslåda ur källaren, lägga ut innehållet på gräsmattan och låta solen lysa på det. Ett reningsbad.

Vissa minnen var svartvita, ur fokus, och svårare att få syn på, medan andra sprakade och sved i fyrfärg och tvingade ur mig texten. Minnesbilder från barndom, ungdom och det unga vuxenlivet var lättare att greppa medan mycket av det som skett senare i mitt liv kanske inte alltid fått så stor plats, trots att det just då hade betydelse.

Berättelsen slutar i och med min yngsta dotter Agnes födelse. Hon frågar mig om jag inte har varit med om något minnesvärt efter 2003. Jo, självklart! Massor av fantastiska händelser. Jag har fått följa hennes och Jonatans uppväxt och sett dem utvecklas till kreativa, kärleksfulla och starka unga vuxna. Tillsammans med Angela har jag levt ett fint och händelserikt familjeliv och tankarna på det fyller mig med glädje. Vardagen och alla resor vi gjort tillsammans. Stort och smått.

Jag har blivit morfar till min äldsta dotter Annas och hennes Christians lilla Stavangerflicka Elise. Äventyren bara fortsätter! Men, kanske är det Agnes tur att berätta fortsättningen? Från 2003 och framåt…

Jag kommer att leda er på en resa utmed några av minneslabyrintens alla hållplatser. Först ett par kapitel om mina föräldrars bakgrund och hur de träffades, eftersom det är deras historia som sedan flätas vidare i min egen. Sedan rullar det igång. Alltifrån mina första andetag på BB i Uppsala, förbi barndomsstäder, drunkningstillbud och en livsavgörande otrohetsaffär i mitt föräldrahem.

Ni kommer att glida fram med mig utmed sommarljumma Hälsingeåar och njuta av att för fulla segel klyva Vänerns glittrande vågor men också stranda i olycklig ungdomskärlek och vaga eller obefintliga drömmar om framtiden. Tyvärr kan jag heller inte bespara er plötslig sjukdom som stoppar upp livet i tonårsfamiljen.

Om misshandel, maktlöshet och den starka känslan av att inte riktigt duga någonting till får er att tappa modet kan jag trösta er med att allt snart tar en jublande fart igen när det bär av mot Malmö och Scenskolan, där vuxenlivet på allvar tar sin början.

Följ mig på liftaräventyr mot Medelhavet och var med när jag svimfärdig av nervositet påbörjar mitt första riktiga skådespelarjobb på Stadsteatern i Stockholm. Låt mig berätta om valet att lämna storstadskarriären för det gödseldoftande lilla Landskrona. Upplev en natt med Eagles-jam på Manhattan och en annan med polisjakt i Caracas.

Lyssna till min otroliga längtan och starka förälskelse i Lena och hur den sedan ledde till att jag blev pappa.

Känn sötman av alla framgångar med Skånska Teatern och höj möjligen ett ögonbryn vid beskedet om återinträde i Stockholms kulturliv. Denna gång i sällskap med P. Ramel. Gå vid min sida när jag vandrar förbi några av mina "ups and downs" på olika svenska teaterscener.

Följ mina tankar omkring min uppväxt och hur starkt den påverkat mig och var med  när jag ställer de svåra frågorna till mina föräldrar. Frågor som provocerar och sårar och som är absolut nödvändiga men som också finner sina svar och blir till försoning.

Hör om min pappa Stens envisa kamp för att leva sitt liv trots sin sjukdom och hur min mamma Alfhild, som alltid var som lyckligast när hon samlat familjen omkring sig, på sin dödsbädd visade sig vara en urstark kämpe. Och…

…sväva med mig när jag efter år av baktungt surrande singelliv äntligen lyfter i mötet med Angela, mitt livs stora kärlek.

Jan/ September 2021

# 1

## En gosse och hans fader.

Den tjugotredje augusti 1951, på Akademiska sjukhuset i Uppsala, betraktade för första gången, en rosig och rund liten pojke det bleka gryningsljuset. Ett gott stycke efter midnatt framstötte han, i idel välmående, sina första oförglömliga läten medan barnmorskan, strikt klädd i svart, med skarp blick konstaterade att de flesta av pojkens celler av naturen placerats på någorlunda rätt ställen. Hon kunde också, med god simultan kapacitet och med nyvässad blyertspenna i hand, samtidigt sätta de nödvändiga kryssen i förlossningsprotokollet och konstatera att föräldrarna var trötta men stolta och nöjda. Nja, av modern fick den lille gossen senare höra att hon egentligen önskat att han varit en flicka och vad den upplysningen eventuellt kunde gjort med hans självförtroende kan vi ju bara sia om.

Hur som helst, detta lilla underverk, som senare skulle komma att vandra genom livet lystrande till det häpnadsväckande oglamorösa namnet Jan Sten Modin, var kommen till jorden. Inte ens kryptonit kunde ändra på den saken.

Jag ber er först att försöka slita blicken från den lilla keruben och istället rikta den mot de unga föräldrarna eftersom det känns rätt att börja där, med Stens och Alfhilds bakgrund. Klåfingrig och lite egocentrisk som jag är i skrivande stund, kommer jag, då och då, ändå att låta tankarna vandra vidare till mig själv och jag ber om ursäkt för detta på förhand.

Jo... när jag ändå är igång, låt mig skippa det här styltiga språket och för enkelhetens skull också berätta fortsättningen ur ett jag-perspektiv.

Det kan vara knepigt att föreställa sig ens föräldrar ha sex med varandra och jag har väl lika svårt för det som någon annan, men jag kan ändå bli lite lycklig av att veta att jag har kommit till för att de älskade varandra. Älskade med varandra.

Så vill jag tänka att jag kom till. Mina annars, med känsloyttringar så sparsmakade kära föräldrar, måste hett ha omfamnat varandra bakom fördragna gardiner och kanske viskat hemligheter i varandras öron.

Men, vilka var de, och var kom de ifrån?

Sten Bure Modin, föddes den 29:de December 1919 i Hälsingland, strax norr om Bollnäs. På gården Holmo, som omgavs av vackert böljande fält och som ingick i den samling hus som råkat fastna utmed västra sidan av Rösteåns stillsamma meandrar. Mitt emot, på den östra sidan, tronade Holmosågen.

Modinarna ägde stora delar av de rika skogarna i norr och där, nära naturen, växte min pappa upp och lärde sig allt som var viktigt för en grabb på landet.

Hans far, min farfar, hette Karl-Alfred och min farmor, hans andra fru, hette Elin. Karl Alfred, som senare i livet också satt i styrelsen för Sundsvalls Enskilda Bank, startade Holmosågen och Bollnäs Trävaru ihop med sin bror Viktor. De driftiga bröderna huserade i varsin spegelvänd halva av en enorm villa med matsalar, stora möbelgrupper, parkettgolv och höga guldinramade golvspeglar.

I den stora ektrappan tronade ett gigantiskt älghuvud som med sina vakande glasögon följde varje liten rörelse över parketten. Vi pojkar stod aldrig still i den trappan, utan hastade raskt och respektfullt vidare under den stumme härskarens torra grå hakskägg. Under trappan fanns också en av toaletterna där det alltid hängde ett märkligt pappersblock med helt stela, blanka och gråbruna blad som skulle användas till att torka stjärten med. Rejält opraktiskt, men antagligen styrt av någon sorts tradition.

I den långa hallen, innanför entrédörrarna, stod ett mörkt vapenskåp där jag ibland kunde stanna till och fantisera. Det svarta oljade stålet och de mörka räfflade träkolvarna. Pappa var inte intresserad av jakt men farfar och mina farbröder var alla jägare och där inne i det tunga metallskåpet vilade deras mystiska muskedunder. På nedre våningen fanns förstås också ett särskilt "herr-rum", där mätta män samlades efter middagarna för att sjunka ned i väl insuttna läderfåtöljer och röka pipa, cigarett eller cigarr. Det samtalades om manliga väsentligheter medan deras kvinnor som vanligt var kvar i köket och diskade för fullt.

Farfar Karl Alfred var en riktig kraftkarl i yngre dagar. Det berättades om en händelse på Holmosågen där två anställda klagat över uppgiften att flytta en stock som de ansåg vara alldeles på tok för tung. Farfar Karl Alfred besvarade invändningarna med fösa undan de båda männen och ensam lyfta stocken på plats.

Senare utvecklade han, med ålderns rätt, en rejäl kulmage som stiligt omsveptes av hans välskräddade kostymer. Det finns ett svartvitt foto där jag sitter i hans knä. Hans väst spänner över magen och guldkedjan rasslar där jag andäktigt lyssnar till det förunderliga kliketiklockandet från den fickvarma klockan. Var det det enda tillfället jag satt i hans knä?

I Jönköping, där faktiskt en av min farfars systrar Mina bodde, såg jag, hösten 2015, ett vackert fickur i en antikvitetsaffär. Det hängde där innanför fönstret och liksom vinkade åt mig med sina visare. Eftersom det direkt

17

fick mina tankar gå till farfar Karl Alfred, gick jag in och kände på det. Jodå, originalet bakom disken garanterade att det skulle fungera bara man vred upp det. Jag betalade en tusenlapp jämt och stegade ut ur affären. Nu ägde jag ett Zenith-ur tillverkat under tidigt 1930-tal. Högst troligt från samma tid som farfars ur. Vem har förresten det idag? Någon av mina kusiner?

Brodern Viktor och farfar delade upp rörelsen så att Karl Alfred var ansvarig för allt fram till och med klyvning. Skogsvård, avverkning, transport, flottning och slutligen uppsågning på Holmo. Viktor höll i allt därefter; Stapling i brädgården, transporter till Bollnäs och förstås; försäljningen av virket, som skedde på Bollnäs Trävaru inne i stan. På Holmo sågades allt det timmer upp som flottats nerför Rösteån eller vintertid dragits med hästslädar uppifrån skogarna.

Timret hamnade först i det klarbruna vattnet i dammen ovanför sågen, där det ibland kunde täcka hela vattenytan, för att sedan, stock för stock via ett tandförsett löpande band, föras upp till sågens parallella jätteklingor. Med fingrarna i öronen och hjärtat i halsgropen kunde jag som grabb någon gång våga mig nära och kika in där klingorna vrålade och spånet yrde. Med tjocka skyddsvantar på händerna hanterade de blåklädda männen vant de tunga brädorna. Det såg ut som om de trollade när de fick plankorna att flyga genom luften och sedan staplas på små järnvägsvagnar som knuffades ut i brädgården.

Lukten av stall och trä omgav hela Holmo och jag kan tänka mig att den doften var hemmadoft för pappa Sten när han som ung tonårsgrabb tvingades lämna hemmet för Realskolan i Söderhamn. Där hyrde han ett rum, så litet, att han tvingades sitta i sängen med en träplatta i knät som skrivbord. Måltider och kvällar fick han dela med sin gamla värdinna. Det är inte svårt att föreställa sig att han måste ha känt sig ensam, fem mil från Holmo, där familjen fanns och där sågen surrade av liv. Men Sten hade bestämt sig. Han drömde om något annat än brödernas sågverksliv och läste som besatt för att en dag kunna bli läkare.

Han tog också studenten med högsta betyg och skrevs sedan in på Medicinska Fakulteten i Uppsala till hösten 1940. Karl Alfred hade lovat att låna Sten pengar under studietiden. Pengar som Sten sedan noggrant och succesivt återbetalade när lönerna äntligen började rulla in.

Utbildningen var sju år lång med massor av kurser med bland annat anestesi, obstetrik, anatomi, psykologi, farmakologi, gynekologi och röntgenologi. Säkert längtade den fattige medicinarstudenten ofta hem till skogarna och stillheten på sitt Holmo och flera gånger cyklade han hela vägen från Uppsala till Bollnäs, istället för att ta det dyra tåget.

Pappa Sten älskade att fiska så när han var hemma brukade han stiga upp riktigt tidigt för att fånga harr och öring i Rösteån eller Galvsjön. Han var en av de första på Holmo som lärde sig att fiska med fluga och ända in i slutet vårdade han ömt sina rullar och sitt engelska spö. Han knöt dessutom flugorna själv. Så fort han fått en fisk, sprättade han upp den och undersökte krypen den ätit och knöt sedan en exakt likadan fluga. Nu visste han vad fisken gillade.

När jag som barn gick med honom utmed någon älv, så kunde han på långt håll peka ut var det stod en fisk. Han visste, att under den böljande blanka ytan, precis på det stället, skulle det stå en regnbågsskimrande fet ädelfisk och bara vänta på att bli lurad. Pappa placerade flugan exakt ovanför stället, lät strömmen dra flugan med sig och, det högg naturligtvis!

Pappa var dessutom en av Nerike-Bergslagens Sport-fiskeklubbs skickligaste "castare". Med spinn- eller flugspö kastade han prick på torra land, med tyngder i linan istället för krokar och drag, och vann massor av priser. Det finns fortfarande små graverade silverbucklor som jag sparat på en hylla i min silversmidesverkstad.

Som alla sågverk utmed norrlandskusten, blomstrade Holmo under många år men på sextiotalet började de mindre ram- och cirkelsågverken att försvinna eftersom det blev olönsamt att driva dem när större sågverk tog över marknaden. När jag var liten var det dock full ruljans och de flesta av mina farbröder, på olika sätt anställda i familjeföretaget, bodde runt omkring sågen med sina familjer.

Här fanns alla mina kusiner; Farbror Tottes Stefan, som jag kom väldigt bra överens med och som jag i tonåren träffade oftare och hade riktigt roligt med, farbror Palles Peter och hans storasyster Elisabeth som var tre år äldre och lyssnade på Elvis och Tommy Steele. Ibland fick jag ligga bredvid henne i den smala tonårssängen och lyssna till Steeles "Singing the Blues" och någon gång lät hon mig också sova där. Spännande och lite hemligt. Och sedan farbror KarlEriks Ulla, som i ett tält vi spänt upp på farfars stora gräsmatta, lärde ut hur man använde tungan när man kysstes.

Sommarlovslyckan fyllde alla vrår på min barndoms Holmo men här fanns också, utanför vår horisont, en vuxenverklighet som till och med kunde ända i att inte längre orka leva. Sorgliga händelser som, vad jag minns, inte alls berördes hemma hos oss. Det är klart att mamma och pappa talade om det svåra som hänt, men de höll oss pojkar utanför eftersom de annars hade tvingats prata om hur olyckliga vi människor kunde bli. Det tror jag inte de ville. Eller kanske ens kunde.

Kusinerna Peter och Stefan levde ut allt det vi stadskillar bara kunde drömma om. Redan som tolv-trettonåringar hade de trimmade mopeder och jag kommer ihåg att jag satt på en pakethållare bakom en av Åsbackakillarna, "Knallen", eller om det kanske var "Huggs Gustaf", en tuffing som alla på Holmo var lite rädda för. I skinnjacka och med oljad rockabillyfrisyr höll han vansinniga 80 km/tim på de smala grusvägarna. Bakom honom satt jag med ett hårt grepp runt hans midja och såg den tysta hälsingeskogen svindla förbi i sommarnatten.

Stefan och Peter stal dynamitgubbar från smedjan och drog oss med ut i skogen på livsfarlig stubbsprängning och de lärde oss också att "trippa" på dammen. De stora stockarna kunde jag stå på någon sekund medan de små sjönk direkt och då gällde det att ha hög fart för att hinna fram till nästa, stora, som naturligtvis snurrade. Det var näst intill omöjligt att klara sig över hela dammen. Ner i det ljumma bärnstensvattnet. Ibland flöt stockarna ihop över mig så att jag fick simma långt för att hitta ett hål att komma upp och andas i. Jag gissar att pappa höll på med samma saker på dammen, när han var ung.

I de ljusa sommarkvällarna samlades vi alla, kusiner och tremänningar, nere på planen utanför den stora ladugården för "Tjong i burken". Det var otroligt spännande att gömma sig i mörka vagnslider och bland livsfarliga bandkvarnar.

De starka dofterna från spannmålsmagasin och stallar. Garagets mörker, där det luktade diesel och smörjolja och där farfars gröna Chevrolet De Lux från tidigt 50-tal stod, sida vid sida med en rejäl Landrover. Svalkan bakom tvättstugan nere vid ån, som faktiskt var en riktig liten stuga med ett jättestort kärl som värmdes upp av en eld.

Med trästavar rördes tvätten om av hembiträdet för att sedan sköljas, vridas och klappas i den kalla ån nedanför.

Som tonåring, jobbade jag en sommar på sågen och ville väl visa att jag dög något till. De annars fåordiga arbetarna retade mig och klagade på att jag förstörde ackordet.

-Du jobbar för fort, Modin!

Jag visste ju inte vad ackord var men jag förstod att de var lite avvaktande mot chefens sonson och passade väl också på att ge igen. De bar grova blåkläder och över dem, på vintrarna, bruna tjocka manchestervästar. Jag minns en äldre man, Frisk, som bodde på andra sidan krocketplan, längst ut på västgaveln av den stora ladugården, där en lägenhet var inredd. Han hade barnbarn också men det var inga vi lekte med för vi tillhörde ju diponentens familj och höll oss på de stora gräsmattorna nära kusinerna.

Frisk körde timmersläde på vintrarna, och levererade regelbundet massor av plankstumpar från en jättebox på medar. Det var spill från sågen som alla på Holmo eldade med. När Frisk stövlade in och fyllde den gigantiska vedlåren i hallen, var det alltid extra spännande att titta på. Med lila små blodådror på kinderna och en klar droppe under nästippen luktade han häst och kom från en helt annan värld. Därutanför i den klara vinterkylan, stod hans kraftige nordsvensk och frustade så det bolmade ur näsborrarna.

För några år sedan åkte jag upp till Holmo för att se vad som fanns kvar. Jag insåg att hela den stora stolta sågen, som jag som liten bara kunde ana omfattningen av, nu var helt död. Igenvuxna vägar på tomma brädgårdar där tidigare stora dieseltruckar dundrat fram. Nakna betong-fundament under sly och växtlighet istället för skyhöga brädstaplar. Dörrar hängande på gnällande gångjärn i den stora sågen där mörknad falurödfärg, urtvättad av åratal av regn, förgäves klamrande sig fast vid glesa vridna väggplankor. Solens strimmor i dammet som revs upp. Det var så tyst och stilla. Inga rop från arbetarna och ingen kraftfull sång från de stora cirkelsågarna. Den tonen hördes bara som ett vekt sus längst inne i minnesbanken.

Fågelkvitter istället för dånet av Rösteåns vattnen som tidigare vräkte sig ut genom öppna dammluckor. Det var nog det mest påtagliga. Att dammen var tom! En ynklig liten bäck porlade fram där det borde ha varit en mäktig dammbro och fundament. Den viktiga länken mellan sågen och bostadsdelen av Holmo var helt raserad och för att komma till andra sidan med bil var man numera tvungen att åka en halvmils omväg uppåt Åsbacka.

Jag balanserade på rostiga järnvägsspår och gick runt stumma lokaler där rösterna, slamrandet från bräderna, motorerna, allt det Holmoborna levt av, klingat bort sedan många år.

Ibland spar jag saker som minnen från upplevelser men tyvärr har jag ingen Holmostämpel. De fanns i olika storlekar. Grovt tillskurna plankstumpsstämplar med namnet HOLMO i gummi och som användes för att märka bräderna i kortändarna inför stapling i brädgården. Jag tänkte att jag kanske borde ta mig dit igen för att sno en sådan där rödkladdig HOLMO-stämpel innan de helt hade brutits ner av väder och vind.

Ett par år senare, när bröderna och jag var uppe i Bollnäs för att fira en av min moster Kerstins födelsedagar, körde vi återigen upp till Holmo. Nu skulle jag väl få mig en stämpel, tänkte jag, men nej, någon ny markägare hade rensat ur allt och rivit det mesta av de mindre sågverksbyggnaderna. Låst och inhägnat överallt. Vi var inkräktare på "vår egen" Holmosåg. Främlingar där de pirrande och lyckliga sommaräventyren funnits och där allt som inte kunde ske i staden hände. Där regler och lagar var lite i upplösning och polismakten osynlig. Inkräktare.

Det var nog så att pappa släppte lite på tyglarna när han hade oss på sin barndoms mark. Också han hade nämligen gjort en del suspekta saker i sin ungdom. Till exempel tillverkat en liten kanon uppe i smedjan som när den avfyrades ute på åkern, flög iväg och borrade sig djupt in i husväggen på andra våningen. Helt nära ett fönster där hans kära mor Elin fridfullt suttit och broderat. Själva kanonkulan hittade de aldrig. Den historien, och också den om hur de borrade upp ett hål i en stock, fyllde med sprängmedel, pluggade igen och surrade med bultar och järnband, fick mig att rysa av välbehag. Folk lär ha vaknat i stugorna inom en mils radie av explosionen som tvingat upp ett jättehål i den halvmetertjocka isen på dammen.

När jag tänker efter så var pappa också ovanligt tillåtande när det gällde påsksmällare och sånt. Han lät oss göra rätt knäppa saker, så läkare han var. Men det var ju en annan syn på säkerhet på 50- och 60-talet.

# 2

## Åsen och mammas bakgrund.

Alfhild Marianne Fredrika Hedblom föddes den 3 Oktober 1918 i en helt annan Hälsingemiljö men också här vill jag börja lite tidigare i historien.

Min mormor Alma föddes 1881 och gifte sig bara 19 år gammal med ångloksföraren Emil Hedblom. Först bodde de i ett litet hus inne i Bollnäs men sedan Emil byggt en mindre hälsingegård på Åsen söder om stan, flyttade de dit. Alma och Emil fick tio barn av vilka min mamma Alfhild var nummer sju.

Morfar Emil körde sina ånglok utmed inlandsbanan och bar varje dag med sig en förtennad kopparlåda med lock vari hans Alma lagt lunchmaten. Han ställde sedan lådan vid elden i lokets ångmaskin och hade strax varm mat. Den lådan gav mormor Alma sedan till Alfhild och i dag står den i ett fönster i vårt vardagsrum.

Tyvärr träffade jag aldrig morfar Emil som dog strax efter att brorsan Per fötts. Han finns dock på foton, bland annat ett vikt och sepiafärgat, där han prydd med slokmustasch, stolt hänger ut ur ett sidofönster på sitt ånglok.

Alma skötte gården på Åsen med hjälp av barnen och drängen Verner. Här fick Alfhild lära sig att hantera både småsyskon och djur.

På 60-talet när vi var ute på en husvagnssemester, visade sig hennes erfarenheter när vi en morgon stela av skräck stirrade ut genom plexiglasrutorna. Husvagnen var omringad av aggressiva tjurar. Till och med pappa Sten satt blek och pekade. Alfhild, Åsentösen, tog raskt kommandot, stövlade ut, drog till sig en träkäpp och jagade bort hela skocken. Kor hade hon vuxit upp med. Vi grabbar, helt tagna inför åsynen av ett sådant mod, åt våra raketostmackor och drack vår varma Oboy under högaktningsfull tystnad.

Min idol och absoluta förebild var mammas yngsta syskon, min morbror Sven-Erik som tränade med hantlar, meckade med bilar och åkte till logdans på helgerna. Hänförd kunde jag gå runt i garage och verkstäder och fingra på alla obegripliga och farliga maskindelar. Tänk, att han helt utan hjälp av andra kunde släpa en gammal rostig tvåtons svarv av en lastbil och få in den i verkstan och till slut få den att fungera! Riktigt stark var han. Utan problem höll han oss bröder rakt ut åt sidorna på raka armar och när Ingemar Johansson mötte Floyd Patterson i VM-fighten i Madison Square Garden i New York 1959, så var det förstås med honom vi killar satt i nattmörkret runt radion.

Sven Erik representerade ett helt annat mansideal än pappas akademiska och jag beundrade honom enormt och kände mig väldigt stolt när han ibland visade mig runt bland alla sina omöjliga och i många fall, faktiskt genomförda projekt. Helt följdriktigt skaffade han sig också flygcertifikat och var ofta uppe med klubbens enmotoriga Cessna. En gång fick jag vara med och själv styra med bankning, höjdkompensering och ökad gas med trotteln för att hålla rätt höjd.

Sven Erik höll också på med hästar och drömde hela sin uppväxt om att vara cowboy. Med vördnad kunde han säga:

-Gary Cooper, du. Och John Wayne.

En gång, i Malmö på nittiotalet, skulle jag göra mig av med ett amerikanskt westernbälte eftersom jag, styrkt av min Angelas bekymrade blickar, insett att det nog hade blivit ordentligt omodernt. När jag lite senare var uppe i

Bollnäs på en semesterresa gav jag bältet till Sven Erik. Storögd tog han emot det svarta läderbältet och det tunga spännet med texten MECANIC i feta bokstäver.

När Sven Erik många år senare hade gått bort var jag uppe i Ljusdal för att besöka kusin Jini och hennes mamma Annalisa och för att besöka minneslunden. Jini gick inte med fram till lunden utan stannade vid parkeringen och jag förstod inte riktigt varför. Jag frågade om hon ville följa med men hon tackade nej. Kanske var det så att hon bara gick dit ensam. För att vara ensam med sin pappa.

Senare på kvällen innan jag skulle åka så frågade Annalisa om det var något efter Sven Erik som jag ville ha som minne och medan jag funderade letade hon i en garderob. Efter en stund kom hon ut med westernbältet.

-Det här tyckte Sven Erik så mycket om och han hade det på sig varenda dag. Du får det om du vill ha det.

Ömt tog jag emot bältet utan att nämna var det ursprungligen kommit ifrån.

Det är svårt att berätta mycket om mammas uppväxt. När jag frågat henne om hur det var när hon var ung, har hon alltid bett pappa att berätta. Hon mindes inte, sa hon alltid. Mindes inte. Undrar just varför? Finns det någon orsak till att man inte minns något från sin barndom? Kanske tyckte hon att hennes uppväxt bland Åsens småsyskon och kossor vägde alltför lätt jämfört med sågverksägarsonens "finare" uppväxt på Holmo? Kanske hade hon svårt att förmedla till sin son vad hon varit med om av olika skäl.

Hon var inte så generös med att bjuda på sig själv och sina tankar, mamma Alfhild, men jag vet i alla fall att hon efter folkskolan läste till sjuksköterska i Mora och att hon senare flyttade till Uppsala för att börja arbeta på Akademiska Sjukhusets öronnäsahals-avdelning.

# 3

## Uppsalakärlek och Till Örebro

Strax efter krigsslutet fanns Sten redan där nere på universitetet i Uppsala och han såg Alfhild för första gången en Luciamorgon på Klosettpalatset. Klosettpalatset kallades det då nybyggda studentboende i Uppsala, där det fanns en separat toalett i varje studentrum, något mycket ovanligt i en tid då många svenskar fortfarande frös ändorna av sig i dragiga träskjul nere på innergårdarna.

Alfhild, nu nyutexaminerad sjuksköterska, hade blivit tillfrågad om hon ville följa med några andra unga sköterskor för att "lussa" för medicinstudenterna och på något sätt kom hon sedan i samspråk med Sten. De upptäckte att de båda var från Bollnäs. Han från Holmo i nordväst, och hon från Åsen, sydväst om stan.

De började umgås men efter en tid drabbades Sten av tuberkulos och hamnade på sanatorium. Det var ingen självklarhet att klara sig helskinnad från den sjukdomen och jag antar att det var en påfrestande tid för dem båda men när det var över blev det förlovning. Pappa hade fortfarande flera kurser kvar innan examen när de sedan gifte de sig i Uppsala Domkyrka i sällskap av föräldrarna. Säkert var några syskon med också.

På de fina fotografierna jag hittat i mammas byrålåda, ser man det vackra brudparet stolt blicka framtiden an. De hyrde en liten lägenhet på Liljegatan 6b i området Fålhagen och blev där en liten familj efter storebror Pers ankomst till livet i september 1948.

Efter mammas död tittade jag igenom en liten låda, på övervåningen i huset i Torpa, söder om värmländska Bäckhammar, där hon sparat minnen och brev. Denna lilla byrålåda var det enda som var "bara hennes", medan pappa hade sitt stora skrivbord med dubbla hurtsar och stora bokhyllor till sitt förfogande i vardagsrummet.

I lådan hittade jag kära brev från Sten, psalmböcker och även en liten blek pärmlös almanacka från 1950. Jag bläddrade i den och hoppades att där kanske skulle stå något intressant men jag hittade inget annat än några små blyertskryss. Inga anteckningar. Varför blyertskryssen? Ett per månad. Det sista krysset fanns i november -50 och sedan var det slut. Varför hade hon sparat den här lilla anspråkslösa almanackan? Ett kryss per månad? Aha, menstruationer. Hon hade noggrant noterat varje tillfälle med ett litet diskret blyertskryss. Men från och med december fanns inga kryss längre utan nu stundade istället resultatet av omfamningar och ömma viskningar bak fördragna gardiner på Liljegatan.

Lillebror Mats föddes i April 1954 och efter det lämnade familjen Uppsala för Örebro där pappa fått sin första tjänst på sjukhusets röntgenavdelning. Vi flyttade in i neder-våningen av en vacker gult teglad flerfamiljsvilla på Kungs-gatan 35 i korsningen till Hedvigsgatan.

Gissningsvis var Sten och Alfhild otroligt lyckliga över att komma till den här ljusa och vackra lägenheten efter de knapra åren i Fålhagen. Det här var långt innan Krämaren byggdes och stadsdelen var stilla och fridfull.

Dristade man sig bort till Rudbecksgatan, på andra sidan Tekniska Läroverket, nuvarande Rudbecksgymnasiet, kunde man uppleva ett lite livligare Örebro. Här puttrade de små tvåtaktarna Saab och DKW, här rullade blanka Volkswagen och naturligtvis en hel del Volvo PV. Med ett stadigt grepp i mammas hand kunde jag storögt ta in turbulensen på den stora gatan som ledde upp mot Drottninggatan och som i sin tur nådde Nikolaikyrkan.

Vår värld, de första åren, var vår lilla Hedvigsgata där vi spelade kula på grustrottoaren, lekte och lärde oss cykla. Här var mamma ensam hela dagarna med Per som var skapligt självgående som 6-7 åring och Mats, bäbisen, som behövde ständig uppmärksamhet och jag, som bara var tre-fyra år och ofta fick sitta för mig själv.

Minns att jag satt fastspänd med sele i barnvagnen och tittade på medan de andra barnen lekte. Just det här talade jag med mamma om när jag blivit vuxen och hon tyckte själv att det var hemskt men att det var enda sättet att få det att fungera för henne. Här kanske jag hittar orsaken till min pyrande klaustrofobi.

På den gröna skotskrutiga tapetväggen i hallen hängde en telefonhylla där den tunga svarta bakelittelefonen tronade. Mamma svarade alltid med "Doktorinnan Modin" när det ringde och jag minns att det lät märkvärdigt. Undrar just hur många gånger Åsenflickan tränat innan hon avslappnat kunde besvara anropen från yttervärlden. Det var ju ganska nyligen som Sten hade fått sin legitimation och kunnat kalla sig doktor, så allt var nytt för dem båda. De inredde sitt hem med nya möbler och köpte ett piano som pappa spelade Chopin-låtar på. Alltid sent på kvällarna. Nuförtiden, när jag någon gång hör vissa Chopinklanger på P2, förflyttas jag direkt till barnkammaren och 50-talets Örebro.

Två gånger var jag försvunnen, och det här är intressant. Den ena gången gömde jag mig på utsidan av en snödriva ut mot Kungsgatan. Det var livsfarligt förstås men ett säkert gömställe för den som ville hålla sig undan. De letade förtvivlat utan att kunna hitta mig. I tid stämmer det med mammas och pappas äktenskapsproblem och jag gissar att det hängde ihop med den situationen. Därom lite mer om en stund...

Den andra gången jag avvek, var jag med mamma på saluhallen och jag har fått berättat för mig att det blev stor uppståndelse. Pappa tvingades rusa in till stan från sjukhuset och polisen blev kontaktad.

Svartån, djup, svart och tigande flöt strax intill saluhallen och yppade intet om den lille läkarson den eventuellt kunde tagit hand om. Åke Hansson, däremot, äldste sonen till pappas kollega, berättade att han sett mig stående utanför en leksaksaffär. Jag var alltså inte uppslukad av Svartån men dock ett framrusande Märklintåg.

Var jag hittat den långa planka som jag vid den här tiden gömt under sängen minns jag inte heller men i nattens mörker drog jag fram den, ställde mig på den och grep om ena änden, lyfte och släppte. Pappa, yrvaken och irriterad, kom in i barnkammaren efter ytterligare någon smäll.

-Gå och lägg dig, genast. Du kan inte smälla så där mitt i natten. Jag måste sova.

Plankan stuvades undan och han gick in till sängkammaren. Efter en stund drog jag fram min planka igen och smällde. Nu hade jag fått in snitsen. Pappa kom in och nu var han arg.

- Nu är det slut med smällandet! Gå och lägg dig! Jag måste verkligen få sova!

Återigen smällde jag. Och en gång till, och en gång till, och för var gång blev han bara argare. Slutligen stormade han in:

- Nu slutar du med det där!! När min klocka ringer, inte förr... När min klocka ringer, då får du smälla hur mycket du vill. Men nu ska det vara tyst!!

Han gick och precis när han kommit in i sängkammaren ringde det och lycklig smällde jag vidare. Samma dag, på kvällen, hade jag bett om att få ut min veckopeng.

- Vad ska du köpa för den, då? frågade den trötte fadern.

- Jag ska köpa en yxa och slå ihjäl dig!

Av rymningsbenägenheten och historien om plankan kan man ana att jag var både arg och ledsen. Det knakade i fogarna mellan Sten och Alfhild och jag tror att jag ofta blev lämnad åt mig själv under den här tiden. Kanske hade ingen av föräldrarna riktigt tid och ork över för att stimulera eller lyssna till sin femåring, när deras värld höll på att rasa samman.

# 4

## Otroheten

1956. Pappa hade träffat sin läkarsekreterare, Stina, i smyg på jobbet under ett helt år och Alfhild, som hade fullt upp där hemma på Kungsgatan hade inte en aning om vad som försiggick. De tre pojkarna skulle vara hela, rena och välkammade, lägenheten städad, tvätten tvättad och maten inköpt och vällagad och jag gissar att mamma i allt det här inte hade ork över för att också ge sin man uppmärksamhet. Man kunde väl tänka sig att pappa skulle visat lite tålamod och sett ett framtida liv med Alfhild bortom de blöjfyllda åren och varit henne trogen men så blev det inte.

Pappa Sten, som var en hjärtegod och mycket vänlig man, ville säkert inte svika sin hustru, men jag tror att han nu, i Stina, faktiskt mötte den fysiska kärleken för första gången. Mamma, som hade en tveksam, för att inte säga avog, inställning till utlevnad och njutning, höll alltid känslouttrycken till ett minimum. Orolig för att tappa kontrollen sa hon till exempel alltid "Bara ett halvt glas." när det någon gång serverades vin till middagarna.

Var hon oskuld när hon träffade pappa? Högst troligt. Det var helt andra tider. På utbildningen i Mora var hon omgiven av idel flickor.

När jag var vuxen, berättade pappa efter mina påtryckningar, att han aldrig hade varit tillsammans med någon annan kvinna innan han träffade mamma. Alltså, två mycket oerfarna vuxna som möttes i den äktenskapliga sängen. Det resulterade visserligen i tre skapligt välartade pojkar, men nu hade Sten mött Stina som kanske var mer passionerad och tillåtande.

Pappa var 28 år när han träffade mamma i Uppsala och jag tror på allvar att han dessförinnan hade ägnat all sin tid åt studier. Han berättade om andra studenter som drack och festade, men aldrig att han själv var ute på någon nation. Där skulle väl annars chansen finnas, att som ung berusad medicinarstudent, hamna i säng med någon. Särskilt som medicinarstudenter antagligen hade ganska hög status.

Men det var som sagt andra tider och Sten kom från en familj där man gjorde rätt för sig. Han var den ende av alla sönerna som fått ett stort lån av sin far och han skulle på ett hedervärt sätt bli en A-student. Han blev verkligen det, pappa. A-student med högsta betyg i alla ämnen i realskola, läroverk och som medicinare. Mot den bakgrunden är det lätt att begripa att han alltid manade oss pojkar till att plugga, plugga och bara plugga.

-Det är bara med en akademisk examen som ni kan komma någonstans.

Han upprepade det ofta och själv var han förstås det yppersta beviset. Lånet från fadern hade betalats tillbaka och det tack vare frånvaron av utsvävningar. Ingen alkohol och varken studentskor eller Uppsalaflickor för A-studenten.


Men, nu var det alltså några år senare, i Örebro, och i lägenheten på Kungsgatan 35 hade han en fru som antagligen var helt slut efter att ha styrt upp hem och tre barn hela dagarna. Stina hade inga barn och var säkert villig att jobba över många kvällar i veckan när Sten bad om det. De drog in varandra i något som kom att bli mycket mer än bara en tillfällig flirt.

Det här, om Stina, har mamma förstås aldrig berättat. Det jag vet om henne kom från pappa hösten 1986 under en omtumlande och tårfylld timme i hans bil. Det var också då som jag insåg att den här otrohetsaffären funnits kvar som en rostande krigsmina under hela min uppväxt. Precis under ytan.

Pappas äventyr med Stina skedde när jag var i femårsåldern. Jag minns att jag vaknade en natt av gråtande och hårda röster från vardagsrummet. Aldrig hade jag hört mamma och pappa gräla tidigare och jag var så rädd, så rädd när jag tassade upp i min ljusblå pyjamas och frågade vad det var.

- Det är ingenting. Det är ingenting. Gå och lägg dig du, Putte.

De försäkrade att det verkligen inte var något särskilt, och just DET minns jag så glasklart. Att de sa att det inte hänt något. Allting hade ju hänt! Deras äktenskap höll på att smulas sönder och jag fick inte veta något. Jag var rädd och ledsen. Det är klart att jag, som barn, inte kunnat omfatta vad som egentligen hände, men nog hade jag behövt sitta i en eller annan famn den kvällen. Ingen talade med mig om det och mardrömmen fick jag behålla för mig själv.

Jag minns inte hur många veckor mamma sedan tillbringade på vilohemmet utanför Örebro men jag vet att vi lekte med en skojig liten åsna när vi var på besök.

# 5

## Räddad!

Vårsolen silade ner genom almarnas skira lövverk utanför "Teknis" där Mats, Per och jag lekte. Där fanns en stor gungbräda och bröderna stod på ena änden av plankan nere vid marken och jag var högt uppe i luften på den andra, så hisnande högt att jag nästan kunde se takplåtarna på skolbyggnaden.

De hoppade av och jag for i backen hållande om brädan med armarna. När jag tog mark kände jag en djup molande smärta. Det här var mer är ett blåmärke. Stortjutande sprang jag hem till mamma som irriterad ryckte av mig jackan.

- Säg vad det är! Lugna dig och säg vad som har hänt!

Hon blev förstås alldeles förkrossad när hon såg min högra arm hänga och dingla eftersom båda benen i underarmen var av. Vi for i taxi till sjukhuset och pappa kom ner från sin avdelning.

Nu skulle benen dras på plats innan gipsningen och därför måste jag sövas. Läkaren bad mig att räkna efter honom till fyra. Den skrämmande lukten av eter från bomullstussen under näsan. Kalla, blanka krompallar. Jag försvann på trean.

Sommaren kom och gipsad ända upp på halva överarmen satt jag i Volvons baksäte och såg det grönskande landskapet virvla förbi. Vi var på väg ner till ett semesterhus vid Henån i Bohuslän och jag beklagade oturen att ha sommarlov med gipsad arm. Per skulle gå på simskola den lyckosten. Jag var rejält avundsjuk och mamma tröstade mig så gott hon kunde. Hon skulle vara ensam med oss de första veckorna medan pappa jobbade kvar i Örebro tills hans ledighet skulle börja. Helt ensam där uppe var han gissningsvis inte.

Följande historia hade så när behövt skrivas av någon annan eftersom det var på håret att Putte Modins liv ändade denna varma sommar 1957. Putte, förresten?, berättade jag att mitt smeknamn kom från Per när han fiffigt löste hur man skulle kunna skilja två Janar åt på samma gård. Jag blev "Putte" och min namne "Janbubbis". Tack, käre bror...

En söndag gick vi ner till den höga ångbåtsbryggan, Per, hans nyvunne simskolekompis och jag. Mats, då tre år, var uppe i huset hos mamma. Det fanns en del fiskarkojor nere vid hamnen men inga andra människor och de få sommargästerna bodde längre upp mot land. Hamnen låg helt öde denna förmiddag.

Vi samlade stenar och gick fram till bryggkanten där vi hade perfekt utsikt över alla maneter nere i de sega dyningarna. En efter en prickade vi dem. Jag tror inte att Henå-pojkarna kastade sten på sina maneter; det behövdes förstås några riktiga stadsbor för det.

Jag gick nära kanten och siktade noga på en jättemanet men stenen var tung och jag glömde att släppa den och tappade balansen och föll. Ett par meter, drygt, ner till vattnet. Hala, slemmiga, grova bryggpålar som inte gav något grepp för min fungerande hand och havet som drog mig nedåt. Jag fattade ingenting.

Per och hans kompis bara skrek och skrek. Vad skulle de göra? Två nioåringar som gått ett par dagar i simskola där de än så länge mest tränat torrsim?

Saltvatten i halsen. De rädda pojkarna där uppe vid bryggkanten. Jag försökte röra armarna så som de visat att man skulle men gipset hindrade mig och gjorde att jag bara sjönk djupare och djupare.

En tonårskille hade glömt något i familjens fiskebod och fått för sig att hämta det. När mopedmotorn tystnat hörde han gälla barnskrik borta från ångbåtsbryggan. Han sprang dit ner, hoppade i vattnet och räddade livet på mig i absolut sista sekunden.

Per och hans kompis ledde mig sedan hem till huset och resten av dagen satt de och läste Kalle Anka-tidningar för mig där jag låg nerbäddad. Mamma ringde till Örebro, pappa åkte direkt ner till Henån och lite senare, när han var nere hos fiskarfolket i hamnen och frågade om de visste vem som hade hjälpt mig, fick han tag i killen.

Pappa, som inte visste hur han skulle tacka honom, tog upp sin plånbok och stack fram en femhundra-kronorssedel. I dagens penningvärde, motsvarar det nära sjutusen kronor!

Min livräddare tog emot sedeln men sa att den största belöningen ändå var att han fått möjlighet att rädda livet på någon. Vid samma brygga hade hans lillebror drunknat något år tidigare..

# 6

## Skolan, mördaren och fräkniga Katarina

När jag var sex år hamnade jag på Trädgårdsgatans Lekstuga. Det finns ett svartvitt foto sparat, där jag sitter på en trälastbil i tidstypiska inneskor med resårband. Jag minns att barnen lekte "Bro bro breja" och att jag blev helt panikslagen när flickorna omringade mig med sina armar och avkrävde mig namnet på min "käresta" för att jag skulle kunna komma loss. Jag hade aldrig varit i närheten av flickor och hade inte en aning om hur jag skulle bete mig.

1958 fyllde jag sju år och började i första klass på Engelbrektsskolan, dit jag varje morgon cyklade, utan hjälm förstås, rakt genom stan. Skolan var en jättestor gammal byggnad i änden av Oscarsparken med slitna stentrappor och ekande korridorer i många våningar. Längst upp i det stora trapphuset, en förhatlig skoltandläkarmottagning där en kvinnlig tandläkare gjorde sitt yttersta för att grundlägga och underblåsa den tandläkarskräck jag först på senare år lyckats bemästra.

Engelbrektsskolan, en miljö långt bort från den ett barn skulle välja om det hade möjlighet och vetskap. Jag visste ingenting och mina föräldrar hade inte någon som helst insyn i den här världen. Samarbetet mellan hem och skola, som idag är så självklart, fanns förstås inte. Nej, nu var jag inne i systemet med alla kalla regler och hårda väggar och nog var lärarinnan Tégner en gammeldags skolfröken och nog var det fortfarande tillåtet att slå barnen på fingrarna med linjal och pekpinne.

Klasskamraterna jag hade mest att göra med var Bengt-Olov Zetterström och Wilhelm von Seth. "Vajen" som vi kallade honom, bodde, trots sitt efternamn, i en helt vanlig hyreslägenhet på Trädgårdsgatan där pappa Von Seth varje afton sporrade sin Wilhelm att byta om till clubblaser inför middagarna. Nog fanns det en del ståndsmässigt beteende kvar trots det enkla boendet.

En gång när jag var där och lekte, blev jag ensam i Vajens rum och upptäckte då en enkrona blänkande på ett bokhylleplan. Snabbt stoppade jag den på mig men den jäkla kronan brände i fickan och och i själen. Frätte! Dagen därpå lät jag i smyg kronan återvända till sin plats i bokhyllan igen...

Bengt-Olov bodde också på Kungsgatan men närmre Saluhallen. Vi lekte deckare, förföljde fullgubbar och skrev signalement inspirerade av verkliga händelser. Det här var nämligen exakt vid den tidpunkt då Olle Möller fanns i Örebro. Olle Möller. Bara namnet sände kalla kårar utmed ryggraden på oss och vi vågade inte riktigt säga det högt. Olle Möller, mördaren.

Möller var inte fälld men ansågs ha mördat kvinnor både i Stockholm och i Örebro. Han bodde strax utanför stan och körde lastbil med varor till den Saluhall där vi regelbundet var med mamma.

Vad vi inte visste då, var att Örebro den heta sommaren var nerlusad av journalister och kriminalreportrar som från kafébord och genom skyltfönster idogt spanade på Möller i hopp om att kunna rapportera något smaskigt till redaktionerna i Stockholm.

Det finns en riktigt bra bok om Möller; "Mördaren i folkhemmet", som helt rentvår honom från alla misstankar men Olle hann tyvärr gå bort innan den kom ut och tvingades därför leva återstoden av sitt liv som mordmisstänkt. Trots att rättssystemet inte kunnat binda honom till brotten, hade massmedia naturligtvis redan gjort det.

Egentligen är det lite underligt att jag är så glad i gitarrspelande. Det hade kunnat gå riktigt illa. Pappa, som spelade både piano och klarinett, ville att jag skulle börja med mandolin och kursen var på just, Engelbrektsskolan. Jag vantrivdes och lukten av limmet eller träet i vissa stränginstrument kan än idag få mig att känna djup olust. Jag ville inte gå dit och ville absolut inte sitta där med den oxblodsfärgade mandolinen inför den stränge läraren och plinka med i "Och skidan den slinter..". Musik ska lekas fram. Musik, som kan vara så förlösande och glädjerik.

Höstregnen föll och gatorna runt Oscarsparken blänkte svarta. Oförmögen att gå in till lektionerna vandrade jag runt, runt i parken. En timme i veckan, traskade jag där med mitt diarrébruna kanvasfodral i handen. Till slut kom min frånvaro naturligtvis till pappas kännedom och han följde med mig till läraren som avslutade det hela. Vet inte varför jag inte vågade säga att jag vantrivdes. Kanske trodde jag att pappa skulle bli besviken på mig.

Pappa tog ibland med mig till Örebro Badhus. På torsdagskvällarna var det herrbad och då tvingades jag skärrad beskåda alla konstiga svettiga kroppar och dinglande organ i bastuns dunkel. Grova röster från männen som trängdes på de skållheta träbänkarna. Pappa och jag satt mest tysta och lyssnade till närkingarna som skrävlade om fotboll, kvinnor och jobb. När det var dags att doppa sig behövde vi inga badbyxor utan kunde gå nakna nerför trapporna till bassängen. Pappa, som älskade att simma, försökte lära mig sitt flotta trick att flyta stilla på rygg med armarna över huvudet. Hur jag än försökte, sjönk mina ben och jag försvann under ytan. Det här var högtidsstunder för mig. Ensam med pappa.

Något senare var det dags för skolan att för första gången besöka badhuset. Hela årskursen var där och tvagningsrummet ekade smockfullt av barnröster. Tvållödder på blanka pojkkroppar.

Eftersom jag var gammal i gården, hittade jag bra och stack nerför trappan förbi "tjejernas" till bassängen som redan var full av skolbarn. Vant slank jag ner i vattnet bland alla som skrek och skvätte på varandra och hann simma ett par längder innan jag hörde en skarp visselpipa skära genom de höga rösterna. Gång på gång tjöt visselpipan vasst och jag tänkte att det var rätt åt dem som inte följde reglerna. Badmästaren skrek högt och jag stannade upp och trampade vatten. Något hände tydligen ungefär där jag var för alla tittade åt mitt håll. Nu tystnade de badande och med alla stirrande på mig kunde jag urskilja badmästarens röst. Han pekade på mig och skrek med sina lungors fulla kraft.

-Badbyxorna!

Upplevelsen av att vara ofrivilligt naken inför allmänhetens ögon är det som bara händer i en mardröm. I något sorts vakum tog jag mig ur bassängen under ett hejdlöst skrattande. Hånet följde mig hela vägen uppför trappan till omklädningsrummet där jag sedan kvickt klädde på mig och kammade benen åt andra hållet i ett desperat försök att se ut som någon annan.

Antagligen var jag tidigt lagd åt det romantiska för redan under lågstadiet hann jag bli djupt förälskad i Katarina, Eva Lotta och UllaBritt i nämnd ordning. Mest i Katarina, faktiskt. Flickorna bodde alla tre i de mer fashionabla kvarteren vid Stadsparken dit jag många gånger cyklade för att, liksom av en slump, hamna på rätt gator. Jag menar, många gånger!

Katarina var ändå den som betydde mest. Hon hade ett stort och kärleksfullt ansikte smyckat av fräknar, och jag gissar att hon inte brydde sig det minsta om mig. Eller så gjorde hon kanske det. En läkarson erbjöds ibland vissa privilegier. Jag drömde om Katarina mest hela tiden men en dag när jag, i bänken bakom henne, som ivrigast planerade vår gemensamma framtid, lät hon meddela att hon skulle flytta till Stockholm med familjen. Det rev upp ett rejält hål både i mitt hjärta och i klassrummet.

När vi senare, i fjärde klass, gjorde en skolresa till Stockholm, gick jag runt på Skansen under flera timmar och hoppades hitta henne. Vi var ju i Stockholm. Katarina kanske fanns här någonstans.

Många år senare, hösten 1981, när jag jobbade med Povel, kollade jag efter Katarinas namn i telefonkatalogen. Jag hade fått en plötslig idé. Jodå, hon fanns, och var tydligen inte gift eller hade i alla fall behållit sitt flicknamn.

-Katarina.

-Ja, jo hej. Det här är Jan Modin. Vi gick i samma klass i Örebro. Ettan och tvåan.

-Jaha. Hej.

-Jo, jag såg ditt namn i telefonkatalogen.

-Jaha?

-Tänkte kanske att vi kunde ses, eller...

Efter den tröga inledningen lossnade det lite och hon berättade att hon numera var tjänsteman på Amerikanska Ambassaden. Överraskande nog gillade Katarina mitt förslag att ses. Hon var mjuk i rösten och ville att jag skulle höra av mig om någon vecka, när hon återvänt från ett kommande uppdrag i New York.

Bara en dag senare råkade jag se henne på en tunnelbaneperrong i Gamla Stan! Jag var så säker som en människa kan bli på att det var hon. Det VAR Katarina! I beige damkappa med skärp runt midjan och med en blank schal med stigbyglar och hästskor på, stod hon där och väntade på tåget. Samma fräkniga ansikte.

I en film hade jag gått fram och sagt: -Katarina?.. men i min verklighet, blev jag bara så osäker inför hennes tantiga Östermalmsutstyrsel att jag smög undan. Jag lät min barndoms kärlek försvinna i tunnelbanevimlet och ringde henne aldrig.

# 7

## "Mörtopank" och Besten vid Dimbo

På det sena 50-talet körde pappa Sten Volvo PV 544. Först en röd och senare en svart. Alla familjer som kunde, körde ut med sin bil på helgerna och stannade vid vägkanterna. Man plockade fram standardutrustningen, det ihopfällbara campingbordet, som också innehöll de ihopfällbara canvaspallarna, och fikade loss. Det var fortfarande en sorts efterkrigskänsla där hjulen snurrade allt snabbare och ekonomin blev stabilare och det var viktigt att visa att man hade råd.

Nära vägen skulle man vara eftersom man också ville se de andra bilisterna. Faktiskt var det så, att vissa familjer fällde upp sina bord vid västra utfarten mot Karlskoga, i hopp om att kunna uppleva en riktig trafikolycka. Det hände en del just där men det var inget för familjen Modin. Pappa träffade dem ju ändå på jobbet senare!

Nej, Sten och Alfhild gillade att vara ute i skogen och plocka svamp och de var mycket skickliga. Visste, precis som med fisket, var man skulle hitta fångsten. Vi söner, som var inte så intresserade av svamp utan mer av hemmagjorda biltävlingar, gjorde racerbanor med fötterna i den mjuka barrskogsmarken och tävlade med våra Dinky Toys efter noggranna regler. Vi fördrev långa timmar och tänkte inte ens på att föräldrarna var på svampjakt när mammas egen lockvissling på sina söner, en drill mellan två toner, "Tita,tita,tita,tita", väckte oss ut racertransen. Dags för fika förstås, med choklad och generösa smörgåsar. När vi åkte hem hade vi korgarna fulla. Pappa och mamma visste vilka svampar man kunde ta hem, medan andra bara kände till kantarell och Karl Johan.

45

Under minst en sommar hyrde vi ett hus på en ö som vi kallade "Mörtopank". Ön, som låg utmed norra stranden av Hjälmaren, hade bara ett hus, och dit var vi tvungna att ta oss i en eka. Ägaren, antagligen en berest man, hade ställt en lång radda med tomma miniatyrspritbuteljer längs spiselkransen till storögd beundran av oss pojkar, som hade föräldrar med en allt annat än positiv syn på alkoholens fröjder. Huset, som med sina sjöfarts-inspirerade tapeter andades en exotisk globetrotteranda, lät oss ana att det fanns en ännu helt onåbar värld utanför vår egen.

Den akuta smärtan efter otrohetsaffären hade gissnings-vis lagt sig något och familjen kunde nu njuta av sommar och semester. Mamma gick runt i ceriseröd badrock och ur den bärbara radion strömmade Elvis Presleys "Flaming Star" och den underbara "Putti Putti" med Jay Epae.

Pappa for ut på fiske i en ny kritvit plastbåt med en skinade ny 4-hästars Monarkutombordare och vi killar höll mest till i en gammal flatbottnad eka som vi lyckats sätta mast på. Segel? En hängmatta förstås.

En gång när vi svepte fram över Hjälmarens luriga och mörka vatten, styrde Per rakt emot stor sten för att liva upp sina småbröder en smula. Hängmattan som var sprängfylld av akterlig vind gav ekan en rasande fart. Mats, då kanske runt 6 år, var helt skräckslagen och själv var jag säkert också ganska rädd. Mats höjde en stor glasplunta med ett redigt handtag.

-Sväng! Sväng! Sväng din jävel!

När inget hände landade Mats den tunga damejannen rakt i pannan på Per. Vi missade stenen med en hårsmån, av ren tur.

Det fanns en stor sportaffär i hörnet av Kungsgatan och Nygatan. Gamle Arvid hade en gång startat Broströms

Sport men nu sköttes det mesta av sonen Pelle. Varje julaftons eftermiddag samlades vi örebrobarn i gatukorsningen utanför sportaffären för att se Kalle Ankafilmer som Broström projicerade från ovanvåningen mot fasaden på huset mitt emot. TV fanns ju inte, så det här var stora ögonblick för oss små där vi stod med lovikavantar och raggsockar och njöt. Stumfilm, förstås, eftersom det inte fanns några högtalare men vad gjorde det? Vi visste ju hur alla karaktärerna lät och tävlade om att härma dem bäst.

Familjen hade en sådan där äggformad SMV-husvagn som pappa ofta hängde bakom bilen inför sommarresor uppåt landet. Mot Hälsingland förstås men också uppåt Vilhelmina, Kittelfjäll och Daunatjåkko. Några gånger for vi också på vintern och hur det fungerade, med tre barn och dåtidens sockor och vantar, är ett mysterium eftersom allt måste ha varit dyngsurt när vi stövlade in från snön.

Men jag minns inget gnäll från föräldrarna. De kämpade väl på med fotogenvärmare och torklinor på de få kvadratmetrarna. Per sov i överslafen på tvären vid framrutan och jag under honom. Mats, på en hoprullbar slaf vid bakrutan.

Eftersom pappa älskade fiske, gick många av husvagnsresorna uppåt mot älvarna där ädelfisken fanns. Mamma hade också flugspö men skötte nog mest det primitiva hushållet. Vi söner, fick lära oss att hantera spön och knyta fast flugor men jag tror inte att någon av oss var sådär särskilt intresserad. Det viktigaste var att vi äntligen fick vara med pappa, som resten av året mest fanns till för alla andra, på sjukhuset.

Under ett par år hyrde vi sommarhus i Dimbobaden utmed södra stranden av Hjälmaren. Grannen Pelle Broström hade en enormt fin blanklackad mahognybåt liggande nere vid bryggan som han ibland lät han oss följa med i. Att fräsa fram genom Hjälmarvågorna lojt tillbakalutad i den snabba båten, det var det verkliga lyxlivet.

En annan granne, Ignells, ägde en boxer som hette Lord och som var en verkligt lömsk best. Ibland bad mamma mig att gå med överbliven mat till Lord. Jag kunde stå och hålla den ljuvliga middagen en decimeter från de dreglande käftarna och höra hur det sjöng i kättingen när hunden försökte komma loss. Jag gillade inte Lord och Lord gillade inte mig. Troligen var jag den ende som hade den verkliga förmågan att se att det var en ond hund. En mycket ond hund.

Självklart fick jag igen när boxern en dag kom loss och rusade rakt in på vår tomt. Jag sprang för livet nerför grusvägen, över den lyckligtvis ännu sparsamt trafikerade riksväg 52 och rakt ner mot vattnet. Lord gläfste och morrade i hälarna på mig. Hela han var en mördarmuskel på jakt efter nyttigt protein. Ut i vattnet. Jag skrek. Jag var så rädd, så rädd! Började simma utåt med hunden efter mig men Broström, som råkade vara nere i sin blanka båt hivade upp mig. Vattnet skummade av vild boxer. Där om inte förr, väcktes min hundrädsla. Jag tror att Lord avlivades.

# 8

## Julresor till Åsen

Utandningsluften bolmade i lyktskenet där vi stod och stampade på perrongen vid Örebro Station. Det var tidig jullovsmorgon och som vanligt var vi på väg upp till mormor på Åsen. Stationsinspektören, stinsen, som bar lång svart rock och pälsmössa prydd med det förgyllda bevingade järnhjulet, betraktade oss bistert. Det fick inte stås för nära när det roströda loket rullade in. Jag rös i märgen av det vanvettiga vinandet från motorerna och med nackhåren på ända skyndade jag efter mamma som manade på för att få oss att hitta rätt vagn.

Små hyttbås med sex eller åtta platser, vända mot varandra. Randig plyschklädsel. Ljudet från rälsen. "Katoketosch, katoketosch, katoketosch". Det absolut värsta var när jag var tvungen att gå från en vagn till en annan. Rena mardrömmen. Något slags glest dragspelsskynke var spänt mellan vagnarna och jag såg det förbirusande spåret under mig genom gallerstegen. Dånandet. Isen och snön som virvlade. Vinddraget. Jag var bara tvungen att stanna till. Att stå där i skräcken och veta att jag i nästa sekund åter skulle vara säker i nästa vagns värme och ljus. Gick jag sen till den kalla toaletten med sin delade spruckna träsits, kunde jag återigen se de snötäckta syllarna rusa fram under hålet. Där nere, på spåret, spreds allt man klämde ur sig. "Vid uppehåll på station, var god nyttja ej klosetten"

Pappa jobbade oftast på julloven så det var mamma som tog oss upp till Hälsingland och då bara till Åsen, till mormor. När pappa var med, på somrarna, blev det av naturliga skäl mer av Holmo. Ibland körde mamma bil, med oss pojkar i baksätet. Först i den svarta PV,n och senare i vår gröngula Vauxhall Victor. En herrgårdsvagn, som det hette på den tiden.

En sen mellandagseftermiddag styrde mamma bilen norrut i mörker och tät snöglopp. Det gick knappt att se vägen men skyltarna visade att vi närmade oss Alfta. Vi pojkar kivades som vanligt i mörkret i baksätet och mamma var spänd:

-Jag kör i diket! Jag kör i diket, om ni inte är tysta!....

Vi höll truten förstås men efter en stund sa jag:

-Mamma. Vi har Gud i bakluckan.

I söndagsskolan hade jag ju hört att Gud minsann fanns överallt och jag visste att blidka mamma som fått för sig att jag skulle bli präst en dag. Hon sörjde fortfarande sin äldste bror Gustav som dog strax efter att han blivit präst i Färila och hon önskade kanske att jag skulle ta upp den fallna kappan.

Så blev det inte, idag är jag sedan länge sekulär humanist, men det fanns en tid när jag var helt förvissad om den store gudens existens. Till exempel när jag, under en husvagnssemester, stående framför ett tombolahjul i norska Kristiansand, ömsint knäppte mina händer och bad om en vinst. Katshing! Ett litet porslinskrus med aluminiumlock utdelades utan dröjsmål.

Praise the lord!

Sista biten innan vi kom fram till Åsen, satt vi med näsorna tryckta mot rutan. Vem kunde se mormors hus först? När vi svängde av från stora vägen vid travbanan och in på grusvägen upp mot huset såg vi en gardin vifta på övervåningen. Där hade mormor suttit länge, spanat ut i mörkret och då och då puffat på sin cigarill. En vana hon lagt sig till med sedan morfar gått bort då hon ville hålla kvar doften av sin älskade man. Länge hade hon suttit med handen beredd vid gardinen. Mamma hade väl ringt innan vi åkte men sedan hade det ju tagit många timmar innan vi dök upp, och jag tror inte att vi stannade för att höra av oss på vägen.

Upp med grejorna och samling runt det ljusgrönmålade köksbordet! Fet mjölk och en underbar sötlimpa med extrasaltat smör. Moster Kerstin, på bästa fnitterhumör, mormor med hårknut och kamelhårskofta och morbror Sven Erik, alltid på språng, alltid på gång, med nya projekt i verkstan eller på väg till dans på någon loge. Hårgalogen, eller Jönses Loge.

Jag var på Jönses en gång, i sextonårsåldern, med kusin Stefan. Alla killarna uppradade utmed ena långsidan av ladans övre plan och alla tjejerna utmed den motsatta. Musiken spelade upp och killarna gick raka vägen över tiljorna för att bjuda upp den de ville dansa med. Mycket knuffande framför de sötaste tjejerna och mycket ångestfyllt. Inte konstigt att killarna var tvungna att styrka sig ute vid bilarna emellanåt.

Sven Erik satt vid köksbordet och tog en kvällsfika med oss. Den spröda porslinkoppen verkade kunna krossas när som helst i hans kraftfulla hand och jag betraktade den noga för att vara beredd när det skedde. Han var verkligen otroligt stark, såg mycket bra ut och helt visst hade han en del att göra, på logarna, om helgkvällarna. Han höll inte sked eller bestick som vi andra människor, med alla handens fingrar, utan använde bara tummen och pekfingret. Där hade han all den kraft han behövde.

En gång när han skjutsade mig från Mora till Bollnäs i sin Volvo Amazon gick växelspaksknoppen mitt itu. Den föll i durken i två exakt lika stora halvor. Sven Erik fnös och fortsatte att dra i växelspaken som om inget hänt. Varje gång vi närmade oss en backe var jag tvungen att snegla ned mot spaken. Jodå, han skötte den tungrodda växlingen med tummen och pekfingret!

Mormor Alma förmanade vid bordet:
-Var inte ute för sent. Du kör väl försiktigt? Du ska väl inte träffa hon, den där..?
Sven Erik, trettio år gammal, tittade stint i bordet.
-Det är bra nu ,mamma. Det är bra nu...
Närmre ett utbrott än så, kom han inte. Han var ju en Hedblomare, gubevars.
Jag sov i kökssoffan där locket ställts mot väggen och underredet dragits ut ett stycke så tagelmadrassen fått bättre plats. Ensam i köket låg jag sedan och lyssnade till Amerikaklockans tickande. Sven Erik hade satt en dämpning på slagverket, så när det satte fart, hördes bara en rad dova kluckanden men jag somnade i tystnaden däremellan.

Tidigt på morgonen vaknade jag sedan av mormors skinntofflehasande mot golvet. Låg där stilla i träsoffan och blundade och lyssnade till gnisslandet från vedspisens järnlucka. Hörde veden stoppas in. Spåntandet. Med dubbelgrepp om kniven spåntade mormor ett vedträ för att få fram tändspån. Tändstickans fräsande. Klingandet från ringarna uppe på spisen. Kaffekvarnens malande. Och nu dofterna. Den svaga lukten av eld och rök som blandade sig med doften av nymalt kaffe. Dagen tog sin början.
Efter frukosten, innan moster Kerstin åkte in till Kraftbolaget på sin moppe, borstade hon ut mormors långa hår och satte upp det i en knut. Mormor hade mjukt skinn på kinderna med otroligt många rynkor. Blankt skinn på händerna. Hon var 19 när hon gifte sig, fick tio barn och levde tills hon var 94 år.

När ljuset så tillät kasade vi på våra tjärade Edsbyskidor fram och tillbaka mellan snödrivorna, utmed vägen bort mot travbanan. Raggsockorna fulla med isklumpar. Röda kinder. Doften av hästar och stall som sveptes med av den höga luften. Sågklingesången där någon kapade ved på den stora gården mitt över dalen. Slottet i dalen.

# 9

## Kristinehamn och Södermalm

Våren 1962 fick pappa erbjudande om en tjänst som biträdande överläkare i Kristinehamn. Hasse Hansson som pappa läst medicin med, ville ha honom dit. Det hade gått några år och familjen var inte längre i samma kris men jag antar att det ändå kändes rätt att lägga Örebro bakom sig. För mig betydde det att kamrater och trygghet försvann när jag var 11 år och skulle börja i femte klass.

Vi landade på Västgötagatan 10 i ett helt vanligt hyreshus nära Skaraborgsvägen och efter bara någon vecka var det obönhörligen dags att traska in på Södermalmsskolans gård. Mörka moln hängde över mig där jag i svart regnrock med brun manchesterkrage stod mitt på grusplanen utan att ha en aning om vart jag skulle ta vägen. En lärare kom och hämtade mig och jag föstes in i en hög med gloende 11-åringar som pekade på regndropparna jag hade kvar på kinderna.

-Titta han har grinat!

De kallade mig "Örebroarn" och mobbade mig faktiskt under det första året. Anledningen till tråkningarna var nog en kombination av mitt usla bollsinne, fel dialekt och udda klasstillhörighet. De flesta bodde i arbetarstadsdelen Södermalm och var kanske inte vana vid att ha en så välartad utböling i sin krets. Thomas var värst. När jag en av de första dagarna, sist vald, hamnade framför fotbollsmålet och effektivt stoppade bollen, vrålade han:

-Man kan väll för faan inte ta böllen mä hännera!

Efter matchen bjöd han alla utom mig på godis och i vuxen ålder blev han militär på A9. Jag var verkligen urusel i allt vad bollspel hette men ganska duktig i klassrummet och kunde formulera mig skapligt. Det retade väl killarna, kan jag tro.

Tommy Johansson, den ende som vågade stötta mig, föll själv offer för spefulla kommentarer från klassen. Man kallade honom "Mozart" eftersom han spelade piano och det hade förstås ingen betydelse att han var mycket skicklig. Tommy såg kanske inte så cool ut som de sportigare typerna utan hade alltid översta skjortknappen knäppt och bar sin ljusbruna läderportfölj med lätt böjd arm.

För några år sedan såg jag min välgörare äta lunch på kinakrogen "East Ocean" vid Brommaplan. Han satt och pratade med ett par kvinnor och blev helt paff när jag presenterade mig. Jodå, han kom ihåg mig från Kristinehamn. Jag berättade om mitt minne av honom och tackade honom för att han varit så modig. Föga överraskande hade han numera en högre tjänst inom socialförvaltningen!

Jag beundrade den blonde, duktige, sportige, vältränade, simmande kaptenssonen Mats och också honom mötte jag längre fram i livet. På Stadshotellets diskotek i Kristinehamn. Min forne idol och förebild hade glorian lite på sned, när han nu, lätt berusad och med kraschat äktenskap bakom sig, var ute på spaningsrunda. Att han var i äldsta laget för diskot kan jag ju inte notera eftersom jag själv var där.

I klassen fanns också flickor som hade hunnit en bit in i puberteten och som lönlöst försökte smita undan killarna som ville ta dem på brösten. Senare, i sexan, var det min tur. Tänkte aldrig att det kunde vara kränkande och trodde i min enfald att de uppskattade vår uppmärksamhet. Idag hade vi förstås fått stå till svars för våra handlingar.

Bredvid vårt annex fanns gympasalen där det ibland anordnades skoldans. Iklädd blå manchesterkavaj, grå byxor och blå mockaskor gjorde jag entré. En tjej jag var särskilt intresserad av var där, och jag höll mig förstås i närheten. Försökte dölja min begynnande förkylning för att inte verka motbjudande och när jag tyckte mig höra henne säga mitt namn, vände jag mig hastigt om. Tack vare denna dramatiska snurr, värdig situationens allvar, drog den obarmhärtiga centrifugalkraften snoret ur min näsa och lade det i en tjusig sträng över ena kinden och örat.

Två steg fram och ett tillbaks. Det var så man dansade foxtrot på skoldanser. För mig var det tvärtom.

Skridskobanan, som låg mellan skolan och de stora hyreskasernerna vid Södermalm, var den naturliga samlingsplatsen på vinterkvällarna. De flesta killarna spelade hockey medan jag åkte runt med min bandyklubba som pappa lärt mig att hantera. Tommy Berglund, skolans värsting, som både slogs och gladeligen slängde in stinkbomber i kyrkan under gudstjänster, hade jag förstås i ögonvrån hela tiden. Alla var rädda för den oberäknerlige och aggressive Berglund.

Plötsligt svischade han förbi och slog min bandyboll över stängslet och utan att tänka efter smällde jag till hans puck så att den gömde sig i snövallen. Han blev rasande och kastade sig över mig och tvingade ner mig mot isen. Jag hamnade på rygg och han satte sig över mitt bröst och började slå som en galning, med hockeyhandskarna på. Alla de andra betraktade det hela stående i den där klassiska ringen runt om utan att ingripa.

Chockad och darrande stapplade jag hemåt. Jag var kränkt och förtvivlad. Vilken rätt hade han att att slå mig? Han hade ju gjort exakt samma sak mot mig men det var tydligen bara han som skulle bli förbannad och börja slåss.

Det gick naturligtvis inte att dölja svullnaderna och blåmärkena för pappa som blev väldigt upprörd och tvingade mig att följa med till Södermalm i vintermörkret.

Jag ville inte. Kände att om jag tog pappa till hjälp så skulle det bara bli värre. Men, efter att ha frågat sig fram i "Malmens", av stekt fisk luktande, ekande trapphus, ringde pappa på dörren. En äldre kvinna öppnade och ropade inåt lägenheten.

-Tommy!, Tommy!

Värstingen kom oberörd till dörren.

-Det var han som börja. Jag fick ett sår här på benet.

-Får jag se på ditt ben, sa pappa. -Jag är läkare.

Mormodern, eller kanske farmodern, rätade nu på sig i hallen och Tommy stack, efter att först ha tvekat en stund inför vilket av benen det nu var, fram det ena. Pappa undersökte det framstuckna.

-Det här såret är ett och ett halvt dygn gammalt.

Tommy tog vant emot tillrättavisningen om att inte slåss på det viset och slank undan. Mormodern stängde hastigt dörren och vi stegade tysta nedåt i det kala trapphuset. Inte heller på promenaden hemåt sa vi något till varandra. Västgötagatans frusna snöslask krasade under sulorna.

De andra killarna i klassen beklagade att jag hade råkat ut för just Tommy som självklart inte skulle glömma att jag tagit hjälp av min pappa. Därför var jag alltid rädd i parken på väg till och från skolan. Flera gånger hejdade han mig med hot om mer stryk och jag gick aldrig in i Södermalms bostadsområde. Vedergällningen ruvade bakom varje mörkt och blankt fönster.

Eftersom det inte ingick i mitt system att slå eller skada någon, ens när jag blev attackerad, hade jag inte givit igen utan bara höjt händerna till skydd. När jag var 18, hände det igen, i ett helt annat sammanhang men inte heller då försvarade jag mig. Nu, idag, när jag skriver det här, vet jag att jag många gånger tänkt att jag skulle kunna mosa den som vågade bära hand på mig. I mig vilar revanchlustan. Ett slumrande våld i ett förorättat sinne.

En märklig allergi med nässelutslag slog till för första gången ungefär vid samma tid som isbanehändelsen. Jag minns med värme att pappa satt på sängkanten länge, länge och strök mig med lätta fingrar över skinnet för att det då lindrade klådan. Han satt där i timmar och borde ha sovit för länge sedan.

Mindes han, tro, att jag en gång höll på att driva honom från vettet med min planka?

# 10

## Skepparhistorier

Vid 12-13 års ålder övergick jag från att vara vargunge till att bli riktig scout i Kristinehamns Sjöscoutkår. Så fort det blev varmt nog på våren för skrapning och målning, cyklade vi ut till Kapurja där båtarna stod uppställda. I obekväma ställningar slet vi kvällar och helger men tröstade oss med drömmar om kommande seglingar. Kåren ägde en Pojkbåt, en äldre Stjärnbåt och en stor Ljungströmskryssare.

När sommaren sedan kom, skjutsade mamma oss ut till seglarsällskapets brygga där vi snabbt lastade allt i båtarna och vinkade adjöss. Nu skulle vi ut på stora Vänern i en vecka eller två, ett gäng tonårspojkar som bara hade varandra att ty sig till när det gällde navigering i mörker och när det blåste upp och blev farligt. Att ringa hem någon gång under seglatsen var inte aktuellt.

Idag kan jag absolut inte tänka mig att inte höra något från barnen på så lång tid. Eller åtminstone något från någon ledare.

Vi seglade Vänern runt flera gånger och gick utefter Göta Älv ner till Göteborg och Uddevalla. Slussade i Göta Kanal ut till Bråviken till det jättestora Stegeborgslägret 1965. Vi var på läger i Karlstad och Åmål i våra mörkblå skjortor och vita halsdukar. Helst skulle den blå färgen vara urtvättad och blekt av solen. Många tävlingar på lägren. De unga skulle danas. På min första sjöhajk hade de 17-18-åriga ledarna i hemlighet bestämt att det skulle bli nattsegling. Till saken hör att båda två hade en major respektive kapten till fäder. Följdriktigt, väntade de tålmodigt tills det var tyst i tälten och alla hade somnat.

Själva hade de lagt beslag på de mjuka kojerna nere i båtarna men visste att den här natten skulle det minsann inte sovas.

Plötsligt genomskars natten av skrik och rop.

-Upp och hoppa! Packa ihop allt! Alle man i båtarna!

Rädda och förvirrade snodde vi ihop våra grejor och tumlade ned mot bryggan i mörkret. Sedan väntade en nattlig segling med sjökort, ficklampor och spanande efter fyrar. Det suger fortfarande till i magen när jag tänker på den natten. Svarta vassa klippor under den blyfärgade vattenytan. De bleka unga, skulle danas och kårchefen, kapten Moland, sov antagligen gott i sin varma säng hemma i villan i Sannakvarteren.

Nåväl, jag blev själv ledare med tiden. En våravslutning ägde rum nere vid bryggan utanför A9:s officersmäss. Alla var där. Föräldrar, scouter och nykomlingarna som skulle få känna på lite riktig segling. Vi var två man på Stjärnbåten och lastade på ett gäng småscouter inpackade i flytvästar. Halvvind rakt ut från bryggan med god fart och alla föräldrar vinkade. Vi var kungar.

En bit ut i sundet slog vi och siktade på bryggan igen. Skotade hem rejält och ville visa blåbären hur ett skepp borde hanteras. Skulle de danas eller ej? En rejäl och oväntad körare lade ner stjärnbåten och vi tog in vatten. Mycket vatten. Barnen skrek och vi släppte ut allt segel. Allright, ingen hade ju hamnat i vattnet och allt var under kontroll. Föräldrarna ropade och trängdes oroliga på bryggnocken.

Vi låg för djupt i vattnet och ville ta oss in till bryggan för att släppa av barnen och börja länspumpa. Skotade så hem på focken för att få lite fart då en av oss, och det var inte jag, gick fram på fördäck för att fixa med en tamp. Den som någon gång hållt en halvfull igenkorkad drickaflaska vågrätt i handen, vet vad som hände. Plötsligt rann allt vatten föröver och fören dök djupt under vattenytan. Stjärnbåten ställde sig med akterspegeln rätt upp och masten retfullt pekande rakt in mot publiken och nu, nu var det dags för de unga att ramla i. Stor förfäran på bryggan och senare; räfst-och rättarting inför kårchefen.

En annan gång var vi på väg till ett läger i Karlstad med Ljungströmskryssaren. Jämn vind in från babord, knallblå himmel och stekhett. Vi gick utomskärs för ovanlighetens skull och de närmaste öarna i norr syntes bara som mörka streck mot horisonten.

Ljungströmmaren, som var tung, höll kursen nästan av sig själv med surrade skot och vi turades om med att falla baklänges i vattnet. Sedan gällde det att i tid hugga tag i tampen till jollen som släpade efter ungefär femton meter akteröver och dra sig fram till båten igen. Flytvästarna? Långt nere i kajutan, förstås.

Underbart skönt. Jag kom upp till ytan och såg att alla de andra var i vattnet! Båten, som nu var utan styrman och ett par hundra kilo lättare, sköt plötsligt fart. Kroon, som han hette, räddade kanske livet på oss när han efter en vansinnessimning hann fram till jollens akter innan den svischade vidare ut på Vänern. Det var riktigt långt in till öarna och frågan är om alla klarat av den simningen. Kroon drog sig fram till båten, vände och fiskade upp oss.

Ljungströmmaren hade varken vant, stag eller bom, utan bara en stadig mast där seglet skotades genom block fästa längst ner i akterdäcket. Segelytan var på femton kvadrat men eftersom seglet var dubbelt landade det på imponerande trettio kvadrat under läns! Det extra fiffiga var att masten kunde snurras genom ett system med rep och en vev nere i sittbrunnen och på så vis kunde seglet rullas in.

En gång, efter ett läger utanför Uddevalla, forsade vi in mot Marstrand i full karriär. Det blåste friskt utifrån Skagerrack, full läns med båda seglen utfällda och Ljung-strömmaren låg som en trimmad svan framför de långa vågorna med bogen fräsande. Folk på kajen nedanför hotellen pekade åt vårt håll. - Titta en Ljungströmmare! Båten var ovanlig och det var nog en härlig syn när den kom på läns.

Nu bar det av utmed kajen och in mot bryggorna och vi såg hur folk höll händerna för både ögon och mun. - Det här kan aldrig gå väl! Inte kan de väl gå in mot kajen med en sådan förfärlig fart?

Men si, med en hoppilandkalle i fören, en man vid veven till masten, en vid rodret och en med draggen beredd, gick vi med dryga tio knop inåt, gjorde en u-sväng ett par meter ifrån kajen samtidigt som masten snurrade och draggen gick i. Bekvämt stegade hoppilandkallen upp på bryggan med en tamp i handen. Från full läns till stilla vid kaj på mindre än 30 sekunder. Glassen utanför kiosken smakade extra gott inför beundrande blickar.

Den tunga båten hade ingen inbyggd motor utan drevs av en enhästars öppen Seagull som var fäst i en rigg i aktern. Under de ändlösa timmar vi gick utmed Göta Älv mellan slussarna och vidare ner mot västkusten, var det svårt att hålla sig vaken i det sövande surret. Jag satt en natt vid rodret någonstans nedanför Lilla Edet och kämpade för att hålla mig vaken. De andra sov gott nere i ruffen och det var ännu inte dags att väcka någon som skulle ta över. Inga lanternor på båten och alltså inga positionsljus för det krävdes inte på båtar under en viss längd. Det enda vi hade var en fotogenlampa fasthakad i skotet över sittbrunnen.

Huvudet hängde och Seagullens entonsmalande gjorde ögonlocken blytunga. Här och där utmed älven, gult ljus från pållare som markerade farledens sidor, annars totalt mörker. När en sömnvåg var på väg att svepa mig bort, vaknade jag till av ett mörkare fräsande. Jag såg mig omkring men kunde inte se något särskilt. Fräsandet ökade i styrka och jag började bli rädd. Vad vad det som lät? Ljudet började förändras och under det, kunde jag höra ett lågfrekvent malande, pulserande.

Jag skrek rätt ut för att väcka de andra samtidigt som vår båt började höja sig och luta föröver. Aktern höjdes och vi surfade framåt. Nu, kunde jag se bakom och ovanför mig, en vägg i mörkret. En fartygsbog, så nära att jag inte ens kunde se lanternorna, knuffande vattenmassorna och vår båt framåt och åt sidan. De andra, rädda och yrvakna, klättrade upp ur ruffen och fick hålla i sig av alla krafter när Ljungströmmaren vreds och stönade i bogsvallet.

Det gick inte att styra utan vi virvlade skrikande utmed fartygssidan i den becksvarta natten. Snart hördes det massiva stånkandet från motorerna precis vid våra huvuden och väsandet från de sugande propellervirvlarna vari båten kastades hit och dit, och därpå plötslig stillhet. Vi kunde se belysningen på däck när fartyget stävade vidare söderut. Styrmannen hade antagligen inte ens märkt oss.

Vi kom ner till Kungälv på morgonen, sov ett par timmar men beslöt att gå vidare ner utmed Nordre Älv mot kusten. Landsvägen gick över bron och kom man med segelbåt så var det beställning av broöppning som gällde. Det här gjordes via telefon på en bensinmack på andra sidan älven och dit tog vi nu vår lilla jolle. Ljungströmmaren, fast förtöjd, låg som i ett spindelnät av linor uppspända mot brygga och pållare och fungerade som torklinor åt våra kläder. Man får inte vara dum.

Fyra man i den lilla jollen och tre centimeters marginal mellan reling och vattenyta. Vi ringde om broöppning på macken och handlade lite förnödenheter. Det brukade ta en dryg halvtimme för tjänstemannen att sätta sig i bilen och köra ner till bromaskineriet så vi hade stora insjöar av tid. Plötsligt började klockan ringa där nere vid bron, de röda lamporna blinkade och vi hörde rasslet från de stora kugghjulen. Panik! Så snabbt!? Vi kastade oss ner för slänten, hoppade i jullen och rodde så fort det gick över till andra sidan. Bron hade nu öppnat nästan helt och bilar började köa på båda sidorna. Fort! Fort! Igång med Seagullen!! Faan, tvätten! Knyt loss linorna! Kapa skiten! Någon lyckades rycka igång enhästaren och en annan lossade förtöjningarna. Nu stod bron helt öppen och vi segade oss, segade oss, ut från kajen och ut mot mitten av farleden.

Vi föreställde oss att bromaskinisten var tvärförbannad över att vi inte blixtsnabbt nog slank under bron när han öppnade. I denna stund, med smörgåsarna i munnen och med fendrar, tvättlinor och kläder släpande i vattnet långt efter oss, upptäckte vi den tvåmastare som beställt just den här öppningen. Ett välklätt äldre par nickade artigt, men stelt, åt oss där vi möttes mitt under bron. Oavbrutet stirrade de efter oss medan de försvann norrut utmed Göta Älv

# 11

## Mötet med Lincoln

Mamma och pappa hade köpt ett litet sommarhus ett par vikar västerut i Vänern, söder om Ölme Hembygdsgård. Stugan döptes till Harmas, det gamla namnet på pappas barndoms Holmo.

Här välvde sig en stenklippa ned mot vattnet under höga tallars skugga och det var underbart att ligga där, insvept i täcket nära vågorna i morgonsolen och höra mamma fixa med frukosten. Plastbåten, som låg nere vid bryggan, hade gulnat något sedan Mörtochpank och Monarkmotorn hade gjort sina timmar. Det var här, på Harmas, som pappa senare, efter sin stroke, plockade isär den snurran i smådelar. Med bara en hand och munnen till hjälp. Försök det. Han fick ihop allt och gav motorn nytt liv. Jag kan känna djup respekt för hans envishet och kampvilja. Pappa, som alltid varit så bra på allt, fixat allt med sina två praktiska händer, fortsatte med bara en. Han plockade isär och lagade husvagnsbromsar, rensade svamp, lagade mat, skottade snö, fiskade och körde bil. Hur ofta har jag inte själv förbannat att jag inte haft en tredje hand till hjälp, när jag grejat med något.

Något han antagligen sörjde, och jag bara gissar eftersom jag inte har talat med honom om det, var pianospelandet. Aldrig satt han där och klinkade med sin vänsterhand. Aldrig mer några Chopin-preludier som jag brukade höra från vardagsrummet när jag var yngre.

1964. Beatles "I want to hold your hand" låg etta på topp hundra-listan och nu var jag hopplöst förälskad igen. Lisbeth Nevelius, en lågmäld och ordentlig flicka som bodde på Spelmansgatan, fyllde ständigt mina drömmar.

Någon, som visste hur jag trånade, kallade retfullt Spelmansgatan för "Lyckliga Gatan". Jag vågade inte säga något till Lisbeth utan hoppades bara att hon skulle upptäcka mig när hon plötsligt en dag, rakt ur ingenting, kom dragandes på den i mitt tycke triste, Claes-Göran. De hängde sedan ihop i flera år.

Mina tonårsförälskelser var fortsatt obesvarade men när jag kände mig ensam hade jag ju alltid mina plastbyggsatser som sällskap.

I 9:an skulle klassen vaka inför lussefirande av några lärare. Det var spännande att planera och viska om detta mellan bänkraderna. Alla skulle förstås vara med och det talades om drickande. Inget jag övervägde, men det kändes ändå "vuxet" att det skulle förekomma på vår fest. När jag presenterade övernattningsidén hemma så blev det blankt nej. Absolut inte, sa mamma och pappa. Jag kokade inombords och nödgades stammande förklara inför klassen.

- Jag kan tyvärr inte vara med men min mamma ska skjutsas mig dit klockan sju i morgon.

Omyndigförklarad, slokörad men utsövd, klev jag in på festen, som naturligtvis varit avslocknad sedan länge. Förvirrad betraktade jag en av tjejerna som obekymrat sov på rygg mitt på golvet med kjolen uppdragen, som en annan Ulla Winbladh. Eva, som hon hette och en annan tjej, Mia, hörde liksom till en annan åldersgrupp eftersom de umgicks med mycket äldre killar och här förstod jag att de tydligen umgåtts med alkoholen också. Kanske hade jag ändå haft det rätt bra hemma i min egen säng.

Det var plågsamt att vara sen i den fysiska utvecklingen. I omklädningsrummen såg jag hur alla de andra killarna minsann hade könshår som de oblygt stoltserade med och det fick mig att känna mig än mer naken och valpig. Jag längtade innerligt efter att få mer påtagliga tecken på min mognad.

Familjen skulle nu få hyra en landstingsvilla på Sannagatan 21. Det passade väl familjen lite bättre än lågstatusboendet nära Malmen. En kväll cyklade jag upp till det grå huset som så vackert vilade under ett par björkar på en sluttande gräsmatta. Det mesta av möblemanget var redan ditflyttat men vi sov kvar på Västgötagatan någon natt till. Med en pirrande känsla i magen smög jag runt huset och inspekterade allt. Noterade den mörka bastanta dörren med rundad överdel prydd med ett kopparärgigt lejonhuvud. Spanade uppåt balkongen utanför det som skulle bli mitt rum. Via spaljén klättrade jag dit och lyckades lirka upp fönstret. Tog mig in i det som skulle bli Pers rum och satte igång hans plastskivspelare. Beatles "Rubber Soul".

Vid Kungsgatan där "Lusasken" är fäst på broräcket, finns ett litet trähus nära vattnet. Huset är idag ett café och krukmakeri men vid mitten av 60-talet var det en silversmedja och där pryade jag i ett par veckor. Smeden som var en mycket vänlig man visade mig på en hörna där jag sedan satt och filade på lite smågrejor. Gjorde manschettknappar till Per och en klackring som han sedan bar tills den blev helt utsliten. Smeden var nog lite imponerad av min talang eftersom han erbjöd mig att komma dit även i fortsättningen. Han sa att jag kunde hjälpa honom med enklare lagningar och lära mig mer efterhand. Det var första gången en vuxen på allvar sagt att jag var bra på något, så överlycklig och omtumlad skyndade jag hemåt för att berätta. Pappa bad mig att tacka nej och istället satsa all tid på gymnasiestudierna. Tänk om han hade sett min önskan och talang. Vågat se att en framtid inte bara handlade om akademiska studier.

När jag fyllde 50 år, 2001, på Tunnlandsvägen i Abrahamsberg, överlämnade min fru Angela en silversmideskurs på ABF. 9 gånger 3 timmar!! Vilken fantastisk present! Det blev tre kurser till innan jag skaffade nog mycket prylar för att kunna börja arbeta i egen smedja.

Ringen och manschettknapparna jag en gång gjort till Per fick jag tillbaka av honom på min 60-årsdag. Liggande i en liten vit ask sände de en hälsning från mitten av 60-talet och från det som kunde ha blivit. Jag grät och snorade när jag återsåg de valhänt tillfilade prylarna.

Hemma på Sannagatan snurrade Beatlesskivorna och inspirerade till byggande av ett eget trumset av burkar och en uppochnervänd plåtxylofon. Jag slog och slamrade och drömde om ett riktigt set. En födelsedag bad pappa mig att följa med ner till stan i ett ärende.

-Vad är det för ärende?

Nä, han kunde tyvärr inget säga men tog mig med i bilen ner till Kungsgatan. Han parkerade rakt utanför utanför Rosenbergs Pappershandel som förutom kontorsvaror också hade en del instrument till försäljning.

-Ja, sa pappa till den något rundlagde gubben Rosenberg, - då skulle vi hämta det där vi talat om.

Rosenberg gick bakom och återkom snart pustande med del efter del av ett skinande nytt trumset. Lincoln Continental i grön flake! Sprillans nya glänsande cymbaler. High Hat, virvel, baskagge, fotpedaler. Allt! Salig av lycka monterade jag upp mitt trumset i vardagsrummet och gick loss. Jag minns att mamma såg så nöjd ut. Hon överraskade mig. Jag trodde att hon skulle hålla för öronen men hon bara stod där med armarna i kors och log trots att hon måste ha sett hur de svarta gummiskydden på stöden gjorde spår i parketten.

Trummorna tjänstgjorde lite senare i källarbandet "Mad Sect Incorporated". Vi kom aldrig ur källaren men vi var ett band!

Några år senare stod Lincolnsetet några dagar på regementet i Karlstad för att sedan följa med ner till Scenskolan i Malmö och ännu senare till Skånska Teatern i Landskrona. Där kom de att ingå i teaterns instrumentförråd och spreds sedan, del för del, för vinden.

Sista gången jag såg någon grön flake glimma till var under en amatörteateruppsättning på Landskrona Citadell. Ingen hade en aning om att bastrumman som nu hängde på någons mage, en gång repat parkett på Sannagatan i augusti 1965.

Där hemma, på Pers vägg, hängde en Höfnergitarr som jag absolut inte fick röra. Den gode Höfner anade dock mina talanger och lockade mig diskret till sig för närmare bekantskap. När Per tragglade sina "Tom Dooley" och "Johnny B Goode" studerade jag noga fingersättningarna, för att senare smita hem från skolan och träna. Lite mer läggning för det musikaliska hade jag antagligen, för snart var jag inte bara ikapp Per, utan hade dessutom lagt till fler ackord och andra låtar. Onkel Höfner hängdes därefter noga upp på sin spik på väggen igen för att inget skulle märkas.

Som jag minns det, kom Per hem tidigt en dag och fick höra mig spela. Det känns sorgligt, men jag tror att han tappade lusten just där och då.

# 12

## Det gudsförgätna fingret. Brogårdsskolan.

Sexton år gammal sändes jag iväg till scoutkonfirmations-
läger på Hensbacka Kursgård utanför Uddevalla i en
månad. Konfirmation var inget vi valde själva utan ett
måste för pojkarna Modin och själv var jag nog mer
inställd på äventyr än att låta mig fösas in i den fromme
herdens fåraflock.

Vi bodde i långa baracker som ledarna försökte få oss att
stanna i på nätterna men; vi var tonåringar på äventyr och
allt skulle prövas. Efter någon vecka hade rymningarna
eskalerat så mycket att konfirmationsprästen bad för oss
vid kvällsandakten och ledarna talade om att avbryta lägret
om vi inte skärpte oss. Tomt hot förstås, resonerade de
mest drivna för att sedan förfina taktiken bakom
nattvandringarna. Som den väluppfostrade unge man jag
var, tvekade jag in i det längsta att följa strömmen men
gjorde det naturligtvis till slut.

På en sådan liten utflykt klättrade jag uppför en slänt och
råkade sätta handen rakt på en krossad ölflaska.
Långfingret på vänsterhanden var nästan av. Vi kämpade
för att hålla blodet kvar i mig och när vi kom tillbaks till
gården knuffades jag omedelbart in i en bil, en sovjetisk
Glas, som den blide prästen i okristlig racerfart styrde till
Uddevalla Sjukhus.

Sedan satt han där, mumlande med knäppta händer och
följde doktorns ihopsyende av min sargade hand. Trots alla
böner skulle det snart visa sig att fingret ändå blev fel
ihopsatt och den konstiga böjen kom sedan att följa mig i
nästan femtio år. Fram till den dag en handkirurg i
Upplands Väsby, helt utan hjälp från ovan, rätade ut det
hela.

I Augusti 1967 var det dags att börja på gymnasiet. Det var den andra årskullen med "vanligt gymnasium". Per gick då sista året i läroverket på samma skola och tog sedan studenten på riktigt. Jag började håglöst på den av pappa beslutade NA-linjen men efter två år var mina betyg så usla att jag var tvungen att byta linje och gå om tvåan.

I den här vevan kom Nils Ryrberg ner från Norrland. I lång mockarock och med en gigantisk ryssmössa på huvudet stegade han världsvant över skolgården i min riktning.

-Vi borde visst känna varandra..

Hans charmiga snedtandsleende gnistrade i eftermiddagssolen. Vi skakade hand och konstaterade att familjerna hade setts hemma hos Ryrbergs några kvällar tidigare men då i Nils frånvaro eftersom han rest ner senare från Luleå. Här stod vi, två läkarsöner med en hel del gemensamt och vi blev vänner direkt.

I sitt klassrum fick Nils presentera sig.

- Ja, välkommen, då, Rydberg, sa läraren.

- Ryrberg, sa Nils. Rudolf, Yngve, Rudolf -berg.

- Heter du Rudolf Yngve Rudolf Berg?, frågade den förvirrade adjunkten.


Nils, eller Nisse som alla vi unga sa på den tiden, bodde någon gata ovanför oss i Sannakvarteren och jag var ofta där på kvällarna. Nisse fick vara som en vuxen i sitt hem och det var enormt imponerande men bidrog också till min känsla av att jag bara var ett barn i Modinhemmet. Hos Ryrbergs satt vi med hans mor Kerstin i den vackra soffgruppen och konverserade med det ena benet över det andra. Både mor och son hanterade vant sina Marlboro med filter. Hardpack. Själv smög jag då och då med ett skrynkligt paket små Commerse.

Nils var ju nästan ett år äldre men det var mer än åldern som skilde oss åt. Ryrbergarna, som hade ett självklart förhållningssätt till det övre medelklassliv de levde i den lilla staden, hade ofta bjudningar och middagar och där fick förstås Nils vara med i samtalen hur mycket han ville.

Hemma hos oss var det sällan bjudningar av den sorten och jag vet att pappa och mamma var ointresserade av det gängse konverserandet. De hittade möten och samtal i helt andra sammanhang. Det var typiskt för pappa att istället bli vän med sjukhusmaskinisten Kvist och hans fru.

Nils hade körkort och fick utan större diskussioner låna pappa Carl Hugos flotta Mercedes i vilken vi for till Filipstadsbacken på helgerna och ibland även på onsdagskvällarna. Utförsåkningen var underbar. Jag hade varit med i Kristinehamns Slalomklubb ett tag och fått upp en skaplig snits. Tävlat i Sunne, Lesjöfors och Filipstad.

När Nisse och jag kom tillbaka till stan efter en fredagskväll i backen stannade vi ofta till utanför diskoteket Ambrosius som fanns i ett gammalt trähus vid ån precis utanför gymnasieskolan. Vår mörkgrå Mercedes omringades genast av svettiga, tunt klädda flickor som darrande av köld bad att få sitta i bilen och röka. Vi nekade förstås och hade bara en liten, liten glipa av sidorutan öppen för att inte släppa ut värmen. Ingen rök i Carl Hugos bil. Två välbeställda söner på stan.

# 13

## Den unge Puttes lidanden. Proppen i hjärnan.

Jag hade länge beundrat en tjej som gick på Djurgårdsskolan. Louise hade mörka, vackra ögon precis som sina syskon och hon skrattade som ingen annan. Ett sånt där fnittrande skratt som var helt oemotståndligt och som fick det att värka i bröstet. Jag ville vara nära henne och lyckades skickligt hamna i de tonårspulkabackar där hon och hennes kompisar roade sig. På något vis, jag kan inte minnas hur, blev vi plötsligt ihop och fick ett par veckor tillsammans där vi mest satt i olika soffor och höll om varandra. Sedan avslutades det hela abrupt när jag en kväll, glad i hågen, ringde på hennes dörr och hennes mamma öppnade. Hon meddelade mig nyheten rakt i ansiktet, antagligen efter instruktioner från dottern.

-Du, Putte. Louise är nog inget för dig.

Jag var inte dummare än att jag fattade vinken och dröp av på ben som gick som av sig själv i dimman nedåt Sannagatan. Efter det var jag riktigt olyckligt kär i flera år och än värre blev det när Nils och Louise blev ett par. Då tvingades jag se dem ihop i skidbackar, på fester och på sena tekvällar. Kunde inte släppa henne.

I stadens fotoaffär råkade jag en dag se hennes bild. Hon hade fotograferats ihop med sina syskon men där fanns också en separat bild av henne eftersom hon var både söt och dotter till en av stadens betydande män. Pappan var företagare och hans familj var under den här tiden högst välmående. De färdades i Kristinehamns första Volvo 164:a som med sin sobert ljusblå metalliclack, sin skinnklädsel, starka motor och den där typiska grillen, skilde sig så tydligt från vanligt folks 144:or att ägarens dotter självklart skulle pryda fönstret i stadens fotobutik.

På det viset tänkte jag förstås inte när jag var sexton, utan jag bara fastnade där utanför fönstret. Förhäxad av den leende munnen och de mörka ögonen funderande på hur jag skulle kunna komma över en kopia. Jag vandrade ofta förbi, och i fasa över att, en dag, hennes bild skulle vara utbytt, började jag smida en listig plan.

Jag skulle utge mig för att vara en släkting som av en händelse inte råkat få ett exemplar! På den tiden anade jag inte hur liten staden var och hur bra koll folk hade på lite mer officiella personers barn. Fotohandlaren visste naturligtvis att jag var en Modinare men såg väl att jag var förälskad och några dagar senare kunde jag lycklig stiga ut ur butiken med ett kuvert gömt under jackan. Bilden finns kvar än i dag i en papplåda.

Högeromläggningen, alltså omläggningen av trafiken då vi bytte från vänstertrafik till höger skulle ske morgonen den 3:e September 1967 och kvällen innan firade Åke Hansson (ja, just det, han som hittade mig utanför leksaksaffären i Örebro) och brorsan Per födelsedagar med en fest på Scoutlokalen. Det var ofta där vi hamnade när vi ville ägna oss åt lite mer vuxeninriktade aktiviteter. Exakt hur jag, som sextonåring, råkat hamna i det här lite äldre sällskapet vet jag inte, men jag gissar att det var en kombination av tjat och Pers osedvanligt välvilliga inställning till sin lillebror.

Vi satt där nedsjunkna i de mjuka sofforna och såg knappt varandra i den svaga stearinljusbelysningen medan Håkan Karlsson, fullmatad med fräckisar, och jag, byttes av att spela gitarr. Det var nog spelandet som gjorde att jag fick vara med, när jag tänker efter.

Alla de äldre blandade vant drinkar i olika kulörer och jag följde vaksamt skeendet. När jag visade mig så intresserad och dessutom bad att få smaka, bara för att känna skillnaden, lät de mig göra det. De hade väl annat för sig än att hålla koll på Putte och till slut hade jag tappat räkningen på hur många drinkar jag testat. Hur som helst, en finfin och trivsam afton. Berusad för första gången. Jag minns ett visst ståhej runt vem som borde ha haft koll på mitt intag.

När det ljusnade gick vi hemåt genom staden där bilförare förberedde sig för att köra över till den ovana högersidan. När de väl gjorde det, exakt klockan fem på söndagsmorgonen, jublade vi och hoppade på gatorna. Det här var ju ett historiskt ögonblick och jag, styrkt av all olikfärgad dricka, insåg det mest av alla och hoppade högst.

Vintern 1968/69. Återigen bar det av till Filipstads slalombacke. Pappa låg i sängen efter frukosten och läste. Jag stannade till vid sängkammardörren och sa att jag ville fortsätta med tränandet och tävlandet i slalomklubben. Pappa gick i baklås och blev arg. Han ville att jag skulle sluta med skidåkandet för att istället fokusera på skolarbetet. Vi kom ihop oss ordentligt och jag sa att jag tyckte det var idiotiskt att sluta med skidorna. Det skulle jag ju kunna göra ändå, utöver studierna. Jag skrek väl något, stegade därifrån och hoppade in i mammas folkvagn. Per körde de fem milen upp till Filipstad och Mats satt i baksätet.

Lite senare på dagen blev vi hejdade av en man som pulsade emot oss i liftkön.

-Heter ni Modin?

-Ja

-Åk hem direkt. Er pappa har blivit sjuk.

Det är svårt att tänka sig att man då inte kunde ringa med mobilen och få mer besked. Nu visste vi bara det lilla vi hört och Per körde snabbt hemåt. Jag satt där i passagerarsätet och tänkte att om jag knäpper händerna och ber om hjälp, så kommer han att dö. Alltså inte be.

På sjukhuset hittade vi mamma och några läkare som visade oss in till ett rum. Där låg han blek och tyst i en sjuksäng. Mamma grät och med pappas kollegor i en tät ring omkring sig berättade hon hur det hade gått till. Hon hade varit nere i köket och ordnat med något när hon hört ett konstigt prasslande uppifrån sovrummet och gått upp för att se vad det var.

Afasin hade slagit till och eftersom han inte kunnat ropa hade han istället hittat några karamellpapper som han prasslat med i hopp om att hon till slut skulle höra.

När hon kom upp i sovrummet hade han lyft sin förlamade arm med den vänstra och sedan släppt ner den i sängen för att visa vad som hänt. Han förstod gissningsvis direkt vad som drabbat honom. Sedan försvann han. Trombos, heter det. Propp i hjärnan. Han var 49 år, hade precis betalat av studielånet och skulle äntligen börja leva livet som skuldfri.

Vi var chockade förstås, men talade aldrig på riktigt om det som drabbat oss. Bearbetade aldrig sorgen som lamslagit familjen och som sedan legat kvar och pyrt ända tills både mamma och pappa gått bort. Sorgen finns väl kvar ännu, någonstans.

Många gånger under de följande åren grubblade jag mycket över om det som hänt berodde på att jag grälat med pappa den där vintermorgonen? Var det mitt fel alltihop? Antagligen inte. Även om den lilla klumpen av levrat blod lossnat från någon ven på grund av att han var upprörd, så hade det ändå hänt. Förr än senare.

Pappa transporterades till Sahlgrenska i Göteborg för rehabilitering och var borta hela våren medan mamma fick ta allt ansvar hemma med tre tonårspojkar. Var gång jag kom hem sent steg hon upp och kom in i badrummet för att kontrollera att allt var ok. Dörren var alltid olåst för att visa att inget otillåtet var i görningen eller att jag hade något att dölja. Det här ständiga omyndigförklarandet. Alla frågor och luktandet efter tobaksrök eller alkohol plågade mig och jag önskade så hett att jag bara hade kunnat komma hem utan inspektioner. Men, det ska sägas, när Anna kom upp i tonåren fick jag en större förståelse för mammas oro.

Brogårdsskolans gymnastiklärare, Elis "Kaparn" Svanström, vanligtvis en driven förödmjukare av unga elever, visade överraskande stor empati när han plötsligt en dag lade armen om mina axlar.

-Du får komma och gå som du vill på mina lektioner om du känner dig ledsen, Modin.

Pappa var omtyckt och känd för att alltid ta god tid på sig med sina patienter och det var ganska troligt att "Kaparn" var en av dem.

När hösten kom återvände pappa till Sannagatan. Han skulle börja arbeta på halvtid på sjukhuset under förmiddagarna, då patienttrycket var som störst. Tyvärr ställde det alltför stora krav på en stresstålighet och uthållighet som pappa inte hade. Han orkade inte med tempot, bad att få arbeta under eftermiddagar då allt var lugnare men fick inte gehör för det. Utmattad stod han där framför ljusskåpen med de uppspända röntgenbilderna och försökte hitta de rätta latinska termerna. Kirurgerna och medicinarna som stod runt omkring väntade otåligt på besked om hur de skulle gå vidare med patienterna. Inväntade rätt utsaga från den allvetande röntgenläkaren som nu med sin trötthet och tilltagande afasi inte kunde finna orden. Allt det han pluggat i så många år var nu ogripbart och suddigt i hans hjärnvindlingar.

Han, som obehindrat brukat kunna leverera exakta bedömningar, stod nu och fumlade och svamlade. Han såg ju precis vad bilden visade men alla de tusentals latinska variablerna lekte kurragömma i hans huvud. Han föll omkull på sin brits på tjänsterummet och sov länge mitt på dagarna.

Det höll inte. Lagom passerad femtio tvingades han gå i sjukpension och tillsammans med Alfhild lämna landstingsvillan på Sannagatan. De hakade SMW-husvagnen bakom sin mörkgröna Volvo 144 med rattknopp, och for till resten av sina liv i ett falurödfärgat hus i Torpa, två mil söder om Kristinehamn.

Jag tror att det var mer pappas än mammas beslut att flytta från stan. Hon hade ju sina vänner och kontakter där men jag gissar att pappa ville gömma sig..

-Titta där linker ju han Modin! Han fick en propp, vetu. I huvet! Han va doktor förr, han.


Sten, A-studenten, kursettan, den skicklige yrkesmannen, var hädanefter en föredetting. Den kunnige och händige pappan fick se sig förbisprungen av sina tvåarmade och debattglada söner. Ibland, när han i en ordväxling kände orden tryta, hänvisade han till att han minsann hade studerat vid universitet i många år. Jag visste inte riktigt hur jag skulle reagera på den sortens argument. Jag var förbannad och tyckte synd om honom på samma gång men ungefär här brukade mamma komma in med te och mackor och locken lades som vanligt på plats. Inga utbrott och känsloyttringar.


Pappa Sten, ordkarg och enarmad, livet ut. Jag minns att jag första tiden hjälpte honom att stretcha den förlamade armen och fingrarna när hoppet om att rörligheten skulle återvända ännu levde. Det var lite skrämmande att hålla på med armen men det kändes samtidigt bra att vara så nära honom.

Han skulle komma att leva i trettio år med sviterna av sin trombos. Riktig envis. Ingen normal människa skulle komma på idén att med en hand skruva isär en trasig båtmotor i smådelar. Pappa gjorde det, och fick den att fungera igen! Han hissade upp husvagnen på bockar och bytte bromsar. Han körde jordfräs med en arm! Det går inte att göra det med en arm! Men, jodå, Sten kunde. Per berättade att pappa en gång vält med jordfräsen och att den livsfarligt tuggat runt, runt omkring honom innan det gick att få stopp på den. Skulle det få pappa på bättre tankar? Absolut inte. Här skulle fräsas igen.

Han fiskade med hjälp av ett ett läderbälte och en spöhållare i form av ett fiffigt mässingsrör, som stack ut som en rejäl mandomssymbol över älvströmmarna. Han plockade och visste allt om svampar. Odlade tomater och höll fullständig koll på alla fåglar men framför allt blev han en fantastisk farfar!

Den frånvarande och ständigt jourhavande läkare jag haft som pappa, var nu förvandlad till en kärleksfull farfar med ett oändligt tålamod. Han kunde sitta i gräset i timmar med min första dotter Anna och berätta allt hon ville veta om myror, fjärilar, moln, blommor och naturens mysterier. Och, han lät sig tålmodigt sminkas till påskkärring.

# 14

## Drickabilen, löst mysterium och Balla Disken

Det var stort för oss småstadskillar att få körkort och arton år gammal blev jag en helt ny person. Bilföraren Jan Modin.

Pappa var stenhård i sin övertygelse:

-100 mil innan du får skjutsa någon.

Därför bad jag mamma att få låna hennes Folkvagn för att köra till Bollnäs. Ville naturligtvis visa kusinerna att också jag minsann kunde köra bil och kunde väl för all del besöka Åsen också. Direkt utanför stan, precis vid den väg där man kör upp till bror Pers Sanddfallet, stannade jag och plockade fram en stor skruvmejsel. Ett par ordentliga bänd, och av for navkapslarna, för det gick ju inte an att ha mesiga navkapslar på en tävlingsbil. Väl inne i cockpit satte jag fötterna i instrumentbrädan och bockade ryggstödet bakåt eftersom körställningen var viktig. Raka armar som i Formel 1.

Sommaren -70 fick jag överraskande ett sommarjobb som chaufför på Prippsdepån ett kvarter hemifrån. Någon minut innan jag skulle börja steg jag upp och hoppade över frukosten. "Drickabilen", en ganska stor lastbil som jag inte tror att man får framföra utan speciellt körkort idag, skulle varje morgon inventeras inför dagens leveranser och i depån fanns listor på beställningar från affärer och privatpersoner. Det första jag gjorde var att köra ut lastbilen ur garaget och skickligt backa in mot lastbryggan. Det innebar många maffiga vuxenpoäng att sitta i styrhytten och precisionsbacka det vibrerande diesel-monstret in mot kajen. Med listan i handen körde jag sedan runt med en kärra i depån och plockade bilen full med läsk och ölbackar. Backarna ställdes i rader med 5 backars höjd och förbands med en speciell krok i centrum som fick fyra staplar att stötta varandra. Kroken var en absolut förutsättning för att kunna ta en kurva.

Jag drömde ständigt om Louise som under ett år varit utbytesstudent i USA och i varje brev jag mottagit under året hade jag letat efter små tecken på att hon längtade efter mig. Jag, för min del, hade fyllt mina brev med kärleksbetygelser medvetet slarvigt inlindade i tvetydiga vardagligheter. Nu under sommaren skulle hon äntligen komma hem till Kristinehamn igen.

Jag lastade backar och hade scenariot helt klart. Nu skulle hon se mig! Jag skulle köra utmed Kristinehamns huvudgata, Kungsgatan, och plötsligt få syn på henne på trottoaren. Jag skulle ställa lastbilen med öppen dörr mitt i gatan, rusa ut och omfamna henne. Det skulle skrikas och tutas runtomkring men jag skulle inte bry mig ett dugg. Uppståndelsen skulle bli som en fanfar för Louise som äntligen kommit hem igen. Hon skulle beundra mig och mitt mod att ställa en hel jättedrickabil i vägen för allt folk, bara för att ge henne en välkomstkram.

Efter lastningen var det dags att köra till Lastbilsfiket nere vid hamnen för frukost. Gröt, rallarmacka med leverpastej, juice och kaffe. Jag åt som en trebarnsfamilj varje morgon och, jodå, jag glömde också att säkra några backtravar med krok, men bara en gång. Pinsamt sopande av glaskross i en gatkorsning mitt i stan inför en förtjust publik. Och, det måste berättas, min skicklighet i backningskonsten utvecklades. Jag började få verkligt bra kontroll över alla manövrar och blev allt mer självsäker. Bilen var stoor!

En onsdagsmorgon skulle jag leverera ett större antal läsk- och ölbackar till Malmens Livs nere på Södermalm och vant backade jag in mot deras lastbrygga med armen hängande utanför sidorutan.

Radion på högsta volym som vanligt. Det var ju ett antal meter dit bak till själva änden på lastbilen så det gick ju inte bara att fläska på utan det krävdes finess för att mjukt landa mot lastbryggans gummibuffertar. Nja...lite närmare ville jag nog.... Släppte upp kopplingen och hela motorn började hacka. Faktiskt hela bilen hoppade. Jag kom ingen vart! Vad händer? Jag kopplade ur och lyssnade....allt var som vanligt. Ok, i med backen igen och mera gas. Nej. Samma hoppande och tuggande. Mera gas.

I sidospegeln såg jag Malmens Livs hela personalstyrka på lastbryggan. De skrek och viftade. Var de så glada över att äntligen få veckans leverans av Singo och Pripps öl? Nej, de ville inte att deras fina butik skulle flyttas längre ut från Kristinehamns centrum. I min vana elegans hade jag inte märkt att bilen redan legat an mot bryggan. Bakdäcken hade grävt sig ner en och en halv decimeter. Nu skulle jag behöva leva med deras gliringar var onsdag resten av sommaren.

Varannan dag levererade jag till affärer och dagarna där emellan sålde jag till privatpersoner direkt från flaket. Det fanns svagdricka i 58 cl-flaskor med en speciell aluminiumkork som skulle rivas av med hjälp av en liten läpp som man högg tag i. Så var nog de flesta flaskor korkade, när jag tänker närmare efter. Problemet med svagdrickan var att de 58 centilitrarna erbjöd ett mycket högre tryck än de vanligare 33:orna.

Hur som helst, det var en superhet dag och solen stekte ner på min eftertraktade törstsläckarlast. Längst bak i kön, vid min lastbils träflak, stod en gammal farbror ömt kramande en tunn smärtingbag. Han var riktigt gammal och skinntorr. Såg döende ut men var kanske mest törstig, hoppades jag. Jag snodde vant runt och slängde fram de flaskor som folk bad om och såg gubben stappla närmare. Tänkte att om han inte får något att dricka snart så dör han. Det var verkligen sjukt varmt, en bra bit över 30 grader.

Äntligen var det hans tur och han försökte säga något men över hans uttorkade läppar kom inte ett ljud. Med darrade hand pekade han på specialbacken med svagdricka. Nu var det nära. Skulle han verkligen avlida här och nu och skulle jag bli den siste att se honom i livet? Vad skulle jag säga till hans barn? Såg jag mig tvungen att framföra någon sång eller dikt på begravningen? Och hur skulle jag kunna göra det när jag ännu inte kommit på att jag ville bli skådespelare.

Den fine, döende, gamle Kristinehamnaren, hade lastflaket precis under hakan och hans läppar formade ett ord. Jag böjde mig fram.

-Hur sa?

Han försökte återigen men ångrade sig, stängde munnen och höll med darrande hand upp två fingrar framför sig.

-Två? Två svagdricka?, försökte jag.

Gamlingen lyckades nicka. Det här tycktes vara hans livs sista försök till kontakt med omvärlden.

-Jahapp! Två svagdricka var det här!

Med van hand knep jag två flaskor och smällde ner dem framför hans tunna ansikte. 58 centiliter, 34 grader varmt och ett rejält övertryck. Stöten var allt som behövdes och gamlingen försvann i ett enormt svagdrickemoln. När han dök upp igen, hade han mage att avböja mitt flotta erbjudande om nya flaskor som stått lite mer i skuggan. Han stapplade torrhalsad iväg i den heta sommar som för övrigt var den sista där Pripps Bryggerier använde just de korkarna.

Louise var hemma på Jägaregatan igen och mina tankar spann allt snabbare runt vad som skulle kunna hända. Hade hon mjuknat under kanonaden av ömhetsbetygelser och hur skulle hon ta emot mig? Efter någon dag tog jag mod till mig och ringde. Ett syskon svarade, jag sa vem jag var och vi utbytte några artigheter.

-Jo,...jag vill tala med Louise.

-Louise. Du, jag ska se om hon är hemma.

De fyra Nilssonungdomarna bodde i olika hörn av den stora villan.

-LOUISE!!

Hennes vackra namn studsade i hall och vardagsrum.

-LOUISE! Det är telefon!

Efter en stunds tyst väntan hörde jag fotsteg närma sig. Mitt hjärta bultade.

-Vem är det?

-Det är Putte Modin.

Det blev tyst en lång stund och jag kände modet rasa. Varför svarade hon inte? Var hon kanske så rörd att hon inte kunde prata?

Nejdå, hon hejade tillbaka och vi talade en kort stund. När jag föreslog att vi kanske kunde ses på bio sa hon ja. Så enkelt. Hon ville alltså gå på bio med mig! Louise och jag skulle gå på Grandbiografen tillsammans. Hela stan skulle se oss sitta där bredvid varandra. Vi två! Det här var början på något stort, eller fortsättningen.

Dagen därpå körde jag runt i min drickabil som en zombie.

-Två backar Louisevatten.

-Svänga vänster nästa Louisegata.

-Jämna Louisepengar helst.

och,

-Hur ska man kunna komma in där med en Louisebil?


Grandbiografen på kvällen. Fullt med folk. Där stod en tjej som jag kände. Hon var kompis med Louise men det gjorde väl inget att hon fick se oss. Innerst inne var det ju det jag ville. Visa stan att vi var ett par. Men var var hon?

Precis innan filmen började, då jag var helt snurrig av förväntan, anlände hon i sällskap med en kille jag kände lite grand. Sedan hände allt ungefär samtidigt, som om det var inrepeterat och överenskommet, vilket det kanske var.

I stolen bredvid min, där Louise skulle sitta, hamnade kompisen och bortom henne, tätt intill varandra, satte sig Louise och hennes sällskap. Louise längst bort, skymd av den, i mitt tycke, dryge kille som alltid varit lite för noga med att visa rätt märke på täckjacka och slalomutrustning. Han hade tydligen haft en helt annan sorts kontakt med Louise, än jag, under hennes USA-år.

Det går inte att minnas vad det var för film jag såg. Det var en mardröm.

Idag, femtio år senare, kan jag väl förklara saken med att Louise var ganska ung och förmodligen helt handfallen inför mina idoga kärleksförklaringar. Hon visste kanske inte hur hon skulle säga till mig att hon inte var ett dugg intresserad och det här var ju ett effektivt sätt att visa det i handling.

Jag dröp av, efter att i kramp ha genomlidit filmen. Kamraten hann upp mig och frågade om hon fick göra mig sällskap hemåt eftersom vi bodde åt samma håll. Hon förklarade att Louise inte var intresserad. Nä, nä, så mycket hade jag ju fattat. Jag kunde inte dölja tårarna och hon höll om mig under vår långsamma promenad hemåt. Augustinatthimlen blänkte i fönstren längs Spelmansgatan bort mot sjukhusområdet.

Jag minns inte om det var jag som frågade eller om det var hennes förslag, att jag skulle hänga med hem. Hon bodde i ett hyreshus bara ett par kvarter ovanför vårat hus på Sannagatan och föräldrarna var borta över natten så vi kunde kanske ta en kopp te.

Så satt vi där. Hon, varmt fnittrande, med benen indragna under sig i soffan och jag på min fåtöljkant. Hon, lika gammal som jag men som kändes mycket äldre och hade ett världsvant sätt att liksom plutsuga på filtercigaretten med sina mjuka läppar, och så jag, rödgråten, vilsen och tröstsökande. Kanske var det resultatet av allt omfamnande och tröstande, all närhet och pratande, men vi började kramas och kyssas och plötsligt låg vi i hennes säng.

Det var overkligt men absolut spännande och jag minns hur vuxen jag kände mig efteråt. Vi delade på en cigarett liggande på rygg, precis som på film. Jaha, nu var det mysteriet löst. Så här kändes det alltså. Skulle jag nu få dåligt samvete, då det var en annan jag var kär i? Nä, jag var omtumlad, och det var mycket bättre än att bara vara olycklig.

Senare i livet har jag råkat träffa på henne hemma i Kristinehamn och då känt en särskild samhörighet, upplevelsen av något gemensamt, men när jag en gång på en fest försökte föra vårt förflutna på tal, gav hon mig bara ett av sina stora leenden och virvlade vidare.

Eleverna hade lyckades entusiasmera skolledningen för ett disco i matpaviljongen vissa fredagar. Det känns ganska stort idag. Att få det förtroendet känns nästan overkligt men det här var ju i en tid av studentrevolter och elevkårskamp och vårt elevråd var ganska framgångsrikt. Vi lyckades driva igenom en rökruta på skolgården men nu var det alltså dags för disco. Vi var fyra, fem killar som kopplade ihop grammofoner, mikrofoner och förstärkare, lastade travar av skivor på matborden i ena kortsidan närmast köket, staplade bord och körde igång. Vi döpte det hela till Balla Disken.

Någon bytte omedelbart ut bokstäverna på entréstämpeln och därefter vandrade alla runt med handleder där det stod Diska Ballen. Jodå, det fanns väktare inblandade, till vilka en större del av entréavgiften gick, gissar jag men jag såg aldrig någon från skolan.

Ett par plattvändare tyckte att vi omedelbart skulle ta köket i besittning. Det var naturligtvis inte tillåtet men när de stormade in var jag tvungen att följa med, orolig för vad mina föräldrar skulle säga om de fick veta att jag brutit mot reglerna.

I köket hängde vi när vi inte satt vid grammofonerna och allsmäktigt beslutade vi vilka som fick komma in i gemenskapen. De iskalla rostfria diskbänkarna under vita neonlampor var förstås allt annat än mysiga att sitta på men vi var de coola och tjejer var extra välkomna. Många smuttade på Villa Franca eftersom det var det billigaste vinet på marknaden. Det och mycket annat fixade den långhårige och storrökande prästsonen Staffan åt oss. På fredagseftermiddagarna, efter avslutade lektioner, stod han utanför sin bil på parkeringen nedanför rektorsexpeditionen och tog upp beställningar av en lång rad alltför unga gymnasister.

Vi dansade till Otis Redding, Sam Cooke, Mamas and Papas, Procol Harum, Stones, Aretha Franklin, Led Zeppelin, Jimi Hendrix och Beatles förstås.

Ungefär vid den här tiden hade den gode Nils varit i London och han kom ner till Balla Disken med en för aftonen ovanligt enkel plastpåse dinglande i handen. Eftersom han var en av de utvalda, slank han in i köket och vid diskhoarna drog han fram ett vitt skivomslag. Det gick som en stöt genom köket.

-Säg inte att du har Beatles nya där!

Det helvita dubbelalbumet gick ännu inte att köpa i sverige. Vi var skakade.

-Jodå, nog är det Beatles nya, sa Nils men när alla hade klämt, stoppade han tillbaka skivan i påsen.

-Vi måste spela den!

-Njae, jag vill inte gärna det.

Han var fullt medveten om vad Villa Franca kan göra med en discjockey och var säkert rädd om skivan.

-Du kan inte komma ner hit med Beatles nya och inte låta oss spela den!

Någon annan var redan var ute i lokalen och skrek i mikrofonen. Balla Disken krävde att få höra. Inför trycket från den brölande massan veknade Nils och lämnade ifrån sig påsen och log sedan nöjt åt jublet när inledningsstrofen ur "Back in the USSR" dånade ut ur högtalarna:

"Flying from Miami Beach BOAC, did´n get to bed last night..."

Nils fick hedersplatsen närmast diskmaskinen. Där hade man liksom ett bord för sitt glas och där kunde man dessutom luta sig lite lojt som den kung man var.

Redan andra året på gymnasiet erbjöd treorna mig att vara med i Julspexet. De såg mig kanske som något av en spelevink och anade väl en slumrande talang för scenen. Året därpå (jag gick ju om tvåan) var jag mer aktiv i ledningen av spexet och det tredje året handlade hösten mer om det än studier.

Tillsammans med Bosse Kauppi som hade en Ibanez-variant av Gibsons "Hummingbird", gjorde jag en rockshow på svenska och skrev nya larviga svenska rader till bl.a. "Ready Teddy" och "Elevator Rock". Bosse hade också några udda texter från sin barndom i Filipstad som vi spelade råa rockackord till och vi skrev en riktigt konstig protestsång på egentillverkad ryska, "Skwadrodnje Moj", med slutorden "Njet, njet Batongen".

Det var lätt att vara med Bosse. Han hade en varm humor och var en jäkel på att teckna och måla. Med utdaterade rockabillyfrisyrer, påmålade Elvispolisonger och skinnvästar på bara överkroppar gjorde "Bobbo And Putti" stor succé.

Något halvår senare, spelade vi på Vädals Nation i Göteborg och blev så populära att vi fick representera nationen på en stor studentgala men låt oss inte rusa händelserna i förväg...

# 15

## Misshandel, igen

Denna vinter, 70-71, lånade vi en folkabuss, en riktig sån där som nostalgiska "Californian Surfers" drömmer om, och stack till Sälen. Jag och Anders Burström körde. Fem ungdomar i bilen och jag kan idag inte riktigt begripa hur föräldrarna vågade skicka iväg sina älsklingar i ett udda fordon framfört i vinterväglag av två nittonåriga chaufförer utan större körvana.

Resan gick bra och vi hyrde en tvårumslägenhet i Rörbäcksnäs för en blygsam penning. Jag hade fattat tycke för en av flickorna som kallades Ebba och såg fram emot festande och skidåkning.

En kväll hamnade vi på Sälenstugan eftersom var billigare där, än på Sälens Högfjällshotell. Det var Anders tur att köra folkabussen och jag var i högform i min röda manchesterkostym. Ebba och jag tog ut svängarna och blev allt yvigare. Så där yvig som man bara kan bli när man kommer från världsmetropolen Kristinehamn och dansar i, som sagt, röd manchesterkostym. De lokala killarna, på bänkar utmed väggarna, följde oss med kalla ögon och vi märkte att de inte gillade oss men stället var väl inte deras. Eller?

Efter att oavsiktligt stött till en kille i garderoben när jag skulle hämta ut min gröna lodenrock blev jag överfallen. Jag hörde vrålandet och de rusande stegen i trapphuset bakom mig men eftersom jag inte visste vad jag skulle göra gick jag bara vidare nerför trapporna mot gården. Han kastade sig över mig och slog vilt. Jag försökte krypa ihop men han höll upp mig och skallade mig så att läppen klövs i mungipan.

Liggande raklång såg jag snön under mig snabbt färgas röd. Killen snurrade iväg och när det blev möjligt för mig att komma undan, hjälpte den modiga Ebba mig att hitta en liten toalett inne i Sälenstugan, bakom köket. Hon höll en näve servetter tryckt mot min mun medan killen gick bärsärkargång mellan diskbänkarna. Kastruller och slevar smällde i väggarna som bågnade.

-Jag ska mörda den där jävla Conny!!

Vi kontrollerade skräckslagna låset. När som helst skulle han kunna sparka in dörren och gå lös på oss igen. Ebba bytte servetter.

-Det ser inte bra ut, viskade hon. - Måste nog sys.

Killen hade, visade det sig senare, just den dagen blivit avskedad som kock på Sälenstugan och såg i mig antagligen ett lämpligt objekt att avreagera sin frustration på. Till slut fick lyckligtvis några iväg honom från restaurangen och vi kunde darrande krypa fram. Det var inget snack, munnen måste sys. Men hur och var?

-Var ligger närmsta sjukhus, frågade Ebba.

-Sjukhus? Sälenynglingen skrattade. -Sjukstugan ligger i Lima.

Det var drygt 12 grader kallt och Anders som nätt och jämt fick igång den stelfrusna bussen körde, med hela gänget sovande i bilen, de tre milen till Lima. Jag sov inte förstås utan satt där och pressade pappershögar mot munnen och funderande på om jag borde ha polisanmält killen för misshandel. Det värkte i ansiktet och brände inombords. Jag var kränkt. Återigen. Varför hade jag inte slagit tillbaks?

En nattsköterska tog emot mig när vi kom fram till Lima.

-Har du druckit?

Jo, det var ju inte så mycket att tjafsa om men jag försäkrade att den som misshandlat mig hade druckit mycket mer. Sköterskan undersökte mig muttrande och ringde sedan jourhavande läkare. Kände mig ensam i undersökningsrummet. Kall kromad stålpall, igen. Ska jag slippa etern den här gången? Sneglade ut genom glasdörrarna mot mitt gäng satt och sov i väntrummet.

Efter ett bra tag hördes en bil stanna utanför och ett motorvarv som ökade till ett konstant entonigt malande. Det smällde i dörrar och en yrvaken och ilsken doktor stormade in.

- Du har druckit...

Jo,..det hade jag väl. Varför var det nu så viktigt. Var det inte viktigare att jag hade blivit misshandlad?, tänkte jag. Trots att jag tafatt försökte flika in att min pappa var läkare, var jag i hans ögon enbart en slagskämpe från Sälenstugan. Han fnös, gav mig åtta stygn och smärtlindrande, i den ordningen, krängde av sig läkarrocken och stövlade ut. Hans Morris Minor hade stått med autochoken utdragen under hela insatsen.

Resten av skidveckan fick jag sitta i solen utanför rummet i Rörbäcksnäs och vänta på de andra. Oförmögen att äta annat än soppa och strimlade mackor, konstaterade jag bittert att Ebbas intresse för mig svalnat i samma takt som mitt ansikte svullnat.


Jag tog inte "studenten" eftersom det sedan två år tillbaka rådde ett nytt system där man gick ut utan att behöva avlägga någon examen. Få elever hade därför student-mössa på avslutningen men på mitt huvud satt det förstås en, eftersom alternativet var otänkbart för mina föräldrar.

Hemma på Sannagatan var det en hel del folk som artigt kryssade mellan snittar och sherry. Kompisar och vänner till familjen men också några som mamma och pappa kände. En udda karaktär bland sherrysmuttarna, som jag aldrig hade haft någon kontakt med på skolan, var en tysklärare, om vilken det sades hade haft nazistsympatier. Mamma kände hans fru så han slank väl med på ett hörn av den anledningen. Tyvärr var mamma så bra i köket att det var utsiktslöst att hoppas på en matförgiftning.

På färgbilder ser man oss sitta i trädgårdsstolarna på baksidan av huset, försommarsolbrända och skrattande. Nils och Louise, Anders Hansson, Lasse Bretting, men också Ulla-Carin Lindquist, som senare blev journalist och nyhetsankare i TV och som gick bort alldeles för tidigt.

# 16

## Mot Riveran

Nu, våren -71, lekte livet, och det skulle utforskas. Jan Åke Hedlund, som jag hade gjort ett par lyckade gymnasie-arbeten tillsammans med, och jag, hade drömt om att lifta ner genom Europa till Rivieran. Vi skulle ta ett tåg ner till Skåne och sedan färja över till Tyskland och hur långt ner vi sedan skulle komma med tummens hjälp, skulle väl visa sig, tänkte vi. Utrustade med varsin ryggsäck, ett litet tält och likadana, nyinköpta "ökenkängor", skor som alla unga män med stil skulle ha på den tiden, drog vi iväg.

Doften från färjemotorernas dieselavgaser fick det att pirra till av äventyr i magen. Vi fick väl ett par mindre liftar nedåt från Travemunde och hamnade plötsligt i pyttelandet Luxemburg där det tog tvärstopp. Länge stod vi och viftade med tummarna men, inget hände. Rivieran låg oändligt långt bort och ingen ville bjuda två urtrevliga svenskar på skjuts. Vänta lite. Svenskar?! Jan Åke plockade fram en liten svensk vimpel och fäste den på ryggsäcken, väl synlig vid vägkanten.

Omedelbart stannade en liten bil och ett ungt svenskt par frågade vart vi skulle.

-Nja, sa vi, - en bit nedåt kanske, söderut.

Som driven liftare måste man vara lite taktisk.

-Ok, hoppa in. Ni får åka med ett tag.

Den lilla engelska sportbilen från 50-talet hade egentligen inget riktigt baksäte utan mer en sorts bänk under bakrutan. Vi krånglade oss in och det vänliga paret tryckte ryggsäckarna över oss.

-Och ni då? Vart ska ni?

-Vi ska till St Tropez, vi!, utropade tjejen glatt.

Den gode Jan Åkes blick mötte min bakom ryggsäckarna. Vi log i tysthet. -Sankt Troppè dä va ju ännesöm Reviäran, dä...

Den lilla bilen kämpade på i uppförsbackarna och vi pratade på med tjejen eftersom killen hade blivit allt fåordigare. När han någon gång sa något så handlade det mest om att bilen kanske var för tungt lastad. Vi tyckte förstås att tjejen var intressantare.

Det mörknade mot kväll och när de letade efter en tältplats, hakade vi på, eftersom vi ju liksom ändå skulle åt samma håll. På det här stadiet hade de dock begripit vår taktik och slog därför upp sitt tält en bra bit från vårat för att markera att vår bekantskap gått in i ett upplösningsskede.

De berömda ökenkängorna hade redan nu börjar lukta så underligt att de inte längre fick vara med i tältet under natten och det var när jag på morgonen skulle kontrollera att de inte skorna krupit iväg som jag upptäckte att sportbilsparet redan var på väg in i sin bil. Tänkte de åka utan oss? Vi rusade upp ur tältet och frågade käckt om de hade något emot att vi åkte med en sväng till.

De ville ju inte ha oss med längre, det var hur tydligt som helst, men på denna direkta fråga kunde de tydligen inte säga nej. Det borde de ha gjort.

Vi hade nu hunnit en bra bit ner i Frankrike, ungefär i höjd med Lyon, och kunde nästan känna doften av vitlök, när vi som satt där bak hörde ett dovt malande ljud från bakvagnen. Återigen tittade vi på varandra, Jan Åke och jag, men den här gången log vi inte.

Killen stannade bilen och klev ur.

-Jag är ledsen. Det fungerar inte längre. Bilen klarar inte fyra man med packning.

Vi hivade ut våra ryggsäckar, tog ett kort avsked, höll ut tummarna och blev omgående upplockade av en glad man i en stor lyxig Mercedes. -Nach der Riviera?, Aber, Jawohl. Willkommen hierein! Vi kunde inte suttit mer luxuöst. Jämfört med den minimala engelska bänken var det här ett läderbolstrat tyskt vardagsrum. Lyxbilens urstarka motor skickade oss uppför den backe där vi sett svenskparet försvinna och när vi nådde krönet återsåg vi dem, stående vid vägkanten utanför sin kära trotjänare som nu hade säckat ihop totalt. Ett av Triumphens bakhjul var olustigt vinklat utåt. Jan Åke och jag gled stilla nedåt i de mjuka sätena tills vi inte längre kunde synas utifrån. Vår Merca svepte förbi. Söderut gick färden, mot Medelhavets blåa och glittrande varma vågor.

Det var lätt att komma överens med Jan Åke. Han var kvick och sympatisk, lite kortare än jag, med rött hår av den där lockiga sorten som inte blir längre utan bara större, och ett oftast leende fräknigt ansikte. Med honom hade jag tidigare under våren gjort ett specialarbete i socialkunskap om alienation. Vi läste in oss på ämnet och avslutade med att göra ett par olika besök på industrier i Kristinehamn. Att förbereda intervjuer och sedan söka upp personer att samtala med, var otroligt spännande. Det var också omtumlande att upptäcka hur olika syn de hade på delaktighet, beroende på var i företagshierarkin de befann sig. Vi hade en tes om hur alienationen på arbetsplatsen påverkade trivsel och motivation och var ivriga att få den prövad.

Här väcktes min lust att bli journalist, då vi gjorde ett jättefint jobb med bra texter och foton av intervjuoffen. Det här skulle jag kunna ägna mig åt, tänkte jag. Att utforska, söka svar och hitta nya vinklingar. Formulera ett socialt engagemang i text. Om jag inte halkat in på

Scenskolan ett år senare så hade jag antagligen sökt till Journalisthögskolan. Jan Åke blev lärare uppåt Norrland.

Våra tummar tog oss ända ner till rivieran. Vi höll sams och på nätterna gott avstånd till våra ökenkängor som vi av ekonomiska skäl var hänvisade till. Så länge de var hårt påsnörade gick det skapligt bra att ha dem i närheten men på nätterna var vi som sagt nödda att tjudra dem utanför tältet. Det är klart att Jan Åke, som hade ett lite kortare avstånd mellan näsa och fötter, hade det besvärligare än jag.

På hemvägen hamnade vi i avkroken Joinville. Den lilla byn, där vi hade råkat bli avsläppta, låg tyvärr en bra bit, flera mil, från någon större motorväg och vi var helt fast. En bil i timmen puttrade förbi med förare som bara stirrade på oss. En ung flicka cyklade förbi och kor råmade, flugor surrade och vi längtade hem. Djävla Frankrike.

Efter en halvtimme kom flickan tyst tillbaka med ett par smörgåsar och lite mjölk. Vi var rörda av hennes omtanke och försökte ivrigt konversera på engelsk/fransk/svenska men hon såg mest skrämd ut och backade bort under lövträden i allén.

Nu skramlade det till bortåt vägen och en liten Citroén kom skuttande ur ett dammoln. Föraren stannade till och frågade något.

Vi hade ingen aning om vad han pratade om utan sa bara:

-A4, A quatre. Rout A4. Ditåt!

Föraren pratade på och pekade ivrigt mot dikesrenen.

Non", sa vi, -A4...cést ditåt.

Han pekade bestämt på vägkanten och gasade iväg bort mot skogen.

Vi ryckte på axlarna. Vad kan han ha menat? Ville han att vi skulle stanna här? Jan Åke packade upp spritköket för att koka tevatten och korna råmade och flugorna surrade.

Ivrigt skumpande återvände Citroénen en stund senare ur skogen. Föraren stannade i dammet och vinkade glatt åt oss att vi skulle kliva in.

-Allez! Allez! Huit!

Äntligen! Lyckliga över att komma ur denna lantliga låsning, hoppade vi in. A4:n! Han hade fattat och ville hjälpa oss dit. Så fort vi kommit in vände han dock bilen åt andra hållet och körde mot skogen igen.

-No, no. A4 other direktion. Ditåt..!

Citroénmannen skrattade och slog på ratten. Vad händer!? Vart kör han? Det var tydligt att han drev med oss och körde åt helt fel håll. När bilen saktade in vid en grind var beredda på att hoppa ur i farten. Kacklande höns flydde för livet undan hjulen och vi såg en liten bondgård med en vinkande kvinna på farstubron. Motorn tystnade och hönsen pickade åter fridfullt.

Paret visade oss in i det lilla köket där det var dukat för fyra. Bonden fnissade åt vår förvirring och boxade på sin fru. Han hade tydligen åkt hem för att fråga henne om det var ok att ta hem ett par liftare på middag och sedan hämtat oss.

Jag gjorde det klassiska svenskmisstaget att lägga sallad på tallriken tillsammans med köttet och paret skrattade glatt åt detta medan bytte ut min tallrik. Jan Åke åt och jag försökte konversera med mina kunskaper från ett års franskundervisning. Det gick lite stolpigt men deras genuina gästvänlighet gjorde att det ändå var riktigt mysigt. När maten var uppäten tog bonden sin fru åt sidan och viskade om något som handlade om ett skåp i hörnet av köket. Bondfrun nickade och så plockades det fram en flaska som visade sig innehålla någon slags plommonlikör de sparat i flera år. Det var tydligen dags att bryta förseglingen, i dessa unga nordbors närvaro. Tre glas. Inget till frun. Stolt och nyfiken på våra reaktioner lät han oss dricka. Det var underbart, och han förstod att vi mådde som prinsar.

Vi skakade länge hans torra, valkiga hand, efter att han kört oss de få milen ut till motorvägen.

# 17

**Vilsen ung man med frisedel. Till Göteborg.**

Skolan var slut och långa år med en kvävande känsla av alltför lite svängrum var äntligen till ända. Min längtan att få komma hemifrån var otroligt stark och jag njöt av rycka in på regementet I2 i Karlstad. Efter mönstringen hade jag blivit placerad på Assistentplutonen där de hamnade som hade gymnasieutbildning och ledaregenskaper, men som av någon anledning inte var fältdugliga. Det kunde handla om dålig syn eller andra fysiska men, men också, som i mitt fall, om allergi.

När jag var 11 år fick jag ju min första allergiomgång där nässelutslag bildats av histamin i kroppen som löpt amok. Det är tydligen bara vissa förkylningsvirus som utlöser det här och jag har ingen aning om när det ska slå till och hur omfattande det blir. Utslagen vandrar över kroppen under några dagar och det kliar jättemycket. Till slut kan det bli så att mina fingrar svullnar så mycket att jag inte längre kan böja dem, ögonlock och läppar svullnar och det går inte att känna igen mig. Ringaren i Notre Dame.

När jag var liten tog pappa ibland upp mig till sjukhuset på natten när det var som värst. Han fyllde kalcium i en jättespruta och portionerade långsamt ut detta i mina vener. Det skulle få utslagen att gå ner. Sakta, sakta pressade han in kolven på sprutan och frågade hela tiden hur jag mådde. Jag skulle ha dött på fläcken om han tryckt i mig allt på en gång. Tystnaden på den tomma avdelningen. Kalla rostfria pallar, återigen. Pappa så omhändertagande och närvarande.

Allt eftersom åren gick kom anfallen allt mer sällan och jag lärde mig också att äta antihistamin i förebyggande syfte. Idag kan jag ta en engångsshot av upplösta cortisontabletter och häva reaktionen ganska omgående.

Emellertid, på assistentplutonen skulle vi genomgå en kort vapenutbildning och lite exercis under någon månad, för att sedan tjänstgöra som mönstringspersonal. Vi skulle alltså ta emot de som mönstrade och utsätta dem för det vi nyss hade varit med om. Ett toppenjobb på I2! Egna baracker i utkanten av kasernområdet och ständig nattpermission.

Jag tyckte att det var ganska spännande med skyttet och lyckades få avdelningens snabbaste tid i den ädla konsten att plocka isär och montera en k-pist. Också exercisen tyckte jag var kul, eftersom jag alltid gillat koreografi.

En kille på luckan, Alf Tangnäs från Dala Floda, spelade piano och en annan hade gitarr så jag tog dit mitt Lincoln Continentalset för att vi skulle börja lira ihop. Det hade kunnat bli mycket spelande under långa kvällar under det året och det hade kanske resulterat i att jag senare sökt musikerutbildning, vem vet, om inte nässelutslagen kommit emellan. Jag blossade nämligen upp och blev hemskickad. Pappa skrev ett brev till regementsläkaren och över mitt huvud togs beslutet att ge mig frisedel.

Det var såklart en besvikelse eftersom jag så mycket sett fram emot att göra lumpen, lira musik och att sitta med de andra killarna på pubarna i Karlstad. Istället för att njuta vuxenlivet tvingades jag nu återvända till Kristinehamn och åter infoga mig i rollen som barn i huset på Sannagatan 21.

Jag måste ha uttryckt mycket frustration över det här, eftersom storebror som då läste historia i Göteborg, snart erbjöd mig att komma ner och dela hans etta på Nordhemsgatan i Linnéstaden. En generositet han också senare i livet visat gott om prov på, löste mitt problem och min efterlängtade utveckling kunde fortsätta i en hörna på golvet i hans lilla lägenhet.

Eftersom Per var inblandad i driften av Värmland-Dalslands Studentnation på Lorensbergsgatan (han var ansvarig för sexmästeriet och det betydde bara att han var ansvarig för alkoholhanteringen och inget annat), så fick jag lov att gå dit på kvällarna som om jag vore en av studenterna. Det blev en och annan studentikos sittning, en hel del diskodansande och det var naturligtvis här jag lärde mig snapsvisan "En värmlandspöjk han kan...".

Bosse Kauppi hade kommit in på en konstutbildning i Göteborg och vi fortsatte att umgås och uppträdde naturligtvis också på Vädal med vår "Bobbo änd Putti show" från gymnasiet. De älskade oss och utsåg oss omgående att bli nationens bidrag till den stora prestigeladdade nationsfest som skulle gå av stapeln senare under hösten och där samtliga nationer i staden skulle visa upp det finaste de hade.

Vi var naturligtvis jättenervösa inför denna spelning. Dittills hade vi jobbat helt akustiskt men nu hade det ordnats fram elgitarrer och mikrofoner för att vi skulle höras i jättelokalen där hundratals studenter samlats. Jag hade aldrig spelat på en elgitarr och min mikrofonteknik var obefintlig så jag tänkte att det rätta måste väl ändå vara att stärka sig en smula innan showen.

Folk bankade på dörren till toaletten där vi klädde om och sminkade oss. Inget fick störa oss nu inför uppgiften, resonerade vi, och för att ytterligare befästa allvaret i situationen, tömde vi nästan en hel pava starkvin. Glas? Nej tyvärr, sådana futtigheter var inte att tänka på. Ej heller soundcheck, för det visste vi inte vad det var.

De stolta studenterna väntade ivrigt på sina hjältar under det att andra nationers bidrag framfördes. Det var skönsång av den och den, pianomusik, trubadurer och annat finstämt att njuta av. På en bänk bakom scenen satt "Bobbo änd Putti" och kände hur de inlagda körsbären hårt och skoningslöst sorterade bort allt omdöme och all fingertoppskänsla. Nu jävlar skulle det röjas!

-Svadrodnje Moj! Var är scenen?!

Det blev en total katastrof med brölande i mikrofoner, tjutande rundgång och ostämda gitarrer. Publiken, som satt med fingrarna i öronen, oförmögna att uppleva något av den oslipade charm som fört de unga värmlänningarna så här långt, hatade oss. Mitt i en låt kom kvällens konferencier fram, tystade oss och tryckte oss av scenen.

-Och nu mina damer och herrar, allas vår Alf Hambe...

Vädalstudenterna undvek oss, bror Per tackade tappert men såg ovanligt blek ut och Bosse Kauppi sa att han aldrig mer skulle kliva upp på en scen.

Eftersom jag var med på nationens fester utan att ha egentlig behörighet, kände jag att jag ville bidra med något och när frågan om vem som kunde tänkas bli teaterombud kom upp, hakade jag på. Stadsteatern och Folkteatern skulle få min adress och sända information om kommande föreställningar, och jag förväntades entusiasmera studenterna att se dessa. Dessutom skulle jag arrangera teaterkvällar på nationen.

Det blev bara en, där en ensemble från Atelierteatern spelade upp någon sorts kabaré med efterföljande samtal. Jag satt på golvet vid skådespelarnas fötter och ledde ett samtal om det vi sett. En av skådespelarna lade på min inrådan ut texten om hur det var att vara skådespelare och jag sög åt mig allt, ställde inställsamma frågor och bidrog allmänt till att höja ensemblens kvalitéer till skyarna.

Just denne skådespelare skulle jag snart komma att möta i ett helt annat sammanhang.

Det fiffiga med att vara teaterombud var att jag fick fribiljetter! Jag kunde se alla föreställningar på de båda stora teatrarna både en och två gånger. Ärligt talat tror jag inte att jag lyckades dra dit någon publik från Vädal men jädrar vad jag blev tagen av det jag upplevde.

Sven Wollter, förstås, men också Folke Hjort, Bröderna Falk, Christina Stenius, Göran Stangertz, Alf Nilsson, Lars Green och Margita Ahlin som alla glänste på Stadsteatern. Jag slök allt de erbjöd.

Percy Brandt, Ivar Wiklander, Carl Ivar Nilsson och de andra på Folkteatern. (Hmm, många män..) Jag längtade efter dem och ville se dem igen. Något hade väckts i mig och jag hade fallit offer för deras magi. De utövade en kraft på mig men hur den drabbat mig kunde jag kunde ännu inte formulera.

Jag började gå på Göteborgs Scenskolas uppspel och minns hur fascinerad jag var av avgångselevernas version av "Hjälten på den gröna ön" som jag såg flera gånger. Knappt vågade jag drömma om att själv en dag bli skådespelare men under våren 1972 avgjordes saken av en av cheferna på det jobb jag fått hösten innan.

Andersson & Härneman Inrednings AB i Stora Torp sökte en hjälpreda med körkort och anställningsintervjun råkade inträffa på min födelsedag. Jag var ju ganska nyss nedkommen till Pers lägenhet och min golvhörna och för att muntra upp mig på min 20-årsdag hade Per och Åke Hansson gjort en tårta som de dränkt med en hel kvarting punsch.

Jo, jag luktade sprit på anställningsintervjun men förekom dem och sa som det var och måste väl ha varit väldigt passande eftersom jag trots allt fick jobbet. Fick köra en Volvo 145 Express med matt- och tygprover runt i ett Göteborg som jag till slut hittade i som i min egen ficka.

Pers 1:a var för trång. Både han och jag fick turas om att ha flickbesök och jag måste hitta något annat. I ett vågat försök att få tag i en lägenhet gick jag upp till ett bostadsföretag i sällskap med Bosse, Eva Hallquist och Eva Lena Hagberg. Vi låtsades vara två förlovade par.

-Och ni är inte nåt sånt där kollektiv, då? frågade mannen från andra sidan av det massiva skrivbordet -Vänstermänniskor som river ner tapeter och eldar.

-Nädå, verkligen inte. Vi är jätteskötsamma och dessutom vänner. Vi vill bara så himla gärna bo ihop. Och så är vi kära också.

Efter en del bakgrundskollande gav han oss ett förstahandskontrakt som sedan möjliggjorde ett äkta kollektivt boende i en 5:a på Kryssdäcket 6 vid Masthuggstorget med fin utsikt över hamninloppet.

Under vintern hade Andersson o Härneman ett stort inredningsprojekt på gång uppe vid Rosendals Studentbostäder där jag blev stationerad som en sorts platschef. Det låg på mig att ta emot finska lastbilar med möbler och se till att allt flöt som det skulle med montering och möblering. Ett par vintermånader tillbringade jag där, i sällskap med tio, tolv göteborgspoliser som extraknäckade åt AoH. Under alltför tidiga och svinkalla morgnar satt jag i dunklet på 5:ans spårvagn och grunnade:

-Vad skulle det bli av mitt liv? Skulle jag kunna söka till Journalisthögskolan?

Det var något jag tänk mycket på....

-Här kan du inte stanna, sa Anna Härneman en dag. Aprilsolen sken in genom de låga fönstren i källarkontoret.

-Vill ni bli av med mig?

-Javisst. Du ska bli skådespelare.

-Va?

-Jag har en väninna på Stadsteatern som gärna läser prov med dig. Här är hennes nummer. Vi gillar dig, Putte, men du ska vidare.

Något omtumlad ringde jag väninnan och fick veta att hon inte längre kunde men att hon talat med en Bertil Almark, en yngre skådespelare, som gärna ställde upp och hjälpte mig med proven.

-Proven?

-Göteborg är sent i vår men Malmö ligger före.

Någon vecka senare strök jag fram och tillbaka utmed Johannebergsgatan vid Stadsteaterns sceningång. Torr i munnen undrade jag vad jag givit mig in på, och när Bertil dök upp i glasdörren sprang jag honom till mötes. Han föreslog ett fik i närheten och redan på vägen dit bad han mig att starkt överväga om skådespelaryrket verkligen var något för mig. Medveten om antalet lycksökare i branchen ville han väl testa mig innan han brände sitt pedagogkrut. Han undrade om jag länge drömt om att bli skådespelare och jag svarade utan att darra på rösten att det hade jag verkligen.

-Du måste hitta en monolog. Max tre minuter. Scenskolan i Malmö har intagningsprov i början av Maj och vi bör hinna. Vi ses om en vecka på Stenhammarsalen.

Jag tyckte om Bertil som kändes kunnig och hade ett "skådespelartjusigt" leende. Hade sett honom i sällskap med Göran Stangertz och bröderna Falk i "Ostindiefarare" på just Stenhammarsalen.

Kropp och huvud svirrade när jag en halvtimme senare gick uppför trapporna till Stadsbiblioteket. Jag anade att här och nu tog mitt liv en rejäl vändning.

På dramatikhyllan hittade jag en längre replik i en Plautuskomedi. Vad som helst kunde väl duga, tänkte jag, bara det var en dryg minuts monolog. Här var det en värdshusvärd som skällde ut sitt tjänstefolk inför en lönsam ädlings ankomst. -Illa farna, dyrt betalda!

Efter att ha pluggat in texten mötte jag så Bertil utanför Stenhammarsalen vid Götaplatsen, mitt emot Stadsteatern. Vid hans sida stod Vanja Blomqvist, hans flickvän.

Det måste ha funkat bra eftersom båda ville se mig igen och jag dansade lycklig hemåt utmed Allén. De följande dagarna tvingade jeg mina kollektiva vänner att genomlida rep efter rep.

Ett par veckor passerade och samma dag som jag fick kallelsen till intagningsprov till Statens Scenskola i Malmö, mötte jag ett par tjejer från Vädal på en göteborgsgata. De frågade om ryktet stämde, att jag skulle söka till scenskolan.

-Jo, nu i Maj.

De log lite överseende.

-Du, det är skitsvårt. Man kommer bara inte in på Scenskolan.

# 18

## Nålsögat

Utan någon som helst nervositet satte jag mig på tåget och mötte en härlig vårvärme i Malmö och den ovanliga doften av hav från Öresund. Tog in på hotell Flora på Gamla Väster för natten och dagen efteråt stegade jag in i den mörka marmorentrén på Stora Nygatan 52. Blev där anvisad att ta hissen till översta våningen och klev ut till en värld av teaterdrömmande unga människor.

Det stora rummet var proppfullt med rökande sökande som hade stora halsdukar draperade över valfri axel. Utslängda i de svampiga fåtöljerna pratade de blasé på om teater och jag kände mig fullkomligt chanslös. Undrade med rätta vad jag hade där att göra.

Obegripligt nog skymtade jag skådespelaren från Atelierteatern i mängden. Vad i himmelens namn gjorde han där? Denne akteur, vars fötter jag bara månader tidigare suttit och beundrat. Det kunde väl ändå inte vara så att han var bland de sökande?

Utan att gå händelserna alltför mycket i förväg kan jag ändå meddela att, nej, denne person kom inte in i Malmö det året.

Mitt ansökningsnummer var 72. I tur och ordning ropades siffrorna upp och i samma takt lämnade en jämn ström av sammanbitna sökande korridorerna.

-Ngomma schukkikvå! Vaschego!, hördes inifrån mörkret. Den legendariske chefspedagogen Andris Blekte, född med gomspalt, vinkade mig in på scenen och bad mig sätta igång. Jag, som inte alls brukade höja rösten privat, fick en sådan skjuts av adrenalinet att jag gastade ur mig monologen med ett tryck som skulle fått Bertil och Vanja att jubla. Juryn bestående av lärare och erfarna skåde-spelare var faktiskt min första riktiga teaterpublik. Helt närvarande gick jag vidare till andra provet.

Hem till Göteborg igen med det förelagda provet i väskan. Sonen i Strindbergs "Pelikanen" som skäller ut sin mamma. Varför återigen detta skällande? Skulle jag inte få göra något annat? Något lätt och lekfullt? Nåja, Bertil och Vanja försökte övertyga mig om att jag nog skulle komma in och jag slipade på den trilskande sonen för att någon vecka senare vara tillbaka i Malmö igen.

Andra provet gick ok. På kvällen satt jag tillsammans med några sökande på en pizzeria vid Gustav Adolfs Torg och väntade på att en lista skulle fästas på Stora Nygatans bastanta kopparport. Plötsligt kom någon in och skrek att listan var uppe och vi rusade dit med hjärtat i halsgropen. En enkel rad med nummer. 72:an fanns där! Några jublade och några andra gick förkrossade därifrån. Färdig för tredje provet!

Dagen därpå. Sista provomgången. Sångprover, dans och improvisationer. 24 kvar av hundratals sökande. En jurymedlem adresserade mig:
-Du har visat mycket aggressivitet. Nu vill vi se dig göra något lätt och lekfullt!
Lätt och lekfullt! Jag levererade. Återigen med den där svirrande känslan av total närvaro. Så här kunde det alltså vara att stå på scenen. Kanske skulle jag bli skådespelare i alla fall.

Efter en lång stund uppe på 6:an, där nu få rökte eller bar halsduk, kom en vaktmästare upp och bad oss samlas på andra våningen i en liten lektionssal. 12 Edsvurna. Några klättrade på väggarna under olidliga förtiofem minuters väntan.

-Var det vi som kommit in eller var det de 12 i det andra rummet?

Plötsligt slogs dörren upp och ett antal fotografer och journalister stormade in. Om vi spruckit, varför skulle då fotografer vilja komma hit? Vem vill se bilder i Sydsvenska Dagbladet och Kvällsposten på dystra och ratade sökande. Juryn stegade in och såg så glada och stolta ut att vi skrek rätt ut! Vi hade kommit in! Vi hade kommit in på Scenskolan! Det omöjliga hade skett!

Snurriga av det ofattbara kramades vi och trängdes framför kamerorna (det här var på den tiden då scenskoleintagningar fortfarande var intressant för kultursidorna) och försökte samtidigt att för första gången se varandra. Här var vi alltså, vi som skulle tillbringa de närmaste tre åren tillsammans. Galna sprang vi sedan i trapphuset hela vägen upp till sjätte våningen. Skolans elever stod på avsatserna med vinflaskor. Efter en låååång kväll vaknade jag hos en andraårselev som så vänligt hade tagit mig, fräscha nykomling, till sitt hjärta. Jag avvek innan frukost och råkade träffa Eva Gröndahl, min blivande klasskamrat, utanför Malmö Central. Bakfulla och lyckliga såg vi på varandra i förmiddagsvärmen. Till hösten skulle livet börja på allvar.

# 19

## Fyllecellen, Blue suede shoes och 6:an

Mamma och Per skjutsade mig ner till ett sensommarhett Malmö och en liten etta på Floragatan i Kirseberg. Brorsan hade hjälpt mig att snickra ihop en spånskivesäng och till den handlade vi nu madrass på IKEA. Mitt första egna hem! Jag var stolt och nöjd men insåg ännu inte att Kirseberg låg ganska långt från Stora Nygatan och skolan. De andra i klassen bodde mycket närmre, runt Triangeln och vid Möllevången. Det kom att bli så att jag bara var hemma på Floragatan för att sova.

Under den första veckan hade vi en fest på skolan och när jag tidigt på morgonen slagit igen den massiva kopparporten, insåg jag att nyckel och plånbok låg kvar i jackan på översta våningen. Det var sex våningar upp till festen och mitt bankande på koppardörren gav inget resultat. Antagligen var jag en av de sista, och efter att ha väntat en mycket lång stund gav jag upp och gick. Vart? Jag kände ingen i Malmö, hade inga telefonnummer till klasskamraterna och inga pengar till hotellrum. Övervägde ett tag att sova på en parksoffa men avstod eftersom jag var utan jacka och skulle frysa ihjäl i de fuktiga nattvindarna från sundet.

De första solstrålarna glimmade i polishusets höga fönster när jag närmade mig Davidhallstorg. Här gick jag, en nödlidande medborgare, en lojal skattebetalare, i behov av omedelbar samhällsservice, så varför skulle jag inte fråga om jag kunde få övernatta där inne.

Den mustaschprydde och yrvakne konstapeln tyckte att jag hade en god idé. Förmodligen hände inte så mycket i Malmö just den natten, för efter att ha förhört mig angående allt som gällde familj och skola, visade han in mig i en cell.

En fet filt låg på den gröna vaxduksmadrassen och en liten toa smög i en hörna. Fyllecellen. Polisen stängde celldörren.

-Jag släcker om fem minuter.

Hans malmödialekt sjöng bakom dörren och jag hörde hur han vred om ett tungt lås.

-Låser ni in mig!?

Jag fick panik.

-O,ja, vi kan ju inte ha dig rännande omkring här på natten.

-Jag har cellskräck! Det går inte! Då vill jag inte vara här!

Konstapeln skrockade utanför dörren.

-Ta det lite lugnt, nu. Ser du knappen där vid dörren? Tryck på den om det är nåt, så kommer vi.

Han lät rätt snäll ändå, tänkte jag och något lugnad lade jag mig på den kalla madrassen. Filten puffade jag ner på golvet.


Jag vaknade av att polisen stod över mig och skakade min axel. Direkt kände att jag ville vara lite kul och positiv och frågade därför den snälle konstapeln om frukosten var serverad. Han tittade iskallt på mig och föste ut mig. Det var en helt annan konstapel, vresig och trist, men med likadan mustasch. Han tog ut mig till vakten och ställde exakt samma frågor som kollegan kvällen innan gjort och kollade noga av mina svar mot protokollet.

-Ja, ja, du kan gå.

Samma malmöitiska, fast vresigare och tristare.

Den milda förmiddagssolen hälsade mig välkommen ut till Davidhallstorg och när den tunga porten slog igen bakom mig jublade jag.

-Free at last!

En rask promenad till skolan och vaktmästaren öppnade för mig.

Om man tog den gamla mahognyhissen upp till det översta planet i det stora scenskolehuset, hittade man elevernas domäner. Här fanns ett kök, små skåp (nr 72 hade jag, 1972. Det betydde nog tur..) och ett stort öppet rum med massor av fåtöljer och väggfasta soffor. Här samlades alla elever under pauserna men också under kvällarna. Med fullständig tillgång till huset "after hours", fixade vi spontana fester, särskilt på fredagskvällar då vi också spelade med vårt skolband "Hot Lips", där förstås Janne Modin satt bakom sitt gamla trumset. Vi lirade lite av varje och var väl aldrig särskilt välljudande men ändå populära bland de andra eleverna. De uppskattade oss alltid mer efter någon flaska rödvin.

Det var också här som "Honolulu Gang Band" föddes. Per Eggers, med sin fäbless för äldre låtar, typ Everly Brothers och Elvis, strålade samman med mig och med Lasse Johansson, som både skrev eget och hyste stor kärlek till gamla svenska slagdängor. Jag skrev också lite eget material, bl.a. "Draken" och "Hundra Spänn".

Vi skapade en gitarrtrio som sjöng trestämmigt på ett vinnande humoristiskt sätt. Legendarisk är kanske inte rätt uttryck för en av våra spelningar på en visklubb i Helsingborg, men vi fick fina recensioner.

Folk bad oss ofta att spela våra låtar och tillsammans med Eggers satt jag många kvällar i veckan på puben "Bullen". Direkt innanför entrédörren satt stammisarna och det var där vi hamnade när de vinkade oss till sig.

-Per och Janne! Här finns plats! Hämta gitarren, någon!

Att sjunka ner i en av de välbekanta stolarna omgiven av glada och uppmuntrande tillrop, var en oemotståndligt skön känsla och därför gick vi ofta dit. Periodvis varje kväll i veckan och ibland redan på eftermiddagarna, direkt efter skolan. Det var det närmaste jag kommit det där som en del omtalar som sitt andra hem, kvarterskrogen. Bullen i Malmö.

Sedan fanns Hungaria förstås, där Zoltan, bred som en sydungersk ladugårdsvägg och med underarmar täckta av svart stålborst, styrde sin restaurang med egensinne. Släppte in de han ville och slängde ut andra som misshagade honom. Han spände ögonen i oss i tur och ordning och vrålade.

-VAD VILJA DU? FINNS: GULASCH, VILLD PAPRIKA!

-Jaaa, kanske en fylld paprika, då.

-FINNS INTE!

-Nähä, då får det väl bli gulasch, då.

-FINNS INTE. BARA VILLD PAPRIKA! HA,HA,HA.

Sedan ångade han genom restaurangen fram till svängdörren till köket och gastade.

-EN VILLD PAPRIKA!

När Zoltan sedan svepte förbi igen dristade sig någon att fråga efter cigaretter.

-INGA CIGARETTER!

-Inga cigaretter?

-BARA PRINS och JOHNSILVER! HA,HA,HA.

Han serverade "Konstnärsvin" för endast några kronor flaskan. Det tog ett tag innan vi insåg att konstnärsvin var överblivna slattar ur glas och flaskor utspätt med vatten. Men vad gjorde en fattig konstnär? Drack och pillade undan stearinbitarna.

Ibland snurrade han runt någon söt scenskoleelev och såg extra vild ut på ögonen. Då tog det inte lång stund innan han låste dörren och skruvade upp volymen på musiken. Sköt undan några bord och dansade szardas så svetten rann mellan stålborsten.

I köket fanns ingen hjälpreda, lärde vi oss senare. Han skrek in beställningarna, tog ett varv, och kilade sedan in i köket för att skopa upp på tallrikarna.

Han målade också, och skrev poesi, sa någon.

En natt, när vi dröjt oss kvar på gatan, kunde vi se honom lämna stället i stor svart päls. Han klev in i en jättelik vit Mercedes. Det gick tydligen att göra slantar på fattiga konstnärer.

Restaurangäventyren till trots , var det ändå oftast på sjätte våningen vi hängde efter skoldagarna. Det var här jag stått och betraktat de övriga sökande under proven i maj och det var här jag insett att jag inte skulle kunna mäta mig med någon av dem. Ej heller med den svartklädde kille som under proven inte pratade med någon alls. Han bara stod helt stilla och utstrålade ett självupptaget svårmod med sitt, då och då, dramatiskt höjda ögonbryn.

Killen, som så effektivt höll på sin integritet, var just Per Eggers och skulle bli en av mina bästa vänner under skoltiden. Han berättade senare att han varit helt stel av nervositet under proven och att det var därför han inte kunnat prata.

Redan under den första veckan bjöd skolan på krogshow på Kronprinsen. Den scen där jag tio år senare, själv skulle stå med Ramel.

Hela skolan var på plats i salongen och på scenen showade Lasse Kuhler och, Eva Rydberg, ännu en av mina framtida kollegor. Efter deras show satte ett dansband igång och malmöpubliken hasade lojt runt på parkett-golvet. Klassen satt vid samma bord, och vi försökte bekanta oss med varandra. Vi var överens om att det var en imponerande gest av skolan att bjuda oss på kalaset men konversationen var annars lite trög. Eggers hade fortfarande inte sagt mycket och jag tyckte att han verkade oroväckande tråkig. Han höll sig på sin kant och jag var helt tillfreds med det.

Det skånska bandet gjorde en kort paus och sångaren grep mikrofonen.

-Halleou! Är det nån som fyller år idag?

Det fulla dansgolvet såg sig omkring.

-Ingen som fyller år idag? Ingen som vill komma upp och sjunga en truddilutt?

-Jag fyller år.

Vi vände oss om och såg Eggers bana sig väg upp mot scenen. Vad skulle nu hända, han fyllde väl inte alls år?

Bandledaren drog upp honom och började ställa några frågor och Per svarade pliktskyldigt, med nedslagen blick. Sedan fick han instruktioner om hur han skulle stå vid mikrofonstället.

-Får jag hålla mikrofonen i handen?

-Nädu, min vän, den låter vi sitta kvar. Det blir säkrast så.

Han flinade mot de andra i bandet.

-Vad vill du sjunga, då. Ja må han leva. Bä, bä vita lamm?

-Kan ni "Blue suede shoes"?

-Blue suede shoes, ska du sjunga Blue suede shoes?

-Ja, om jag får.

Bandet konfererade ett ögonblick och jodå, nog kunde de den låten.

När de räknade in, ryckte Per loss mikrofonen, slängde den högt upp mot scentaket och högg den igen samtidigt som han kastade sig ner på knä. "One for the money. Two for the show...."

Bandets hakor föll till scengolvet. Vad fan var det som hände?

Per behärskade scenen totalt och bandet lockades med och lät bättre än någonsin. Publiken skrek av upphetsning och både Eva Rydberg och Lasse Kuhler, som nog undrade varför inte de mötts av ett sådant gensvar, tittade halvt avsminkade ut ur sina loger. Jag vet ju att Eva aldrig misstar sig på en entusiastisk publik.

Det blev ett par Elvislåtar till innan publiken jublande lyfte ner Per till sig och stoppade pengar i hans fickor. Omkramad, omtumlad och återkommen till klassens bord berättade han nu om sina äventyr som Elvisimitatör och sångare på Kabaré Skrotten i Helsingborg. Isen var bruten och klassen surrade glatt. Snacka om introduktion i bekantskapskretsen.

Det blev inte många veckor på Floragatan. Per och jag flyttade ihop i en tvåa på Ystadgatan vid Möllevången där det fanns billiga lägenheter i nästan var trappuppgång. Omoderna förstås med kallt vatten och låga diskbänkar och med hyresvärdar som fick in några hundralappar utan att göra ett dugg. Det var lite av en slum på den tiden men idag är boende på Möllevången förstås av högsta prioritet för Malmös kulturradikaler.

Flera av skolans elever bodde runt "Möllan", bland andra Lasse Johansson eller Lars T Johansson som han heter idag. Han var bara arton år när han kom in men kompenserade sin blygsamma ålder med att alltid vara mer än lovligt styv i korken. Alltid bestämda uppfattningar om allting. Jag tror vi lät honom hållas, eftersom han var så rolig och snäll.

-Lasse är Lasse.

Han var noga med att instruera oss om hur man ställde spritflaskor på fester i Norrland, vid bordsbenet. När vi satt på St Jörgens pizzeria vid Gustav Adolfs Torg hade Lasse just visslat högt efter betjäningen.

-Jaha, vad får det lov att vara? Servitörens stämma var mjuk som bearnaisesås. Aningen kryddig dock, ovan som han var vid att bli körd med.

-Har ni Piskatore, frågade Lasse

-Det heter faktiskt Pescatore...

-Det ger jag faan, bara Tore får stryk, avslutade Lasse under dämpat jubel.

Han spelade gitarr och sjöng. Riktigt bra. Under åren som följde skulle han ge ut flera skivor med fina melodier och underfundiga och inkännande texter om livet som människa på jorden. Lite oväntat från en så ung person.

LTJ kom från Härnösand och med föräldrar och syster som var revyhjältar i hembygden, var han den som skulle bli skådespelare på riktigt och han hade ofta kontakt med de där hemma i telefon. Jag, som själv hade föräldrar som inte visste ett dugg om den värld jag hamnat i, avundades Lasse. Varje dag kunde han ringa sin pappa och mamma för att berätta om livet på skolan och resonera om olika val i repetitionsarbetet.

Han har ett stort hjärta, Lars T, av guld. Många gånger under scenskoltiden, när jag varit ute och rumlat och trasslat in mig i något/någon, bjöd han på frukost i sin lilla etta på Grynbodgatan. Det var en sorts terapeutiska samtal där han, som inte hade tycktes ha något behov av själv-förtärande festande och jagande, fanns där som en fin och lyssnande kompis. Tålmodig och förstående, trots sin ringa ålder.

Det plågade honom dock att jag inte hade någon vidare kläm på matlagning och därför gav han mig några år senare en handskriven kokbok. Då hade vi jobbat ihop ett par år i Landskrona och jag fick kokboken som avskedsgåva.

Gång på gång under åren har Lasse återkommit med erbjudanden och förslag på att jag skulle spela med honom uppe i Höga Kusten. Jag har tackat nej hittills, av olika skäl, men alltid blivit varm av hans entusiasm. Han ville verkligen ha mig dit.

Sten Lundström. Lång, blond och kaxig stockholmare. När han kom till skolan hade han redan givit ut en Cat Stevensinspirerad skiva under namnet Asker-Jensen och det var naturligtvis enormt imponerande. Att han dessutom redan från början ofta talade om sin vurm för den självlysande skådespelaren Sir Laurence Olivier, gjorde inte saken sämre. Stens drömmar om sitt framtida skådespelande krockade kanske med verkligheten eftersom han efter bara några få år sadlade om till producent på Sveriges Radios teaterredaktion i Malmö där han gjorde en verkligt lyckad karriär.

Redan från början stod det klart att klasskamraten Christian Zell var revolutionär. Han, och många andra på skolan tillhörande KFML,r, som på den tiden stod för väpnat uppror mot samhället, skrämde mig först då jag var helt oförberedd på den sortens politiska engagemang. Visserligen hade jag sett det vi kallade FNL-brudar under gymnasietiden men aldrig reflekterat över vad de egentligen kämpade för. Snart skulle ett helt gäng av oss nybörjare anmäla oss till grundcirklar arrangerade av KFML,r.

"R-arnas" påverkan på elevkåren var stark och deras argument var slående. Jag minns att jag fascinerad upplevde hur en väl påläst andraårselev, Anders Lönnbro, fullständigt förintade en motståndare i en debatt på krogen. Och visst fanns de samhälleliga orättvisorna runt omkring oss, om vi bara vågade öppna ögonen. Dessutom vräkte Nixon och Johnson bomber och napalm över Nordvietnams befolkning. Det var omöjligt att blunda. Det politiska engagemanget var en del av tiden, och för mig som tidigare inte funderat särskilt mycket på sakernas tillstånd, kom det som ett uppvaknande, en tillnyktring och också som ett välkommet led i frigörandet från föräldrar och den småborgerliga bakgrunden

För andra på skolan var det revolutionära bara ett tvång som skapade olust och konflikt. Det fanns några lyriker på sånglinjen i 3:e årskursen som ännu inte låtit sig träffas av den röda tsunamivågen och de betraktades som förlorade, endast intresserade av sina egna karriärer. Det gick snabbt, ska jag erkänna, mitt svängande från omedveten reaktionär till ivrig revolutionär och hemma i Kristinehamn skapade jag oro när jag kunde ge besked på bror Pers fråga om jag verkligen skulle skjuta min familj om det blev revolution.

-Om?, utropade jag med heta kinder. -När!

När jag lärt känna Christian lite bättre fann jag en mycket begåvad komiker. Därför delade jag gärna rum med honom på våra resor eftersom han kunde få mig att skratta på det där viset att det gjorde riktigt, riktigt ont. Jag var ofta tvungen att be honom sluta för att kunna andas.

Rubrik i Sydsvenska Dagbladet:

"Lovande värmländsk skådespelarelev avliden på hotellrum i ÖstBerlin. Rumskamraten Christian:

- Jag fattar ingenting! Vi som hade så roligt."

Tjejerna i klassen. Smarta Birgitta Sanderberg, som jag senare hade glädjen att jobba med på Malmö Stadsteater, Li Brådhe, Suzanne Hallvarez, Eva Gröndahl och så Gunilla Larsson förstås, kära Gunilla, lite äldre än de flesta i klassen. Jag gissar att hon var 28 när vi började i Malmö. Jag såg henne som mycket mer mogen och erfaren än oss andra. Hon var ouppnåelig på något sätt, den snygga stockholmstjejen med sitt långa ljusa hår och sina solglasögon Kanske hennes lite avvaktande person bidrog till att jag, spelevinken, inte hittade henne riktigt under skoltiden men lyckligtvis skulle vi senare jobba ihop i Landskrona och då skulle en sorts syskonkärlek växa.

Under de år jag gick på Statens Scenskola betraktades utbildningen som en av Sveriges mest exklusiva. Det var bara stridspiloter som hade en dyrare utbildning, per elev, och det berodde på att många lektioner, som tal, sång, röst och rörelse, var individuella. Dessutom restes det för stora pengar. Varje år for treorna på teaterresa till New York, tvåorna till London och ettorna till Berlin. Vår klass hann till Berlin, medan muren fortfarande fanns och till London men när vi nådde sista året hade resurserna krympt så mycket att det inte blev någon amerikaresa för oss.

Varje skoldag startade med fysisk träning i en sliten danslokal på Gamla Västers Repslagaregata. Fysträning, karaktärsdans, klassisk balett, akrobatik, fäktning och viss stage-fighting med karismatiska pedagoger. Legendarisk var Orest Koslowski som med sin öststatsbrytning fick oss att känna en verklig fläkt av den stora europeiska dans- och teatervärlden. Orest, en hängiven pedagog med glimten i ögat, som alltid hejdade våra försök att röra oss normalt med ett dubbeltydigt men välmenande : -Taaack!

Francesco Gargano, ytterligare en fläkt från kultureuropa och som tränat det svenska fäktlandslaget, lärde oss att fäktas med florett och trumpetade:

-Rompee! Rompee! Man måste undervika. Undervika!

En balettränare som jag nu glömt namnet på, en djupröstad lång svart man som hade tröjan rullad upp till bröstet för att vi skulle kunna se alla hans vackra muskler.

-Put your stommach in, Peer!

Lärarna var målinriktade och ibland ganska tuffa men deras uppgift var ju att leverera vältränade professionella skådespelare till de svenska scenerna och det var bara att haka på de hårda passen, där de av oss som ville och orkade kunde komma långt. Ofta cyklade vi till ”Repet” utan frukost i magen, för att sedan ett par timmar senare landa på Cronqvists Konditori mitt emot skolan inne i city. Alltid kaffe och två långa mjuka bröd med ost, och därefter en John Silver utan filter.

Där, i solskenet utanför Cronqvists, nära Gustav Adolfs Torg, med ryggen mot väggen och med en cigg i mungipan, var jag en del av det stillsamma 70-tals-Malmö där folk fortfarande gick med händerna i byxfickorna under rusningstid. Men också en del av det kreativa Malmö där en snabbt växande musikrörelse med Hoola Bandoola Band, Mikael Wiehe och Björn Afselius tillhörde de tongivande.

Det var hisnande att jag, så från ingenstans, plötsligt befann mig i ett sorts stormcentrum av skapande där jag ovant kunde fokusera på min egen personliga utveckling. Inom det konstnärliga, först och främst förstås, men här i Malmö skulle jag också komma att byta skepnad från den välartade och snälle Putte, som i femman vunnit pris som "Klassens bäste kamrat" (tricket var att aldrig ha en åsikt om någonting och därigenom aldrig dra på sig någon negativ reaktion), till den nu orakade aktören Janne, som med spirande aptit på livet skulle muta in ett stambord, undersöka sin vuxenroll, bejaka sin sexualitet, och pröva allt som alltför länge legat utom räckhåll.

# 20

## Bakom Järnridån

Att bo ensam ute i Kirseberg med långt cykelavstånd till skolan fungerade inte. De flesta i klassen bodde runt Möllevången och dit ville jag också. Flyttade som sagt ihop med Per E i en tvåa på Claesgatan en tid, men hittade senare under våren en fin lägenhet tillsammans med Sten L, i ett varmgult vackert sekelskifteshus precis bakom Triangeln. Till och med mitt rum var gulmålat och i den atmosfären trivdes jag riktigt bra.

Från Stens rum hördes ständigt Cat Stevenslåtar och i mitt spelades det Loggins and Messina. Fast mest satt jag nog på sängkanten och smekte min oerhört lyxiga nya gitarr. En Ibanez Concord, med den oväntat ljusa baksidan. Den hade kostat 800 kronor och studielånet länsades totalt. Ibanezen har varit min mest älskade följeslagare sedan dess är endast utkonkurrerad av min kära Angela. Idag får man lägga åtta gånger de slantarna om man ska lösa ut en liknande gitarr. Angela? Ovärderlig.

Någon gång under tidig höst reste så hela klassen med tåg till Berlin. Resan gick med färja från Trelleborg via Sassnitz där jag vaknade av hårda röster när tåget rullade in på kajen. Jag gläntade på kupégardinen och kunde se vakter i långa vapenrockar bära på automatvapen och dra med sig schäferhundar utanför i det gula neonljuset. Där de svepte utmed tågsidan, spejande och lysande med sina ficklampor liknade de precis nazisoldater. Det var bara 28 år sedan krigsslutet och militärmodet hade kanske inget nyskapande på catwalken.

Vi ombads uppvisa pass och inresevisum i nattmörkret och var nog lite tagna av alla uniformer och vapen under vår entré in i DDR för vi hade svårt att sova när tåget rasslade vidare genom det mörka landskapet för att slutligen nå Berlin.

På Berolina, ett vansinnigt stort hotellkomplex vid ett jättestort och kalt torg kantat av breda och tomma boulevarder, togs vi omhand av en så kallad tolk som talade en gammeldags svenska med mossiga små skämt. Tolken gjorde ett stort nummer av att han minsann aldrig varit i Sverige men ändå kunde språket. Tolk? Jo,jo, han jobbade på Stasi, den saken var klar som Leberknödeln. I sin korta bruna skinnjacka följde han oss i hasorna vart vi än skulle.

Det var förresten här på Berolina som jag delade rum med revolutionären Christian som jag berättade om tidigare, och höll på att mista livet.

Eftersom vi skulle se teater i Väst också, och inte bara den berömda Berliner Ensemble i Öst, bussades vi ett par gånger över gränsen till det färgsprakande och myllrande Västberlin. En kväll satt vi uppe på en läktare och betraktade en verkligt seg och omständig föreställning där två uppblåsta skådespelare turades om att mala olidliga tyska repliker. Hängande med huvudena längtade vi till pausen och en kall bier när plötsligt en av männen reste sig och pekade mot möblerna på andra sidan scenen. Med klar och välskolad stämma sa han:

-An der Stuhl.

Varpå hela vår rad på läktaren fullkomligt skrek rätt ut! Så infernaliskt roligt! Skådespelarna på scenen stelnade till och den finklädda berlinerpubliken vände sig och stirrade upp mot det svenska patrasket.

Hemma i Malmö hade vi nämligen under hösten larvat oss med ett hemmagjort tyskt uttryck: An Der Stuhl. Det kunde betyda vad som helst...

-An der stuhl? (Hur är det?)
-An der stuhl? (Fattar du?)
-An der stuhl! (Har ingen aning!)
-An der stuhl! (Lägg av!)
-An der stuhl.. (Jag känner mig lite hängig.)
-An der stuhl. (Jag är pank.) Etc, etc... Det enda vi var helt överens om var att det definitivt inte betydde "På stolen".

Spelet stannade förstås av under vår explosion men återgick sedan efter en viss tvekan till det tidigare malandet.

Jag är säker på att de stackars skådespelarna ägnade återstoden av sina liv till att försöka förstå vad som hänt just den kvällen.

-Heinz, Heinz, mein freund..

-Ja, Dietrich..?

-Ich sterbe bald, aber erst, was passiert eigentlich in September neunzighundertzweiundziebsich? Die Schweden. Warum lächelt sie? Warum? Auf wiederseeeeh..

Återinträdet till öst skedde via den berömda Checkpoint Charlie där amerikanska soldater rutinerat checkade oss innan vi släpptes vidare till de mer rigorösa kontrollerna på östsidan. Vi satt sedan och gapade över de tomma tysta boulevarderna i öst. Kontrasten till väst kunde inte varit större. Ingen reklam, inga neonskyltar, inget folkliv och knappt några bilar. Det stora hotellet, som ruvade i den dämpade belysningen, kändes inte särskilt inbjudande och när vår "tolk", supernöjd med aftonen (minus episoden på teatern) önskade oss en god natts sömn avslutade han med sitt förtjusta:

-Vi ses igen på morgonkvisten. På morgonkvisten.

# 21

## I Räddningens tjänst

Vårterminen i ettan avslutades med de första redovisningarna inför publik och jag spelade titelrollen i farsen "Dr Burkes egendomliga eftermiddag". Vi gjorde inte hela pjäsen men nog mycket för att jag skulle känna att farsen verkligen var något för mig. Det var helt underbart att uppleva hur publiken gillade mina upptåg. Minns också att storebror Per var nere och såg oss och att jag kände igen hans glada skratt i flabbandet. Per, som faktiskt sett det mesta jag varit med i under nästan 50 år. Riktigt imponerande.

Men nu var det Juni -73 och jag satt återigen i stentrappan utanför Malmö Centralstation. Strax skulle jag lämna det kontinentala heta och slamrande Malmö, för stillheten i lilla Kristinehamn. Det var uppehåll i konstnärsskapet, kroglivet och jagandet efter bekräftelse och kärlek i ett par månader. Jag satt vid fönstret och såg åkrarnas skira grönska svepa förbi medan tåget slingrade sig uppåt landet.

Där hemma väntade mamma och pappa och jag oroade mig för att försmäkta i ett hem som inte längre var mitt. Jag hade så definitivt hittat ett eget liv och ville inte glida tillbaka till att vara barn igen. Erfarenheten hade nämligen visat mig att det var svårt att hålla fast vid den nyvunna vuxenrollen. Det var som om den inte riktigt kunde accepteras, framför allt inte av min mamma, och det plågade mig enormt att tvingas gömma undan stora delar av mig själv för husfridens skull.

Stundtals var det som att kryssa över minerad mark, att befinna sig i föräldrahemmet. Outtalade och outredda konflikter kröp utmed väggarna och det var inte sällan som min mage knöt sig när de hotade att komma i dagen. Skillnaden mellan min och mina bröders närvaro på Torpa var att de närhelst de önskade kunde hoppa in i sina bilar och fara hem, medan jag bodde kvar under ibland flera veckor. Antagligen var det detta som gjorde att jag sedan gick längre än dem och var tvungen att göra uppror.

Storebror Per hade lämnat sina historielärarplaner i Göteborg och fått jobb vid räddningstjänsten. Han hade lyckats fixa plats åt mig som "sommarextra" på Kristinehamns Brandstation. Sommarextra-killarna hade ett stort X på hjälmen, vittnande om deras låga status. I en organisation så hierarkiskt uppbyggd, från "X-en", via brandmän, brandförmän, brandmästare, brandingenjörer och ända upp till vice brandchef och brandchef, var det förstås oundvikligt att känna sig ovärdig.

Första sommaren var jag på den gamla stationen inne i stan. En trä- och tegelbyggnad där en gång hästdragna brandvagnar stått sida vid sida. Det doftade tung tradition ur paneler och trappor och i den miljön låg det förstås nära till hands att manifestera skillnaderna på folk.

En av de första dagarna gick jag förbi garaget och hörde någon ropa inifrån.

-Putte! Hjälper du oss lite här? Ser du röret som sticker ut på din sida av väggen?

-Javisst. Här är ett rör. Vad ska jag göra?

-Jo...

En lång tystnad följde.

...det är ett luftningsrör. Vill du ta kaffeburken med vatten där ute och hålla upp det mot röret och kolla om det läcker någon luft?

-Javisst.

-...och säg till om det kommer någon bubbla.

Ivrig att visa min potential inför kommande viktiga uppdrag, höll jag varsamt upp kaffeburken mot röret. Lät det sticka ner ett par centimeter.

-Är du klar, Putte?

-Jajamän. Här är klart.

-Kolla noga, nu.

Jag stack näsan riktigt nära burken och skärskådade rörets mynning. Inga bubblor. Det knäppte ifrån garagets takplåtar. Så, plötsligt, en smäll. Med blöt uniformsskjorta och slips såg jag burken rulla bort mot gatan.

En lång tystnad igen.

-Kom det nån luft?

-Ja. Jättemycket.

Nu, en ännu längre tystnad, följd av dämpade röster. De var visst flera därinne i garaget.

-Du, Putte, kan du prova igen?

-Javisst.

Det lät som om de kämpade med något där inne på andra sidan väggen.

Jag fyllde återigen burken med vatten ur den hink som behändigt stod nära röret, och lät hela proceduren upprepas.

Jag fick aldrig någon ytterligare förklaring men brandmännens glada miner visade att de var nöjda med min insats och det räckte för mig. Långt senare den sommaren, i framsätet på en av Mercedes-ambulanserna, konstaterade Håkan Kruuse, brandmannen som körde:

-Jodu, Putte. Vattentricket gick du på i alla fall. Och två gånger.

Jag var 22 år, och kanske mer än lovligt blåögd. Hade inte haft en aning om att det var en tråkning.

Sommarextra X8 Modin jobbade vart tredje dygn. Från kl 0730 till 0730 nästa morgon då en ny styrka tog över. De nätter jag var på brandsidan var ofta lugna och då fick jag sova, medan ambulansnätterna blev ordentligt upphackade.

Nere i vagnhallen fanns en stor tavla där brandmästaren skrivit upp och fördelat dygnets sysslor mellan manskapet. Sommarextra växlade alltid mellan brandsidan och dygnsambulans och var ordonnans på dagtid. Jag skötte enklare transportsysslor i en liten stabsbil men lämnade det jobbet vid larm så larmställ och hjälm fanns förstås med i bilen när jag exempelvis hämtade tårta på Kolmerts Konditori.

Under branddygnet var jag rökdykare 2 och satt bakom brandmästaren i bil 1, den snabbaste bilen. Rökdykare 1 var alltid en erfaren brandman och förväntades gå först in på brandplatsen och min uppgift som andreman var bara att stå på utsidan, mata slang och kommunicera med hjälp av ett rep.

De dygn jag var på ambulansen var det först efter kl 17 som dygnsambulansen åkte ut och även där var det den erfarne som hade det största ansvaret. Alltså, den som körde bilen. Sommarextra satt där bak med den sjuke eller skadade.

Ansvar? Det här var på -70 talet och chefen som planerade semestrarna var mest inriktad på att få in sina mannar i ett schema som passade. Att de placerat en helt okunnig yngling i lastrummet på en ambulans var helt i sin ordning.

Min första trafikolycka blev ett larm nerifrån Gullspångstrakten, vid det som kallades Gränsen, där ett gäng ungdomar hade kört av vägen. Flera var skadade och Håkan, som senare skulle häckla mig för vattentricket, sneglade på mig från förarsätet.

-Hur känns det?

-Jodå. Det är väl ok.

-Det är första gången?

-Det är väl det.

Jag tittade ömsom på vägen och på hastighetsmätaren. Mercedesmotorn morrade lågmält under huven och ambulansen gjorde dryga 160 km i timmen. Solen flimrade mellan granarna i den tidiga morgonen och bilen nästan lyfte efter guppen. Tycktes dessemellan suga sig fast vid riksvägen söderut. Ingen annan bil i sikte. Jag mådde lite illa. Yrvaken och nervös.

-Du vet, Putte, vi ska bara göra vårt jobb. Vad som än hänt och hur illa däran folk än är, så ska vi bara göra vårt jobb. Vi ska snabbt dit, snabbt men försiktigt ta in dem i bilen och sedan snabbt komma till stan. Du ska bara göra ditt jobb, vet du. Fokusera på det.

Många gånger, de här två somrarna, satt jag som på nålar och räknade sekundrarna tills vi skulle vara framme vid sjukhuset för att lämna över till akutpersonalen. På den tiden var det inte mycket man kunde göra där bak i bilen utan det gällde att snabbast möjligt komma till sjukhuset.

Det frasade och skrek från däcken när vi tog kurvan in på den mindre vägen vid Gränsen. Inte långt kvar.

Där, några människor och där, låg en bil på åkern. Två unga killar var skadade och vi lyfte under tystnad in dem båda på en varsin bår.

På vägen hemåt mot Kristinehamn låg de där bredvid varandra och försökte prata, med långa avbrott. Den ene såg inget, den andra berättade att han hade svårt att känna sina ben och jag, försökte trösta dem. När de tystnat satt jag och försökte följa vägen genom den lilla glasluckan till förarhytten. Lyssnade till sirenerna som ekade över slätten och längtade egentligen någon annanstans.

En annan gång var vi också söder om stan för att hämta en man med ordentliga hjärtproblem. Det var i

Bäckhammarstrakten och en väldigt orolig medelålders dotter åkte med mig där bak. Hon presenterade sig som sjuksköterska och undrade förtvivlad om hennes pappa skulle klara sig. Hon visste inte hur olyckligt oerfaren jag var utan satte allt sitt hopp till mitt kunnande. Jag kämpade för att hålla mig på plats i den krängande bilen och klappade hennes bleke far på armen.

-Det här kommer att gå hur bra som helst.

# 22

## Hjälten på Örngränd

Som brandman ska man släcka bränder och när det inte brinner blir det långtråkigt. Jag hade fullt upp båda somrarna och Per var missnöjd med orättvisan att det oftast var under mina dygn som larmen gick.

I sovrummets tak lurade en naken 100 wattslampa och två stora larmklockor. När jag försökte somna låg jag och tittade på lampan och klockorna. Släckt och tyst. Vilken sekund som helst skulle ett stort larm komma. Larmstövlarna bredvid sängen med strumpor, långbyxor och larmställsbyxor trädda över skaften. Hängslena preparerade. Skjorta med slips över ryggstödet på stolen. Larmrocken och hjälmen på sina krokar där nere i vagnhallen. Brandmannen i sängen bredvid snarkade redan.

Jag vaknade redan av knäppet från mikrofonen som sattes på i vaktrummet. Högtalarsprakandet fortplantades genom rum och korridorer och alla visste vad som väntade. Lampan i taket stack i ögonen och fumliga händer sökte kläderna. Nu kom den metalliska rösten:

- STORT LARM. ÖRNGRÄND 4. VILLABRAND!

....och sedan det vilda ljudet från dubbelklockorna som skällde i varje rum. Flera män hade redan fått på sig kläderna till hälften och lufsade mot brandstången som ledde rätt ner till larmställ och bilar. Brandmästaren var framme vid vakten och fick extra rapport, motorerna vrålade igång, folk ropade och dörrar slogs igen.

Adrenalinet pumpade. Inom 90 sekunder skulle hela styrkan vara ute ur vagnhallen.

Jag fick på min larmrock och hjälm och spände bältet innan jag med darrande knän klättrade upp i bil 1. Bakom mig på väggen hängde tryckluftstuber och mask och de skulle på så snabbt som möjligt. Bilen krängde i kurvorna och sirenerna ekade genom morgontomma Kristinehamnsgator. Roger, bredvid mig, som detta dygn var placerad som rökdykare 1, svor hela tiden och ryckte i sin mask. Brandmästare Malmqvist som satt rakt framför mig talade i kommunikationsradions mikrofon och "Gullspång" körde under sammanbiten tystnad. Det var han som skulle ansvara för att bil och pump fungerade när vi kom fram.

Folk sprang emot oss. Ropade och pekade uppför gatan.

-Det är visst folk i huset!

Jag hade fått på tuber och mask när vi stannade. Malmqvist och Roger ropade om något och sedan gick allt fort. Jag kände en knuff i ryggen och stapplade mot det rykande huset.

-Du går in, Modin! Det finns folk i huset!

Jag ville bara skrika och vända om mot bilen igen.

-Det är något skit med Rogers mask. Du går in! Det är folk därinne!

Någon slängde en smalslang i famnen på mig och jag knuffades vidare. Fullt med nyfikna som vek undan när jag stapplade mot dörren. Jag insåg att jag faktiskt var den ende av alla här som kunde göra det. Jag var den ende av alla brandmän som hade en fungerande utrustning.

Röken vällde ut ur entrédörren när jag gick in. Pulsen bankade. Vad var det nu jag hade lärt mig? Ropa "Klart vatten!" Den slappa vävormen sparkade nästan omkull mig när den snärtade till av vattentrycket. "Spridd stråle i en cirkel i taket, så att röken lägger sig och jag kan se bättre. Spridd stråle"

Jag kände värmen från elden när jag kröp in i ett rum, lyckades göra en cirkel i taket och tyckte mig se ett par brandhärdar eller i alla fall ljusare ställen i röken som måste vara flammor. Stående på knä skiftade jag ventilen till samlad stråle och riktade munstycket mot eldhärdarna. Samtidigt försökte jag se mig omkring efter några människor genom att lägga huvudet mot golvet. Såg inget och återgick till att rikta strålen mot ljuset.

Efter några minuter kände jag en kraftig duns i ryggen. Roger, som nu fått ordning på sin mask, ryckte i mig. Han såg ilsken ut innanför det immiga glasvisiret och trots att hans röst var dov och förvrängd, förstod jag vad han sa.

–Sluta! Sluta! Ut!!

Han ryckte strålröret ur mina händer och sköt mig bakåt. Förvirrad letade jag mig genom röken tillbaks mot utgången och möttes av kollegor som såg mer än bistra ut. Jag förstod snart varför.

Inför publik visade Kristinehamns Brandförsvar upp sina starkaste kort. En av brandmännen hade nämligen spolat tusentals liter vatten ut genom ett par fönster i tron att detta var brandhärdar.

Lyckligtvis fanns inga människor i huset och historien är förstås inget att vara stolt över men jag gjorde faktiskt andra insatser som var berömvärda. Flera. Vid stora ladugårdsbränder, flera skogsbränder och med dygnsambulansen. Så det så.

Sommaren därpå, 1974, hade räddningstjänsten flyttat in i den helt nya brandstationen närmre hamnen. Allt var skinande nytt med flotta garage och verkstäder där brandmännen kunde meka med sina bilar under kvällarna och i den jättestora vagnhallen stod de vältvättade utryckningsfordonen och väntade. Mercedes-ambulanserna SDS 921 och SDS 923 stod med sina dörrar öppna och på dem hängde vita rockar, färdiga att krängas på vid ett larm.

En morgon noterade jag häpet att brandmästaren hade placerat mig som förare av dygnsambulansen. Förare! Jag kollade lite diskret med brandmästaren men allt var enligt planerna. Alltså, jag skulle köra och den erfarne brandmannen skulle sitta där bak. Ett udda alternativ tyckte jag, men Roger, min kollega på ambulansen klappade mig på axeln. Det skulle nog gå bra.

Proceduren inför vaktskifte på morgnarna innebar att avgående skift meddelade om det var något som pågående skulle tänka på. Sedan var det upp till detta nya manskap att checka upp bilar och materiel utifrån vad de fått rapporterat. Den konkreta ansvarsfördelningen i den här proceduren kan vara bra att ha i bakhuvudet inför följande episod;

Mot kvällen kom ett larm om en trafikolycka i närheten av Björneborgskorset. Jag körde snabbt nedåt och låg i mötande fil långa sträckor när vi passerade trafik. När vi kom fram stod det som vanligt en grupp med människor vid vägkanten och såg bekymrade ut. En bil låg på sidan i diket och ett ungt par låg i gräset bredvid. Jag slog av sirenen, lät larmljusen vara på och stängde av motorn.

-Vi fick en geting i bilen. Vi körde av vägen för en geting. Han har jätteont i armen.

Den unga kvinnan var skrämd men verkade oskadd. Mannen höll om sin arm och jämrade sig. Det var lika bra att ta med dem båda in till sjukhuset eftersom de mycket väl kunde ha inre skador. Roger och jag fick ut båren och lade killen på den. Båren klickade på plats inne i bilen på sina aluminiumskenor och Roger hoppade in. Kvinnan satte sig mitt emot honom i extrasätet.

Jag stängde bakluckan och kröp in bakom ratten. Folket fjärmade sig och lämnade plats för utryckningsfordonet som snart skulle vråla iväg med tjutande sirener. Jag vred om startnyckeln och startmotorn tog ett par sega varv. Provade på nytt men startmotorn orkade inte mer. Glasluckan bakom mig öppnades med en smäll.

-Vad fan gör du? Kör!

Jag vred om nyckeln igen men allt som hördes var ett svagt surrande.

Roger, som omedelbart hoppat ut, kom nu runt bilen och drog upp förardörren.

-Kliv ur. Jag tar hand om det här.

Han vred och vred på nyckeln och konstaterade torrt att batteriet var dött.

-Du skulle inte ha stängt av motorn, Putte. Batteriet var inte ok. Larmljusen sög ut det sista.

Det såg säkert kul ut att en grupp människor var tvungna att knuffa igång en ambulans under utryckning, men jag var inte road. Under färden in mot stan satt jag, detroniserad, hos de unga skadade och kämpade med skammen. Och ilskan.

Det var uppenbart att avgående personal inte fört informationen om det usla batteriet vidare och Roger gav mig senare rätt i det när han kollat lite. Jodå, det hade varit strul med batteriet under tidigare dygn och det borde ha bytts ut eller laddats. Ansvaret var inte mitt men det retade mig att det kom att bli en rolig historia på stationen. "Putte Modin, som minsann behövde starthjälp av publiken".

Även om jag inte tänkt mig en framtida karriär inom räddningstjänsten, hade det känts ok att ha genomfört mitt livs första och enda akutkörning med den äran.

# 23

## Monica

Just det här kapitlet är bland det sista jag skrivit i mitt arbete med boken. Under lång tid har jag vetat att jag en dag skulle behöva formulera den här texten men jag har tvekat och skjutit historien ifrån mig eftersom den inte är särskilt smickrande.

Det är en kort berättelse om rädsla och omognad.

Varför vill jag berätta den? För att den i sin oförskönade form ger en sannare bild av den tjugofyraårige Putte, och kanske också för att den är en sorts ursäkt. Jag tror att jag genom att berätta, tar på mig ansvaret för mitt handlande. Det känns rätt. Jag har många gånger övervägt att ta kontakt med den som drabbades av min omognad, för att beskriva hur jag ser på historien idag men det har aldrig blivit av. Skulle hon ens uppskatta att ett spöke från 70-talet dök upp för att söka någon sorts bikt?

Vad är det nu för förfärlig jag har gjort? Inte mördat någon, väl?

Monica var lätt att få kontakt med. Hon var öppen och rolig och jag gillade att prata med henne. Otroligt söt och med ett bedövande leende. Hon slängde ibland med sitt långa mörka hår och lät mig få en svag doft av hennes vaniljdoftande parfym. Shalimar, fick jag lära mig. Jag behöver inte berätta mer. Jag var störtförälskad i henne.

Monica hade spruckit i tredje provet och satt moloken på Bullen ihop med ett stort gäng. Vi 2:or hade varit motläsare och jag hade lärt känna henne lite under ett par dagar och nu turades vi om att få förlorarna att se lite ljusare på tillvaron. Jag lyckades verkligen att få henne på bättre tankar och vi hamnade som i en bubbla mitt i allt stoj.

Vid den här tiden hade jag en lägenhet på Skolgatan och dit strosade vi efter att Bullen hade stängt. Det var en kylig majmorgon och lite darriga sökte vi varandras värme där vi gick nedåt Möllevången till. Det var klart att vi skulle älska med varandra så fort vi kom hem.

På morgonen, efter frukosten, tog vi avsked och lovade att höras av så fort vi någonsin kunde. Hon gick mot Malmö Central och tåget uppåt landet och jag hoppade tillbaks till min varma säng. Jag var vackrast. Jag var bäst. Bäst gitarrist. Bästa scenskoleeleven. Bäst på att bära ut sopor. Livet var helt enkelt underbart och jag var kär. Tack, Fru Fortuna för den här goda utdelningen. Ok, det var långt upp till staden hon bodde i men vi hade redan talat om att snart besöka varandra.

Vi ringdes vid många gånger och snart var hon hos mig på Skolgatan igen. Sedan hördes vi inte av på ett litet tag och jag blev därför överlycklig när jag en dag upptäckte ett vackert brev innanför dörren. Det doftade Shalimar, förstås, och jag slet upp kuvertet för att ivrigt sluka innehållet. Jag minns inte exakt formuleringen men början löd ungefär:

"Älskade. Jag bär vårt barn inom mig. Ditt barn. Jag är så lycklig".

Brevet var fyllt av beskrivningar om hur underbart allt var och dessutom fullt av små teckningar och hjärtan. Jag sänkte brevet mot köksbordet, hörseln slutade att fungera och bröstet knöts ihop i en panikreaktion. Som i en tunnel såg jag sidorna och dess fasansfulla budskap. Jag var helt lamslagen. Illamående. Jag var livrädd och förbannade min oförsiktighet.

Min reaktion var så stark och så väsensskild från lyckan över kärleken till Monica att jag tappade bort mig totalt. Här rusade skammen och rädslan in i mitt huvud samtidigt som mina föräldrar slogs om sina platser. Det var givet att också de skulle vara med. Pappa med sitt snack om att det kostar en sportbil att göra en flicka med barn och mamma som jag skulle behöva skämmas inför. Skämmas för att över huvud taget ha ett sexliv, till att börja med.

För en verkligt vuxen tjugofyraåring kanske inte det här skulle få ett sådant utrymme i ångesten men jag var absolut inte mogen. Jovisst, mogen nog att göra en flicka med barn men absolut inte för att ta konsekvenserna.

Allt annat upphörde att ha någon mening. Skolan, vännerna och familjen. Jag var totalt ensam med mina våndor och kunde inte tala med någon. Allra minst med Monica, och det är kanske det allra sorgligaste i den här sorgliga historien. Mitt beslut var fattat långt innan jag hunnit formulera det.

Nu kontaktade jag min gamle vän Nils, den ende jag trodde kunde hjälpa mig i situationen. Som juridikstudent hade han kanske tillgång till information. Jag kan inte minnas att jag berättade så värst mycket om hur jag kände det, det språket hade jag ju inte, utan jag koncentrerade mig helt på det rättsliga och såg honom som den sakkunnige han faktiskt var. Vad hade jag för rätt? Hade hon rätt att behålla barnet mot min vilja och vad skulle det i så fall innebära för mig ekonomiskt? Han lovade att kika på frågan och föreslog att jag skulle komma upp till Uppsala och prata. Att han ville hjälpa mig kändes enormt skönt.

Omgående planerade jag för resan och förstod också att det här var tillfället att besöka Monica. Hon hade inte hört ett pip från mig sedan brevet och telefonjacket hade jag dragit ur.

Ja, jag berättade ju att historien var av den olustiga sorten.

Första helgen på almanackan for jag uppåt och hittade Nils studerande på det imponerande Carolina Rediviva. Hann tänka tanken att just här hade faktiskt också pappa Sten suttit på 40-talet.

Nils hade tagit reda på en hel del och det var uppenbart att skyldigheterna låg på min sida och att jag tyvärr inte skulle klara mig billigt undan.

Observera att det, för min del, inte en enda sekund handlade om vad det skulle innebära att bli pappa eller vad det skulle innebära rent känslomässigt eller existensiellt, eftersom de frågorna var fullständigt otänkbara. Observera också att kärleken till Monica var som bortblåst och att doften av Shalimar skulle få mig att må illa.

Nils hade bäddat åt mig i en hörna i den lägenhet han hade ihop med sin dåvarande flickvän och jag blev väl omhändertagen. Efter frukost packade jag min lilla väska, tackade för konsultationen och tog tåget till staden där Monica bodde. Hon måste göra abort. Hela mitt jag var inställt på denna enda sak och jag samlade mig inför mötet.

Detaljer från mitt korta besök i hennes hall finns inte men jag inser att hon måste ha blivit skakad på djupet av att istället för ett kärleksmöte, uppleva en iskall person som bara hade en sak på hjärnan. Efter att ha försökt övertyga henne om att abort var den enda utvägen lämnade jag henne och for hem till Malmö.

Under en tid gick jag sedan i cirklar och väntade på besked från henne och när det äntligen kom blev jag inte ens glad utan kände mest en enorm trötthet och meningslöshet. Min kontakt med Monica var bruten och jag tvingade hela den trasiga historien att sakta sjunka undan i mitt medvetande.

Ansvaret var naturligtvis mitt och det går inte att skylla på min uppfostran, men ändå, bitar av förklaringen till mitt handlande finner jag kanske där.

Och nu, för att illustrera hur effektivt jag på den tiden kunde sopa saker under mattan, gör jag ett halsbrytande hopp över till nästa kapitel. Låt oss liksom Konungen av Guds nåde, Carl XVI Gustaf, vända blad.

# 24

## Skriet på Yukonfloden

Livet i Malmö rullade vidare, med en sorts pendling mellan lektioner, repetitioner, föreställningar och ett uteliv med Bullen i centrum. Sällan satt jag hemma och pysslade med annat, när det var så lätt att söka värmen och gemenskapen på puben. Jag flydde naturligtvis undan funderingar men det insåg jag inte.

Enklare då att söka berusningen av öl och bekräftelse. Då var vi nämligen småkungar med höga röster och en gitarr som vandrade fram och tillbaka inför beundrare vid borden runt omkring. De i klassen med ett tryggare inre, som Lasse och Gunilla till exempel, hade uppenbarligen inte samma behov av kroglivet som vi, men deras studielån gick väl till andra äventyr, vad vet jag.

Vår klass kom under tiden på skolan att vara extra produktiv och det berodde gissningsvis på att gruppen var så pass homogen och bra på att samarbeta. Aldrig förr hade en klass spelat så mycket, och inför publik. Pedagogernas inställning var annars att eleverna skulle utvecklas utan tryck från en publik men, nya vindar blåste, den konservative rektorn var utbytt och pedagogiken hade förändrats.

På Södra Teatern vid Nobeltorget gjorde vi värdiga versioner av "Tolvskillingsoperan", "Yerma" och "Herr Turcaret" men också "Ägg, dollar och Hootch", en dramatisering av Jack London-noveller. Handlingen utspelades i ett bistert Klondyke och för att riktigt förmedla den outhärdliga köld lokalbefolkningen tvingades kämpa mot lånades det in ett stort antal pälskostymer från Riksteatern.

Problemet var bara att vi höll på att dö av värmeslag där vi lufsade fram under brännande strålkastare.

En av scenerna, som skulle utspelas på Yukonfloden, krävde en båt och Christian och jag erbjöd oss att bygga en. I Södrans källare snickrade vi och efter ett par nätter kunde vi stolt visa upp vår farkost. En masonitbåt, minsann, som naturligtvis inte klarat sig ens en hundradels sekund i vatten, men vad gjorde det. Det var ju bara teater.

Scenen? Jo, Lasse spelade en karaktär som kommit på det lönsamma i att transportera ägg upp till Klondyke. Guldrushens lycksökare skulle betala vad som helst för färska ägg, menade han. Båten var fullproppad med ägg men ändå skulle ett par journalister få följa med, för att ytterligare dra in en slant åt äggmannen som var en riktigt sniken typ.

En snöstorm drabbar trion där den kämpar uppför floden och meningsutbyte uppstår när Äggmannen vill rädda sin last. Han gastar att journalisternas, alltså våra, väskor och skrivmaskiner måste överbord och det blir givetvis bråk.

Här måste jag inflika några tekniska detaljer;
Eftersom regissören ville ha ett imponerande orkanljud i högtalarsystemet kunde vi inte göra oss hörda i larmet utan skrek oss hesa och var till slut tvungna att spela in replikerna på band. Vår uppgift blev sedan att mima och gestikulera till våra egna röster. I ytterligare försök att dölja svagheterna valde regissören att låta ett snöfilter vräka tunga ljusflingor över resenärerna och gömd bakom båten låg Christian, vanvettigt ryckande i en tamp som fick seglet att fladdra vilt.

En kväll blev lite speciell. På bandet gastade Lasses röst om det som skulle slängas i sjön men han själv hade satt sig ner på toften och börjat pilla med något i knät. Själv mimade jag för glatta livet till min egen rösts vrålande om att åtminstone skona skrivmaskinerna.

Snön yrde, orkanen vrålade och seglet snärtade men Lasse satt bara där med nerböjt huvud och pillade. Han hade en revolver som han snart skulle skjuta mig med och nu var det tydligen något mankemang med den. Det skulle ju bli katastrof om inte revolvern fungerade.

Våra röster ropade på och jag gestikulerade och försökte stoppa mig själv från att slänga mina väskor överbord, eftersom Lasse inte gjorde något utan var helt upptagen av pillandet med sin revolver i fusksnöns dunkel. Det var bara ett par repliker kvar innan Äggmannen skulle höja sitt vapen och skjuta mig i bröstet men nu fick han tydligen ordning på grejorna och i tron att han var alltför sen, stack han omedelbart fram vapnet och klämde av. Jag var helt oförberedd och alldeles för nära när startrevolvern plötsligt snärtade av sin 9 millimeters-laddning rätt i ansikte på mig. Skottet hördes klockrent över vindens tjut och utan att kunna styra mig rasade jag bakåt över förtoften. Halvblind och död i förtid hörde jag därpå min inspelade röst vråla:

-Nej! Nej! Skjut inte!

Det här var en av de föreställningar som besöktes av några från Skånska Teatern. Trästolarna i salongen var inte anpassade till en teatersalong utan smällde en hel del när någon reste sig. Ett stycke in i aftonens svettiga kölddrama började det smälla, och smälla, och smälla, utifrån mörkret. Vi skådespelare är känsliga för sådant. Snarkningar är nog värst.

För en del läsare kan det kanske verka som att jag bara gör tabbar och uppehåller mig vid dem men det är faktiskt roligare än att rada upp succéer. Som ändå fanns, vill jag poängtera. Exempelvis slutproduktionen "Herr Turcaret". Själva uppsättningen var kanske inte så märkvärdig men det var nu alla teaterchefer och regissörer skulle komma för att hitta nya talanger och framtida stjärnor till sina teatrar. Det här var ju omöjligt att bortse ifrån när vi spelade och vi var förstås nervösa. Flera i klassen hade redan fått erbjudanden eller till och med skrivit kontrakt men jag var inte en av dem.

En ung regissör från Stockholm hade sett oss och ville träffa mig för ett samtal och jag var skärrad. Det handlade om barnteater och som blivande Hollywoodstjärna var det kanske inte mitt förstaval men jag gick såklart gick dit och möttes av en energisk kvinna med långt blont hår. Hon pratade oerhört fort och formulerade sig glasklart och intelligent.

-Tycker du om barn?

Jag tvekade inte. Här gällde det att visa sig från sin bästa sida.

-O ja, jag älskar barn.

-Det gör inte jag.

Faan.

-Inte utan vidare, men barn är en intressant publik, sa hon.

Hon hette Suzanne Osten.


Viveka Bandler, chef för Stockholms Stadsteater, hade lyckats entusiasmera styrelsen att öronmärka en rejäl summa för barn- och ungdomsteater och Suzanne fick förtroendet att forma och leda ensemblen. Det här var historiskt och helt enastådee i teatervärlden och faktiskt också starten på sagan om Unga Klara. Suzanne skulle samla ett tiotal skådespelare och nu var frågan om jag ville bli en av dem! Tekniker och administrativ personal var de redan anställda på Stadsteatern men de hade själva valt den här ensemblen i stället för vuxenscenerna.

I Augusti väntade höstsamling på Stadsteaterns stora scen men dit var det ännu ett tag och nu gällde det istället sommarteater på Hedmanska Gården mitt i Malmö. Det var mitt första professionella jobb och de flesta skådespelarna kom från klassen.

"Tönne Pers Resa"spelades under en stekhet försommar och filmades också av Malmö-TV. Efter premiären råkade vi hamna hos en vän till regissören. Han var dansbandsmusiker och bjöd generöst alla på efterfest, så smålänning han var och där upptäckte jag en gammal elgitarr bakom en soffa. Dammig, böjd och med en stränghöjd på ett par centimeter, stod den där och drömde om sin forna storhetstid. Pärlemor på baksidan och en imponerande guldflake på framsidan. Jag förhörde mig lite diskret om instrumentet.

-Vill do ha gitarrn kan do få na för hondra krånår.

Den rustades upp och är idag en raritet från 60-talet, ett samlarobjekt byggt av en liten italiensk producent, Eko, som, precis som Hagström i Sverige, började producera gitarrer i sin dragspelsfabrik för att haka på den amerikanska elgitarrboomen. Min guldglittrande gura fick senare vara med många år i Landskrona och hängde våren 2020 på Landskrona Museum, utlånad till utställningen om Skånska Teatern.

# 25

## Två män i en Folkvagn

Efter spelperioden i Malmö stack Per Eggers och jag till Rivieran i mamma Alfhilds VW. Hon tvekade inte en sekund att låna ut den till oss och det tyckte vi var otroligt generöst.

Jag kunde ju trippen sedan mina äventyr med JanÅke några år tidigare så med stor tillförsikt surrade vi söderöver för att uppleva stekheta nätter i Paris, uppvaknanden i sovsäckar på kvinnornas nakenbad i St: Tropez, Grand Danoisbajs på St Marcusplatsen och försvunna bilnycklar i Arma Di Taggios grumliga vågor.

Hugg mig en afton och be mig lägga ut texten om detta.

Vad som utspelade sig under en eftermiddag utanför Verona måste jag ändå måla upp lite tydligare.

Vi hade gjort Venedig ett par dagar och var nu på hemväg igen. Magarna knorrade och efter att ha kört en bra bit svängde vi av motorvägen och parkerade utanför en vägkrog. Bilen var full av småskräp så jag passade på att städa upp lite och slängde allt i en soptunna medan Per halade fram sin klarinett. Det var klart att vi skulle lira lite för personalen efter maten. Jag hade gitarren med mig när vi släntrade in på restaurangen.

Det blev full låda förstås, som det alltid var när Per var med och personalflickorna fnittrade förtjust åt vårt skämtande. Kockarna var också med och alla skrattade glatt när vi pratade låtsasitalienska och sjöng operaarior. Mätta betalade vi, det var Pers tur, och efter ett sista toabesök hoppade vi in i bilen igen och satte fart västerut mot Milanohållet.

Motorvägarna var perfekt skötta och vägbanorna skildes åt av täta häckar på de flesta ställen och på vår sida kunde vi följa det platta ändlösa jordbrukslandskapet. Efter ett par timmar närmade vi oss en vägspärr och betalstation och eftersom det var min tur att betala sträckte jag mig bakåt mot baksätet för att hala fram passet. Jag hade utvecklat en lysande idé att använda passet som plånbok och där hade jag allt jag behövde i ett litet fiffigt paket. Jag hittade det inte och vi var tvungna att stanna för att leta ordentligt.

Alla väskor åkte ut och vändes upp och ner men inget pass, inga pengar.

-Helvete! Jag hade passet med mig på toa! Jag la det uppe på toastolen!

-Det är minst två timmar tillbaks till Verona.


Det var bara att vända om. Frustrerade tvingades vi nu betrakta det platta ändlösa jordbrukslandskapet på den andra sidan av mångmilahäcken och när vi efter två timmar började närma oss Verona igen satt Per som fastnaglad med blicken vid häcken för att i någon glipa hinna se något bekant på andra sidan. Vi hade ingen aning om vad stället hette eller var det låg utan var hänvisade till att vi kände igen oss.

-Där! Där! Det måste vara det stället. Kör över till andra sidan!

-Hur då? Det går ju för fan ingen väg dit, ser du väl!

Nu följde en procedur som hade kunnat ge oss dryga böter. Vi vek av på motorvägen in mot Verona och efter ett par hundra meter körde vi tvärs över gräsmattor och diken in på en annan motorväg som verkade gå åt rätt håll. Väl komna över på andra sidan häcken kände vi igen vägkrogen och efter ytterligare ett par olagliga manövrar kunde vi köra upp mot parkeringen.

Vi rusade in på restaurangen och genomsökte toaletterna. Inget pass. Det var ju självklart! Det hade ju gått omkring fyra timmar sedan vi sist var här och nu satt väl redan någon djäkla Veronist och smörjde kråset för mina pengar. Kanske hade personalen tagit hand om passet?

-Passaporto! Passaporto! Toalett?

Nej. Ingen hade sett något pass och de låtsades inte ens känna igen oss från vårt tidigare succébesök. De ropade inåt köket men ingen hade sett något. Vi bad dem att skärpa sig och erkänna att de visst kom ihåg oss när vi insåg att under de långa timmar vi varit borta hade personalen bytts ut. Kvällspasset hade gått på och de hade faktiskt aldrig sett oss.

Helt förkrossade satt vi sedan i trappan utanför och resonerade om vad som nu skulle hända. Pengarna var borta och det kunde vi ju leva med men det var värre med passet. Vi skulle inte ens kunna komma ur Italien utan pass. Skit!

Nu måste vi kontakta polisen i Verona och försöka få dem att utverka någon sorts interimpass och det visste man ju hur segt det skulle kunna bli. Med förhör och allt. Jag rös. Vi var fast i Verona! Skulle väl aldrig komma härifrån.

-Du, på växlingskvittona i bilen står mitt passnummer. Det är säkert bra att ha när vi kontaktar polisen.

Per hade sitt huvud tungt hängande mellan knäna när jag gick bort mot bilen. Öppnade handsfacket och rotade runt. Kollade under sätena och kände efter i fickorna men hittade inga kvitton. Joo, jag slängde dem ju innan vi gick in. Utmed baksidan av restaurangen stod tio soptunnor på rad och jag undrade vilken av dem jag slängt kvittona i. Alla var så proppfulla att locken glipade. Jag öppnade den första och där, allra längst upp, låg passet med alla sina vackra lire. Jag hade slängt allt jag hade i händerna när jag städat.

-Per! Kolla!

Dags för gitarren och klarinetten att dyka fram igen och nu var det kvällspersonalens tur att servera mat och att älska oss.

# 26

## Stockholms Stadsteater

Det var strax innan min 24:årsdag i Augusti -75. Jag hade hittat en liten lägenhet på Lutzengatan vid Karlaplan och i ny ljusbrun manchesterkavaj och jeans tog jag tunnelbanan de två stationerna ner till centrum. Stockholms Stadsteaters stora scen låg på den tiden vid Wallingatan, där Dansens Hus är idag.

Det här var mitt livs första höstsamling och nervös höll jag mig i närheten av Ewa Fröling, som gått i klassen över min, och de få andra jag kände igen. Teaterns jättesatsning "Barn- och Ungdoms-teaterensemblen på Klarateatern" presenterades av teaterchefen och alla skulle upp på scenen. Oförmögen att dölja att den nyinköpta khakiskjortan sög i sig armsvetten som läskpapper radade jag upp mig för allmän beskådan och när fotograferna lite senare bad mig posera bredvid Lena Granhagen kunde jag inte protestera. Vinklingen var förstås "nybörjaren och veteranen".

Mamma Alfhild kunde i sedan i september månad klippa en bild ur Hänt i Veckan där nybörjaren Jan Bodin(!) stolt visade upp armsvettsfläckar så betydande, att veteranen Granhagen knappt märktes på bilden.

Det hängde separata svartvita bilder på alla skådespelare utanför Klarateatern och som av en händelse råkade jag då och då passera under bilden av mig själv. Dröjde där en liten stund, låtsades rätta till något klädesplagg och drömde om karriären. Det här var mäktigt. Första anställningen och redan ett jättefoto ut mot Drottninggatan.

Under de två år jag spelade på Klarateatern sågs vi av skapligt många unga människor och efter ett tag märkte jag att det pekades i tunnelbanan. Jag tyckte om det.

Som första pjäs repeterade vi "Gabrielle" av Ninne Ohlsson. Om Gabrielle, 32 år och lärare i franska som blev förälskad i sin elev Christian 17. En sann historia om hur föräldrars, kollegors och myndigheters fördömanden till slut drev henne till självmord och honom till mentalsjukhus.

Skådespelerskan som spelade Gabrielle, överraskade mig första dagen med att kyssa mig med öppen mun. Jag var helt ställd. Var det så här man gjorde på riktiga teatrar? På skolan hade vi ju bara fejkat tungkyssandet och det verkade fungera alldeles utmärkt.

Det kändes inte bra och här inträffade det som var så typiskt för hur jag fungerade på den tiden. Jag accepterade kyssandet, utan att säga ifrån. Jag kände mig rejält obekväm men behöll det för mig själv. Ingen skugga ska falla över skådespelerskan, hon kom med ett radikalt förslag och om jag inte gillat det borde jag ha reagerat i stället för att anpassa mig.

Förutom Suzanne, som ledde teatern, fanns också Per Lysander som dramaturg och musikern och kompositören Gunnar Edander som bland mycket annat hade gjort musiken till "Jösses Flickor".

"Sessorna på Haga", som gjordes under mitt andra år blev en regelrätt avklädning av kungahuset och familjen Bernadotte. Per och Suzanne ville beskriva kungabarnen som de barn de faktiskt var med all sin längtan efter ett vanligt liv. Historien om det uppblåsta hovets slickeri och Bernadottesläktens bakgrund som slavhandlare och reaktionära fifflare togs inte emot nådigt av dåtidens bedömare.

Sångerna hamnade på en LP och det var jättekul att spela pjäsen och att provocera men mindre kul att höra om hur skådespelerskorna som spelade sessorna flera gånger fick plocka rojalistavföring ur sina privata brevlådor.

Förresten, som hängiven medlem i Republikanska Föreningen tycker jag att det vore hög tid att spela en uppdaterad version av pjäsen.

Mina klasskamrater från scenskolan, Lasse och Gunilla, som en tid arbetat på Skånska Teatern i Landskrona, frågade om jag inte skulle söka dit men Stockholm och Suzannes arbetssätt passade mig perfekt. Jag hade roligt och trivdes. Dessutom var det tydligt att Suzanne gillade mig och fortsatt ville ha mig i sin ensemble. När jag senare ville sluta, våren -77 fick jag veta att hon just lobbat färdigt för en fast anställning på Stadsteatern för min del.

Skånska Teatern. De var rätt stränga där hade jag hört, och mer uttalat vänsterinriktade än vad vi på Klarateatern var. Nåja, de skulle komma upp till Stockholm på gästspel och då kunde jag väl i alla fall gå dit och titta.

På 70-talet arbetade Osten liksom med en blåslampa som hon riktade mot våra skådespelarstjärtar. Allt vi var bra på flammade upp och vi odlade vår särart, egenart, utan att egentligen gestalta så mycket av karaktärer. Typexemplet var Hans V. Engström som jag gillade skarpt och i vars lägenhet vid Nytorget jag gärna hängde. Hasse var en underbar skådis med en helt egen komisk stil som han utvecklade till fulländning. Det blev inga traditionella rollarbeten på Klarateatern men jag hade kul och saknade dem inte heller just då.

Så gick jag då till Skånska Teaterns gästspel på Jarlateatern och såg "Jeppe på berget" och blev som förälskad! Det var ju det här! Det var ju så här jag ville gestalta. Så här noggrant skulle arbetet göras. Peter Holms patinering av böndernas kläder, smutset under naglarna. Regin, musiken, helheten. Skådespelarnas förhållningssätt till publiken före och efter föreställningen. Det var ju det här jag drömde om under scenskoletiden.

Jag visste att skådespelarna i Landskrona hade mycket mindre betalt än vad vi hade i Stockholm, att de slet hårt, hade ständiga stormöten och att Landskrona låg någonstans norr om Malmö, men inte mycket mer. Dit skulle jag! Vad jag inte visste, var att ensemblen hade möten om anställningsfrågor. En röst emot; ingen anställning! Så där satt de alltså, våren -77 och diskuterade om Janne Modin skulle duga. På en annan teater skulle det kunna räcka med att en enda person gillade mig för att få en anställning men här skulle jag igenom 20 nålsögon!

Under tiden spelade vi succén "Lazarillo" i Klarateaterns foaje. Det var en verklig lyckträff som Osten regisserat och Gunnar Edander skrivit musiken till. Pjäsen byggde på en gammal pikareskroman om gossen Lazarillo som såldes av sin mamma till en tiggare och som genomled ett kort liv i ett spanskt tjyvsamhälle, där adelsmännen visste att utnyttja de fattiga. På typiskt Ostenmaner väjdes inte heller för historiens upplösning: Marian Gräns Lazarillo garotteras i slutbilden, vrålandes efter sin mor och far.

Vi lekte fram historien med bara käppar, rep och tygstycken och hittade något helt genialt i enkelheten. Alla ville se den, utom vissa lärare från vilka angreppen kom som på beställning.

Mot slutet av våren hölls en stor internationell teaterkonferens i Stockholm och alla de tunga teaterdignitärerna skulle förstås se Peer Gynt med Krister Henriksson på Stora Scenen. Henriksson var tyvärr opasslig och föreställningen inställd och vad skulle man nu göra med alla dessa höjdare? Jo, som torftig ersättning fick de besöka en barnteaterföreställning som dessutom inte spelades på en scen utan i en foaje!

ITI-människorna var som galna efter föreställningen och på stående fot blev vi inbjudna till gästspel både i Norge, Tyskland och Holland och representanterna från Världsteaterfestivalen i Caracas ville ha oss dit sommaren därpå.

Hallå, jag hade ju precis sagt upp mig och skulle till Skåne! Ville förtvivlat ogärna missa allt det här.

## 27

### Skånska Teatern i Landskrona

I augusti -77 anlände det lilla lokaltåget till ändstationen efter en skramlig färd genom sädesfälten. Nu gick det inte att komma längre ut mot Öresund och ville man till Köpenhamn var det bara att simma. Eller, ok, det fanns en färja som gick till Tuborg.

På promenaden in mot staden passerade jag den vackra teatern som byggd i ljusgult tegel tronade mellan parkens stora lövträd. Utmed Järnvägsgatans smala tvärgator såg jag inte en människa och det tycktes som om augustivärmen försatt omgivningen i någon slags småstadskoma. Kontrasten till Stockholms hektiska gatuliv var slående.

På Skolgatan hittade jag till slut det enkla hyreshus där jag skulle bo och under bevakning av den vresige vaktmästaren baxade jag så upp mina väskor till en liten minilägenhet. Min ledsagare var norrlänning och huserade längst ner i trappen tillsammans med sin skånska hustru. Hon var nog på allvar den första "redia" Landskroniten jag kom i kontakt med. "Jeodå, Jeodå" lät hon, där hon vaggade fram i sina slipers med våta hårbuskar kikandes fram under de runda överarmarna. Det verkade som om vaktmästarparet gjort kollandet på alla suspekta teatermänniskor i huset till sin livsuppgift.

Mellan brutna glasskivor på trapphusets informationsskylt noterade jag ett namn jag kände igen. Lena, som jag träffat ett år tidigare efter en av Skånska teaterns spelningar i Stockholm, bodde här. Då, när jag stått och pratat med henne vid Nybroplan i morgontimmen, hade jag känt att jag var väldigt intresserad. Nu fanns hon alltså här, bara ett par våningar upp.

Det skamfilade huset på Skolgatan 6 visade sig rymma fler från teatern. Rolf Lassgård, som ofta och entusiastiskt drog mig upp till sin etta för att låta mig lyssna på hans senaste skivor med Johnny och Edgar Winter. Peter Haber, som mest höll sig för sig själv men som då och då lämnade bisterheten och öppnade upp för bluesjam. Han spelade inte själv men ville gärna lyssna. Conny Carlestam, som senare blev en allt i allo på teatern, hade också lägenhet här. Han utvecklades från hustomte till en välfungerande inspicient och var ytterligt trogen sin storebror Peters stränga teateretik. Conny, en sträv men ganska charmig "pain in the ass" för den som någon gång råkade komma tio sekunder försent, var också oväntat en duktig Countertenor!

När arbetet kommit igång och när jag på allvar börjat fantisera om att kunna komma Lena närmare blev hon plötsligt tillsammans med Lennart, en lågmäld belysnings-tekniker från Skellefrå som börjat samtidigt som jag och som flyttat in högst upp i vårt hus.

Under många och långa månader var jag sedan tvungen att beundra henne på avstånd eftersom vi jobbade ihop i nästan varenda produktion och det var en verklig plåga. Ibland var jag bara tvungen att gå ut ur rummet när hon kom in.

Första produktion var "Maria från Borstahusen" som skulle ha nypremiär inför spelningar i Malmö och en turne som nådde ända upp till Sundsvall. Jag skulle göra Marias son Valter, som lämnar familj och flickvän för att söka lyckan i Kalifornien. Min flickvän, Lina, spelades av en söt Ängelholmstjej, Marie. Vi hade ingen aning om att hon kunde sjunga och att hon några år senare skulle bli världsberömd tillsammans med Per Gessle.

Jag lärde mig spela Magdeburgerdragspel och att tala skånska. Peter Oskarson, teaterns ledare och regissör, hade en idé om att vi skulle tala dialekt även på fritiden för att riktigt få in språket, så därför förväntades vi tala skånska i affärer och till och med när vi ringde hem till våra förvånade familjer.

Oskarsons kompromisslösa syn på etik och diciplin kring teaterarbetet påverkade oss alla och stora delar av den synen har jag burit med mig genom åren. Än idag kan jag höja både ett och annat ögonbryn när jag hör en skådespelare be regissören om hjälp att minnas vad som hände under gårdagens repetition, eller när någon släntrar in fem minuter försent med en kaffekopp i handen och förvånat konstaterar "oj, har ni redan börjat?". För oss på Skånska Teatern var det en självklarhet att vara väl förberedd och på rätt plats i god tid.

Till en början var jag helt hänförd av teaterledaren och jag kommer ihåg att jag hemma på Torpa beskrev honom som något av en övermänniska, en sorts Messias. Han kunde allt, hade svar på alla frågor och framförde sina tankar om teaterkonsten så ypperligt att varken kulturpolitiker eller teatervetare kunde göra annat än att bedövat nicka instämmande.

Att hans resonemang sedan förgylldes av den sanslöst kunnige dramaturgen Jan Mark, gjorde det hela än mer magiskt. De var helt enkelt världsbäst på att formulera sig. Kunniga och modiga och utan tvekan i stånd att läsa lusen av i stort sett hela teatersverige. Det spelade ingen roll hur många års erfarenhet eller hur mycket renommé teaterfolket hade, avlusas skulle de.

Under många möten med andra teatergrupper satt flera av Skånska Teaterns medlemmar, på en lång rad med armarna i kors, och bara väntade ut övriga deltagares inlägg, för att sedan låta Oskarson leverera den korrekta versionen av sakernas tillstånd i en dräpande slutkommentar.

Självklart var det enormt spännande att tillhöra en ensemble som ställde de här kraven på både teateretablissemang och fria grupper och det kan säkert förklara varför vi, utan större protester, accepterade brister i insyn och medbestämmande.

Många gånger satt vi ändå i upprörda kluster och samtalade om hur en på papperet så demokratisk teater kunnat bli så hierarkisk men då vi alla var beroende av ett fungerande förtroende var det få som vågade en konfrontation.

Hur var det då möjligt att ändå göra så bra teater under de första åren, när arbetsklimatet, i skov, var så infekterat? En del av förklaringen ligger i att vi som såg orättvisorna, lät dessa överskuggas av övertygelsen att vi hade del i en vinnande idé. Lojaliteten med det vi ville förverkliga var större än lojaliteten med oss själva och därför ville vi inte sätta käppar i hjulen. Några år senare skulle dock måttet vara rågat och först då lyftes bladen från munnarna.

En annan förklaring är att Oskarson var en mycket skicklig regissör. Utan tvekan en av de bästa i Sverige. Hans konstnärliga val var ibland helt avgörande för teaterns stora framgångar och oavsett inställning till hans ledarskap, ville alla vara med i den sagan. Vi hade också en av landets skickligaste scenografer och kostymskapare, Peter Holm, i ensemblen. Hans arbete bidrog enormt till framgången.

Ytterligare en förklaring, och kanske den viktigaste, är att den större delen av ensemblen var helt inställd på samarbete och att gemensamt lösa problem som dök upp. Nog många hade den inställningen, och hade det inte varit så, hade teatern krackelerat långt tidigare.

Det går naturligtvis inte att tillmäta ensemblens sammansättning framgångarna men i en annan konstellation, med större andel självupptagna skådespelare, hade framgångarna uteblivit. Det är jag övertygad om.

Den okomplicerade, frustande lusten att spela teater, som så härligt uppmuntrats av Osten, visade sig dock få en rejäl törn redan vid repstart. Jag undrade verkligen vad regissören var ute efter, när han under min första repetition av "Maria från Borstahusen" gång på gång bad mig att komma in på scenen i försök att hålla händer och armar exakt så som han ville. Att jag skulle förmedla en jublande glädje över att äntligen få resa till det efterlängtade Kalifornien, föll liksom bort.

Förvirrad gick jag ut till Linjen, som den kallas, där faktiskt en gång också Selma Lagerlöf vandrat, och blickade ut över Öresunds blygrå vatten. I diset vid horisonten skymtade skorstenssilhuetterna i Köpenhamn och Tuborg. Där började den stora världen och här var lilla Landskrona. Hur länge skulle jag vara kvar?

Jag var skakad, men det mesta gick över, tack och lov. Helt försvann dock inte skakningen förrän våren 1982 när teatern klövs i två delar och den mindre delen lämnade Landskrona för gott.

Landskrona Teater, byggd 1907, andades så mycket gammal teateratmosfär att jag blev helt yr. Röda sammetsstolar och gyllene stukatur. Tågvind i trä och rår hängande i hamprep som vi måste lära oss att hantera. Scenarbetare fanns naturligtvis inte utan allt måste göras av oss själva när vi hade en sekund över mellan entréerna. Om arbetarskydd fanns på den tiden så var det i alla fall inget vi hade hört talas om, och hade vi det, så hade vi ändå inte haft råd eller tid. Tunga lyft, farliga arbetsmoment och en total avsaknad av reglerade arbetstider var bara en del av vardagen när vi sinsemellan tävlade om att vara den mest självuppoffrande ensemblemedlemmen.

I Malmö när vi delvis byggde om St: Petriskolan för att kunna spela "Maria", hängde Anders Beckman i en arm i ett rangligt aluminiumtorn åtta meter över stengolvet för att montera lampor. Helt osäkrad. Att ingen dog under åren på Skånska Teatern är ett rent under eftersom allt arbete skedde i en gråzon där var och en hade flera ansvarsområden förutom skådespelandet. Mina var dekorbygge och delansvar för bilar och turnébilskörning. Förutom städning och ändlösa stormöten, förstås. Lönen? Knappt hälften av vad jag tidigare haft på Stockholms Stadsteater.

Men, det var en njutning att kunna leverera så spännande scenkonst och när folk från institutionteatrarna i landet kom och såg våra föreställningar kunde de inte fatta hur vi, som bara var 22 man, kunde producera föreställningar som enligt dem borde kräva tre gånger så många heltidtjänster.

# 28

## Lazarillo på turné

Sent våren -78, började ensemblen att repetera sommar-teater som jag inte var med i eftersom det nu var klart med spelningar i Europa och Venezuela! Åh, vad jag njöt av den underbara känslan att ha detta sommaräventyr väntande.

I början av maj träffades Lazarillogänget uppe i Stockholm på Klarateatern och började repa upp pjäsen inför spelningar på turné i Amsterdam, Enschede, Frank-furt och Oslo.

När bussen rullade in i Enschede i Holland såg vi staden full med gigantiska affischer. Vårt gästspel ropades ut som både unikt och världsberömt och nöjda anade vi att det måste komma massor av publik! Totalt utsålt, igen, ropade vi till varandra!

Vår föreställning var verkligen annorlunda och uppskattad. Det var bara en liten detalj som inte stämde här i Enschede. Datumet på affischen. Någon holländsk producent hade noterat rätt dag men fel månad. Teatern var helt stängd. Totalt nedbommad.

Vi irrade runt ett tag tills någon fick tag någon sorts vaktmästare som förtvivlad och ursäktande släppte in oss. Vi som var vana att ha fullspikat med total service och kulturattachéer omkring oss, sneglade mot inställt.

Salongen rymde 600 personer! I ett helgdött Enschede lyckades ändå vaktmästaren ragga ihop sin familj och någon yrvaken potentat som ännu inte hunnit åka till sitt sommarhus.

Snabbt beslutade vi att det minsann skulle bli spelning och att Lazarillo skulle gå till historien även i denna stad. Vi byggde upp vår dekor som det var tänkt men lät sänka järnridån för att ta bort den ekande salongen och med den exklusiva publiken sittande på en prydlig rad framför ridån, gjorde vi en av våra bästa spelningar!

-Aldrig, aldrig, ska de kunna märka att vi är besvikna! Vi ger allt!

Jag delade hotellrum med Anders. Han var en väldigt bra skådespelare men kanske inte var den allra bästa säng-kamraten. I alla fall inte för mig.

När logifrågan tagits upp innan turnén, hade folk raskt parat ihop sig och jag hade liksom blivit över och därför hade vi hamnat ihop. Anders mådde enligt egen utsago inte särskilt bra den här sommaren. Han var bullrig och tvär, kom svärande till hotellet efter ensamma barrundor och straffade sig själv med minst femtio armhävningar i mörkret nedanför vår gemensamma dubbelsäng medan jag olustig låtsades sova. På många vis var vi varandras motsatser och hans vresighet både skrämde och fascinerade mig. I Caracas, senare under sommaren, skulle min gode rumskamrat ställa mig inför ytterligare prövningar. Vi kommer till det..

Varje spelning på turnén var också ett särskilt evenemang för välmående utlandssvenskar och ambassadfolk som alltid samlades på festliga och generösa bjudningar efteråt.

På en tillställning bjöds vi till exempel välkomna av en överlycklig och bullrig konsul som hade arrangerat två stora tunnor med is, proppfyllda med spritflaskor. Han tjänstgjorde själv som rosenkindad bartender och av en underordnad konsulatkvinna fick jag höra att det minsann var höjpunkterna i utlandskarriären när konsuln fick sköta sin egen bar.

När kvällen var slut stoppade han en oöppnad och dyr flaska under var arm på oss allihop och tog ett ömt farväl. Hjärtligt tack svenska skattebetalare. Jodå, det blev efterfest i hotellkorridoren och bussresan till nästa ort dagen efter skedde under komaliknande former. Jag minns att en resenär som satt längst fram, då och då i all diskretion, böjde sig fram över en behändig plastpåse.

Denna lilla bild får mig att tänka på en annan bussresa i en helt annan tid men låt oss inte gå händelserna i förväg utan låt oss istället dröja kvar vid turnerandet i Holland där vi var också var inbjudna till den svenska ambassaden i Haag.

Där vi satt, vid små runda bord, bar de flesta av oss något nystruket, kvällen till ära, men Anders hade noga valt slitna jeans och tröja, gissningsvis som en kommentar till den strikta konvenansen.

Redan under ambassadörens välkomsttal satt jag och funderade på vilken salladstallrik som var min, den till vänster eller den till höger om den stora tallriken? Exakt symmetriskt var sex små salladstallrikar utplacerade mellan kuverten och man ville ju inte göra bort sig på Svenska Ambassaden och ta fel. Särskilt inte som det var tre guldkronor på tallrikskanten och särskilt inte som ambassadsekreteraren verkade vara av den präktiga sorten. Hon kändes genuint obekväm i dessa bohemers sällskap och konverserade stelt om hur fascinerande det var att vi kunde komma ihåg text.

Men vilken tallrik då, ambassadsekreteraren? Vi väntar!

Plötsligt, mitt i en mening lade hon beslag på en av tallrikarna och vips, visste hela det högreståndsotränade sällskapet besked och lättnaden spred sig. Jag tror att det var i det här skedet som Anders i mild protest svepte det på förhand upphällda sherryglaset, avsett för efterrätten.

Sekreteraren mjuknade efterhand upp rejält. Kanske var hon ändå lite tagen av att supera med det här teatergänget som inte verkade inordna sig under regelsystemet, för något senare fick hennes boss, ambassadören, anledning att bistert blicka åt vårt håll när hon under ett gapflabb smiskade mig på låret så att det sved. Jag svarade med att försöka knuffa henne av stolen.

Efter gästspelen under Maj månad återvände jag till Landskrona för en sorts semester innan avresan till Venezuela. De andra på Skånska Teatern repeterade "Haren och Vråken" på Citadellet med Ulla Sjöblom i en större roll och det var en märklig känsla att som nybliven kugge i ensemblen vara ur drift. Jag hörde om samarbetssvårigheter med gästskådespelare och att de var besvärliga. Senare förstod jag att de besvärliga skådespelarna egentligen bara hade kritiserat strukturen på Skånska Teatern och att detta bara var en sund reaktion på ett osunt arbetsklimat. Men ingen kunde se det ur deras synvinkel. Då.

Lena var förstås med i ensemblen och jag tyckte fortfarande att hon var underbar men kunde eller vågade inte säga något till henne och undvek henne för att slippa svidandet inombords. Detta återkommande olyckliga suktande? Var jag inte någon gång värd besvarad kärlek?

Det var vid den här tiden, kanske till och med på premiärkvällen som Lena fick besked om att hennes pappa hade gått bort. Jag minns att hon uppriven sprang runt och försökte förbereda sig inför föreställningen. Att ställa in? Omöjligt. Hon skulle säkert ha vilja slippa spela men här gällde "The show must go on". En inställd föreställning med återbetalning av biljetterna var katastrofalt för teaterns ekonomi och därför spelade vi alltid trots hög feber och kräkningar i kulissen. Jag minns en likblek Haber spela en munter Botten Vävare med akut gallstensanfall. Sjukhuset fick vänta tills efter applådtacket, som var långt, som vanligt.

Jag ägnade Juni åt att cykla på utflykter bland byarna runt Landskrona. Asmundtorp, Häljarp och Saxtorp och ibland ner mot Järavallen. De välmående åkrarna låg så stilla och feta och vindarna bar milda dofter av raps och lukten av svingödsel. Ända inne vid bankhusen i centrala Lund kunde man känna den söta och på något sätt ändå tilltalande lukten. En sorts påminnelse om de skånska rikedomarnas ursprung.

De här turerna i ensamhet längtade jag till och att varje vår hoppa upp på nyservad cykel och trampa iväg, var ren njutning. Lönen på Skånska Teatern var ju som sagt väldigt låg och förutom någon båttur över till Tuborg, då och då, var det sådana här gratisnöjen man fick ägna sig åt.

Likalönsprincipen gällde på teatern. Dessutom fördelades individuella sidoinkomster och eventuella stipendier jämnt ut bland de anställda. Tjejerna hade lite mer i lön, för att kunna köpa mensskydd och också glasögonbärarna kompenserades. Åt var och en efter behov.

# 29

## Downtown Manhattan

Nu närmade sig Juli och det var dags att samlas i Stockholm för avfärd mot Venezuela och 1978 års Världsteaterfestival. Långresan gick via New York, där vi skulle övernatta för att sedan ta morgonflyget söderut mot Caracas. All teknik hade sedan länge skeppats i containrar över Atlanten och nu var det personalens tur. Förutom ensemble och tekniker var ett överraskande stort antal chefer från stadsteatern med. Eventuellt hade någon betalt biljetten själv. Vi var alltså ett ganska stort "Lazarillogäng" som checkade in på Arlanda. Flygrädslan fanns där, förstås, och jag försökte hålla den under kontroll med whisky på flygplatstoaletten. En vidrig frukostslurk innan jag bänkade mig i det största plan jag någonsin flugit med. En jumbojet med flera våningar.

747:an, "the queen of the skies" landade på Kennedy Airport tidig kväll och en buss tog oss in mot Manhattan. Nära fönstret satt jag , alldeles ensam med min lilla whiskyplunta. Folk pratade upprymt runt omkring mig men jag satt tyst och ville värna om ögonblicket. Så många filmer, så mycket musik, serietidningar, TV- shower, böcker, kläder, reklam och annat, som under hela min uppväxt strömmat in i mitt medvetande. Avsänt från detta land. Amerika.

New York. Nu var jag här....i en buss som närmade sig broarna in mot Manhattan. Jag ville bara suga in upplevelsen. Och plötsligt, på brons högsta punkt, avtecknade sig The Manhattan Skyline mot den slocknande kvällshimmlen och håret stod rakt ut på armarna. Så jäkla många hus! Och så höga! "The Apple! Here I come!"

Vi steg av utanför ett hotell någonstans söder om Central Park. Betongtrottoaren var helt svartprickig och det tog en god stund innan jag förstod att det var tuggummin! Fyra, fem prickar per kvadratdecimeter. Vi checkade in och började genast tala om vad vi skulle göra. New York väntade på oss, men obegripligt nog var det flera i gruppen som bara skulle äta och gå och lägga sig eftersom bussen gick så tidigt nästa morgon.

Suzanne hade blivit bjuden till ett party hemma hos någon teatermänniska men orkade inte gå, så Anders, jag och ett litet gäng anmälde oss frivilligt.

Det slamrande, aluminiumglänsande tunnelbanetåget tog oss ned mot Greenwich Village och vi hamnade till slut i en lägenhet full med skådespelare och tidningsfolk.

Det var lite coolt att kunna säga:

-Well, I´m an actor from Stockholm, You know, just passing by, heading for The World Theatre Festival in Caracas.

När festen klingat av fick vi sällskap av några New York-bor ner till Washington Square Park, där gatumusikanter stod överallt och där folk åkte rullskridskor runt torget i märkliga kläder. Länge stod jag och lyssnade till en sliten saxofonist som öppnat sin låda framför sig. Han var riktigt bra och i Sverige hade han platsat i vilket professionellt band som helst men här lirade han för några dimes till en kvällsmacka.

"The Village" surrade runt om mig. Jag var helt överlycklig och visades runt av en skådespelerska som verkade ha fattat särskilt tycke för mig. Mitt svenska gäng for plötsligt hemåt.

-Vi ska ju upp så tidigt. Alla borde väl gå till hotellet nu.

Jag svävade på målet och dröjde mig kvar för att kunna bli ensam med min vägvisare. Efter en del dividerande lät jag dem försvinna och vände mig mot min amerikanska kollega.

-Well, what are we doing now...?

Mycket längre än så hann jag inte förrän hon också förvann. Ops! Ensam på södra Manhattan med endast en vag aning om mitt hotells namn på någon vag gata långt norrut.

Jag gick in på toaletten på ett ställe som hette Jimmy Days. (Dustin Hoffmans favoritställe på den tiden, fick jag senare veta.) och där inne hamnade jag framför kissrännan bredvid en kille. Jag minns att jag i övermod slängde ur mig en eller annan amerikansk filmfras och killen undrade var jag kom ifrån.

-Well I´m an actor from Stockholm, You know. Heading for Caracas tomorrow...

Han tog mig med upp till ett bord där hans vänner satt och drack öl. De visade sig vara ett lokalt band.

-Oh, yeah, sa jag, -I play some leadguitar home in Sweden. Eagles, you know?

De var helt galna i Eagles och bestämde sig omgående för att ta mig med till sin replokal några kvarter bort där de delade en stor lokal med några andra band. Flera trumset stod övertäckta med plast och en kyl full med öl tronade i ett hörn. Vi spelade Eagleslåtar. Man brukar ju säga att man spelar mycket bättre om man har skickligare musiker omkring sig. Jag njöt! Flera gånger bara skrek jag rätt ut:

-Fattar ni, grabbar, jag har varit i Amerika i bara några timmar och här står jag och spelar gitarr i ett band på Manhattan!

De hade säkert svårt att begripa min upphetsning eftersom Amerika, utifrån min horisont, var ett legendomspunnet och förlovat land förknippat med så många drömmar, medan de bara råkade bo där.

Jag hade ändå koll nog att snegla mot klockan då och då. Dags att hitta hotellet. Samlingen var ju klockan sju och bussen mot flygplatsen skulle visst gå vid åtta. Dough följde mig genom ett Manhattan som morgnade sig i det tidiga solljuset. Katter sprang mellan uteliggare under smutsiga kartonger och ljuset gnistrade utmed de skyhöga fasaderna. Det blev en riktig långpromenad och precis klockan sju rundade vi ett gathörn och såg hotellet. Där utanför stod en buss och på trottoaren hade delar av ensemblen samlats. De såg väldigt molokna ut men när de upptäckt oss kom de springande.

-Janne, Janne! Var fan har du varit!? Din säng var orörd! Bussen går nu!

-Nu, var det inte klockan åtta?

-De lämnade dig ensam klockan tre, mitt i natten! Mitt i New York! Vi trodde du var rånmördad!

-Nårå, det här är Dough och vi lirar i samma band.

Jag knuffades in i bussen och fick veta att mina väskor redan fanns ombord.

På planet ned mot Caracas och flygplatsen, La Guaira, gick jag sedan runt bland medresenärerna och berättade, gång på gång, om mina äventyr i staden som aldrig sover. Producenten var riktigt sur och tyckte att jag varit omdömeslös.

-Vad skulle vi gjort om du hade försvunnit?

Frågan var väl ändå vad JAG skulle ha gjort om jag hade försvunnit.

# 30

## Världsteaterfestivalen i Caracas

När jag klev av planet fick jag den klassiska heta blöta handduken rakt i ansiktet! Budgetsalongsberusad och nöjd satt jag återigen på en buss och njöt av intrycken. Den täta växtligheten utmed motorvägen, Joropo-musiken som skrällde ur förarens högtalare och motorvägarna som skar rakt in mot stadens hjärta. Om du vill, sätt på Spotify och sök upp venezolansk folkmusik. Till exempel Juan Vicente Torrealba.

När jag somnade den kvällen på Caracas Hilton, bredvid Anders, hade jag varit vaken i mer än trettio timmar.

Världsteaterfestivalen! Tusentals teatermänniskor från hela världen hade samlats för att visa varandra det bästa deras hemländer hade att erbjuda och Stockholms Stadsteater kom med sin "Lazarillo", modern barnteater vars like aldrig tidigare skådats. Under festivalen såg jag ett par latinamerikanska barnteateruppsättningar som var så urbota gammeldags att jag häpnade. Ungefär såhär ; två nallebjörnar med dragkedjor i ryggarna som bollade en färgglad boll emellan sig under en ändlös halvtimme. Argentinas toppleverans av modern barnteater?

Vår pjäs beskrev, som jag tidigare berättat, en skoningslös verklighet, fjärran från barnkammarens tillrättalagda. Det skulle visa sig vara alldeles hisnande för många att se teater för unga med ett sådant tilltal. Här grundades antagligen det världsrykte som Suzanne Osten har i dag.

Vi skulle spela ynka åtta föreställningar i Caracas men ändå vara där under tre veckor. Den sista veckan skulle bli en ledig vecka då var och en fick göra som den ville. Några hade bokat hotell på ön Aruba för sol och bad men själv hade jag inga planer. Come what may. Under alla händelser skulle vi i alla fall återsamlas på hotellet den sista natten för gemensam avfärd till La Guairaflygplatsen.

Dag ett gjorde vi ett gemensamt besök på spelplatsen. Staden hade byggt sexton nya tillfälliga teatrar och vår, Teatro 8, höll på att smällas upp under en motorvägs-puckel! Två stora väggar och ett grovt ädelträgolv. Våra stadsteatertekniker gjorde korstecken när de såg eldragningarna med sina nakna ihopvirade sladdändar överallt där vi stod och skulle sitta. De inhemska bygg-jobbarna försäkrade:
-No problemas. Aha, rehearsiones TOMORROW already? Ayy...so soon?

Den officiella invigningen av festivalen ägde rum i ett stort konferenscenter i centrala stan och där träffade jag den italienska ensemblens tolk och guide, Giannina Zusi Berges. Vi fann varandra direkt och började umgås. Hon var kul att vara med, visade mig annorlunda delar av Caracas, bra restauranger och parker. Vi pratade engelska hela tiden. Efter ett par dagar bjöd jag med henne till hotellets pool och blev naturligtvis tråkad av killarna i ensemblen.
Giannina kom från Italien och hennes pappa spelade första violin i Caracas Symfoniorkester. (Ja, vad gjorde hennes mamma, då? Hmm.) De var väldigt trevliga i alla fall men hembjuden till dem på middag, mot slutet av andra veckan, märkte jag hur väl de övervakade sin dotter. Giannina var tjugotvå år men ändå väldigt påpassad. Jag hade förståelse för hennes frustration och kunde känna igen känslan av ofrihet från min egen familj hemma i Sverige.

Men, föräldrarna undrade förstås vem han var, den där långsmale svensken med solblekt hår som hon umgicks med. Vad kunde han ha i kikaren?

Dags för repetitioner på Teatro 8. Nu hade elektrikerna föst undan det mesta av sladdarna men våra tekniker varnade oss för att det fortfarande var livsfarligt. Vi repade ett par dagar innan första föreställningen i en ohygglig värme. Luftkonditioneringen fungerade perfekt men den fanns tyvärr bara nere på Banco de Venezolano i Caracas City. Vi dröp av svett.

-Det är viktigt att ni dricker mycket! Och så salt förstås. Mycket salt. Det finns tabletter på Pharmacian.

Tabletter, tänkte jag. Måste absolut köpas.

Precis innan premiären satt jag med Marian Gräns och Hasse V på en liten restaurang intill teatern och åt en lättare måltid. Efter en stund lämnade de bordet och jag blev ensam kvar. Visst fan, salttabletterna! Äh, salt som salt. Jag tog ett glas vatten, skruvade korken av saltkaret och hällde i allt och rörde om. Det mesta löste sig. Min uppfinningsrikedom slog då allt! Både billigt och effektivt, resonerade jag och hastade mot teatern i den fuktiga och sotsvarta kvällen.

Jag hann knappt byta om innan jag drabbades av vedervärdiga magsmärtor. Som träffade av ett knytnävsslag vred sig tarmarna och jag rusade mot den enkla toaletten för att kräkas. Skit också! Jag blir magsjuk precis till premiären. Hela ensemblen står och väntar på att jag ska komma ut till samling på scenen och jag är magsjuk. Jag visste det. Alla blir dåliga i magen när de kommer till Venezuela. Alla. Men att det skulle gå så här fort.

-Hur är det, Janne?, frågade producenten genom dörren.

Jag berättade vad jag ätit och att jag druckit salt.

-Det är ju kräkmedel! Man tar salt så där för att kräkas upp det man vill bli av med. Här. Öppna. Drick vatten. Du måste liksom skölja ur magsäcken. Drick mycket.

Jag bälgade i mig och kräktes. Gång på gång. Helt klar i huvudet var jag, och kände mig inte sjuk, bara smärtan som började klinga av. Några minuter senare stod jag i ringen på scenen och var mitt gamla jag igen.

Kanonföreställning! Succé! Applåderna ville aldrig ta slut och ryktet om vår framgång spred sig snabbare än teaterkantinskvaller bland alla festivalens nyskapartörstande teatermänniskor. Alla föreställningar sålde omedelbart slut och folk slogs om biljetterna.

Den sista kvällen ringlade köer runt teatern och de säkerhetsansvariga på teatern släppte in så många de kunde/ville. Publiken hängde i ljusramper och stod packade som sillar bland sladdändarna i de smala gångarna. De som blivit nekade plats körde runt teatern och tutade i vredesmod.

Det talades om att vi skulle få festivalens stora pris men senare också om att vi förlorade detsamma när några svenskar setts lämna någon prestigefylld men urtråkig "Must-se-föreställning" redan i pausen.

Själv såg jag lite av varje under de här veckorna. Bland annat en Peter Brookuppsättning och en av Tadeus Kantor. Barnteatern var som sagt inte särskilt imponerande och vi gick i pauserna ganska ofta.

Outplånligt minne skapade en latinamerikansk pjäs för vuxna där huvudkaraktären spelade i gammeldags flanellpyamas med en sån där gylf som ska hållas stängd av en omlottfåll. Killen spelade mycket själfullt och med mycket ångest men utan kalsonger. Vi höll på att få hjärnblödning i försöken att kväva gapskratten när skådespelarsnorren allt som oftast tittade fram i gylfen. Det var omöjligt att försöka förstå vad pjäsen ens kunde tänkas handla om.

# 31

## Jagad av poliser. Avsked i natten.

Uppe på en bergssida i den bananformade dal som omger Caracas hade festivalledningen hyrt ett flott ställe varifrån man kunde blicka ut över den neonglittrande jättestaden.

En kväll när jag stod där i ett sällskap på den stora gräsmattan utanför festslottet kände jag ett kittlande utmed ena benet. Något kröp definitivt snabbt uppåt, innanför byxan. Jag stoppade krypandet någonstans på låret, förde diskret ned den fria handen innanför bältet och plockade fram den största kackerlacka jag någonsin sett. Vi pratar mindre sällskapshund. Rysande flydde jag inåt mot baren eftersom jag hört att den venezolanska romen lindrar det mesta. Bartendern som blandade en Cuba Libre, tog först lite is, sedan vansinniga mängder rom och därpå en blygsam skvätt Coke som sades vara dyrare och behövde brukas med sparsamhet.

Här uppe samlades alla sorters teatermänniskor från världens alla hörn och då vår föreställning hade låtit tala om sig, var vi svenskar alltid extra intressanta. En jättelik skäggstubbig man som druckit alldeles för mycket och ätit ännu mer vitlök, trängde upp mig mot ett buffébord. Han ville prata teater men var definitivt mer intresserad av kontakt med min kropp. Han var över mig med sin andedräkt och sina händer. Artig, som vanligt, försökte jag slingra mig ur clinchen men lyckades inte förrän efter en lång stund. Det var riktigt läskigt, jag var helt darrig och utanför i mörkret förtvivlade jag i min oförmåga att säga ifrån. Fanns det bara undflyende och konflikträdsla i mig? Varför var det så omöjligt att mobilisera ett försvar?

Ska jag vara helt ärlig tror jag inte ens att jag kunde formulera sådana frågor, på den tiden. I mörkret utanför festslottet stod bara en stum och tom person utan tillgång till självupprättelsens språk och utan någon väsentlig kunskap om sig själv.

Lennart R Svensson var med på resan och tillsammans med honom skulle jag samma kväll uppleva ännu en situation där jag på allvar borde ha satt ner foten. Det hade kunnat sluta riktigt illa.

Lennart spelade inte i med föreställningen men hade ändå hakat på och betalat resan själv. Vi höll varandra sällskap en del och just den här kvällen träffade vi två tjejer som tillhörde en mindre, lokal barnteaterensemble. När de skulle åka ner till stan i sin VW frågade vi om vi kunde hänga med. Jodå, det gick bra.

Framlyktorna bara knappt glödde på "folkan" och jag påpekade det för tjejen som skulle köra.

-It's ok. I have good eyes!

Lennart och jag klämde in oss där bak och vi rullade utför berget ner mot Caracas stora motorvägar och avenyer. Flickorna tystnade när vi kom ner från bergssidan och såg en polisjeep vid en stor korsning med trafikljus. En dörr öppnades och en polisman steg ur. Han pekade mot vår bils front och markerade att vi skulle stanna men då han gick emot oss trampade vår förare på gaspedalen och körde rätt emot rött ljus, förbi polismannen och iväg nerför avenyn. Den andra tjejen skrek:

-Annamaria, No! No, Annamaria. Annamaria!

Det gick allt fortare och fortare. Annamaria, som hon hette, körde mot rött gång på gång och korsade flera stora gator. Jag hörde polissirenerna närma sig bakifrån men hur mycket Lennart och den andra flickan än skrek så saktade hon inte in. Jag satt tyst under mardrömsfärden. Förlamad.

Vi kom in på mindre gator och var tvungna att sänka farten. Polisbilen kom upp bredvid och prejade oss upp mot en stenmur. Brutalt drog poliserna ut oss ur bilen och ställde upp oss mot stenmuren. Jag var livrädd och mindes att jag läst om "triggerhappy" venezolansk polis med stora revolvrar i cowboyhölster fastknutna runt låren.

Tjejerna skrek att vi var svenska turister och bad att vi därför skulle bli lämnade utanför. Männen ställde några kortare frågor, som jag inte minns något av i chocken, inspekterade våra bleka ansikten och drog sedan tjejerna med sig in i polisbilen och så... blev det helt tyst. Bara lite vinande från larmljusens motorer och cikadornas svirrande.

Där stod vi, Lennart och jag, lutade mot en mur någonstans i Caracas. Helst ville vi ju bara smita därifrån men vi beslöt ändå att stanna tills tjejerna kom tillbaka. Det kändes renhårigast så. Dessutom var det nog ganska farligt att i mörka natten försöka ta sig hotellet. Vi behövde fråga dem om rätt väg.

Efter en lång, lång stund kom tjejerna tillbaks ut på trottoaren, rödgråtna och uppskakade. Exakt vad som hade hänt inne i polisbilen vet jag inte men det antyddes att de hade blivit "undersökta".

Medan vi såg på, slängde poliserna en kätting runt framgaffeln på Folkan, hissade upp den, och försvann.

Den olyckliga föraren förklarade sitt tilltag med att hon var illegalt i landet och att hon därför försökt undkomma. Nu skulle den föreställning hon spelade i behöva ställas in eftersom hon tvingas återvända till Colombia redan under morgondagen. Efter att de pekat ut i vilken riktning vårt hotell låg, skildes vi åt. I öster hade redan den tropiska natthimlen börjat ljusna.

Jag delade som sagt rum med Anders, som just nu genomlevde en turbulent period av sitt liv. Ibland var han bara borta och ingen visste var och plötsligt dök han upp igen med ett åskmoln över huvudet. Alltid ensam och aldrig i sällskap med någon i ensemblen. Vid ett tillfälle hade han suttit i en bil på väg till en fest hos några Caracasbor när de blivit hejdade på en motorväg mitt i natten av ett par unga killar som stoppade in ett par gevär genom sidorutorna.

-Fattiga militärer behöver pengar.

I Venezuela , på den tiden, fanns en sorts paramilitär. Soldater som levde under usla omständigheter och som ofta försörjde sig på att råna bilister. Ibland outredda rånmord.

I bilen hade panik uppstått och Anders var övertygad om att hans sista stund var kommen när någon kommit på att skrika att rånarna skulle uppmärksamma vem kvinnan var, som satt i baksätet. Killarna tittade efter och kände igen en berömd TV-personlighet. Efter en del palaver vinkades de iväg och Anders kunde pusta ut.

-Hade hon inte varit med så hade de kanske skjutit oss, berättade han.

På kvällarna kunde jag ändå njuta av att ha hotellrummet för mig själv. Jag hade kommit hem från ett restaurangbesök med Giannina och sov i godan ro. Klockan var väl två ungefär, när dörren till hotellrummet plötsligt öppnades och Anders kom in med två kvinnor och en man i släptåg. En av kvinnorna satte sig rakt på mig i sängen och tvingade en flaska mot min mun. Hon talade dålig engelska och mest spanska och flörtade med mig och ville att jag skulle stiga upp.

Situationen var djupt obehaglig men jag bara låg där och blundade och svettades under täcket. All kraft rann ur mig och det kändes som om jag förflyttats till min barnkammare i Örebro och förlamad lyssnande till mina föräldrars upprörda röster.

Jag låtsades sova och till slut försvann de. Anders också, och naturligtvis talade jag inte med honom om saken dagen därpå. Han hade absolut inget ont i sig och hade säkert blivit förfärad om han fått kännedom om mina våndor. Vi var bara så olika.

Nu närmade sig den sista veckan, då vi skulle semestra efter eget huvud. Giannina ville visa mig kusten ner mot Barlovento men problemet var att hon aldrig, aldrig skulle få tillåtelse att åka ensam med mig. Föräldrarna skulle förbjuda det så därför var vi tvungna att hitta på att det handlade om en sorts grupp resa med ett helt gäng svenskar i en minibuss. Vi satt hemma hos pappa violinisten och ljög friskt om vilka som skulle vara med och hur bussen skulle se ut. Den och den vägen skulle vi köra, osv.

Jag hyrde en liten bil och stod på avtalad tid några kvarter bort från hennes port och väntade. Visste inte om allt skulle spricka. Kanske ville någon följa med henne för att vinka farväl?

Så kom hon med väskan smattrande mot trottoar- skarvarna och snabbt var vi iväg. Bilradion skrällde fram joropomusiken på full volym och Karibiska havet låg bara en timme bort.

Under fem dagar körde vi utmed kusten och bodde på små enkla pensionat. På nätterna kunde vi höra ljudet från fester och "The Drums of Barlovento" genom fönster- gluggar utan glas. Någon gång betalade vi en fiskare att styra upp i en sötvattenflod rätt in i den venezolanska djungeln. En makalös upplevelse. En annan gång dök jag i det kristallklara vattnet ute i ett rev medan Giannina satt på aktertoften och väntade. En natt badade jag, återigen utan sällskap, i mångatan i en lagun. Simmade långt ut i det stilla och becksvarta vattnet.

Giannina och jag i avslutade vår gruppresa med att köra hyrbilen upp till en utsiktsplats. Det gigantiska Caracas flimrade nedanför oss och vi var tysta långa stunder. Det var svårt att uttrycka det jag ville säga, kanske hade det varit lättare på svenska. Jag skulle flyga hem till Sverige och det var ganska troligt att vi aldrig någonsin skulle ses igen. Giannina grät och kom med funderingar på hur vi skulle kunna hålla kontakten, medan jag mest kände mig besvärad, eftersom jag på hela tiden vetat att det bara var ett tillfälligt äventyr. Jag var inte kär, den jag innerst inne längtade efter spelade sommarteater i Landskrona.

Jag var oförberedd på känslostormen och ville helst åka därifrån, faktiskt. Det var inte heller särskilt moget av mig.

När hon till slut lämnade mig, några kvarter från sitt hem, lyssnade jag återigen till ljudet av väskhjulen mot trottoaren. Smattrandet försvagades efterhand för att slutligen helt uppslukas av den heta, susande, surrande och avgasfyllda storstadsnatten.

Jag längtade hem till Sverige.

Dagen därpå. Sista morgonen i Caracas. Hela gruppen skulle åka med buss från hotellet direkt till La Guairaflygplatsen. Jag hade ju min hyrbil, som jag bett att få återlämna vid flygplatsen och Marian, Hasse V och Anders ville åka med mig. Åh, vad mycket enklare för dem om de tagit bussen som planerat! Det var ordentlig med trafik på vägen mot La Guaira och plötsligt hade vi väldigt ont om tid men hur jag än försökte kunde jag inte komma in på rätt väg in mot flygplatsen och hyrbilsåterlämningen. I desperation körde jag varv på varv runt området utan att se hur det skulle gå till. Vi såg ju för fan flygplansfenorna hela tiden, men det gick inte att komma rätt!

Anders pekade och skrek, Marian skrek något annat och Hasse V, med sin torra behärskning, sade att det nog var hög tid att checka in nu om vi inte skulle missa flighten och få en massa problem. Dyrt skulle det bli också, förstås.

När vi väl fann rätt väg och stormade in mot hyrbilsåterlämningen var jag säker på att jag skulle belönas med en riktigt seg tjänsteman som naturligtvis mycket noggrant skulle gå igenom bil och protokoll och därigenom omöjliggöra för mig att hinna med planet. Vännerna rusade direkt mot avgångshall och incheckningsdiskar medan jag försökte hitta någon från uthyrningsfirman. Jag var genomsvett och det smakade metall i munnen. Fy fan vad lite jag ville bli lämnad ensam kvar på den här flygplatsen!

Jag hittade rätt man, som överraskade mig med att inte bara tala utmärkt engelska, utan dessutom vara blixtsnabb. Han fattade direkt, gjorde ett par streck i papperen i farten och manade mig att springa.

Producenten, som ruttnat på mig i New York tre veckor tidigare, tittade länge på mig när jag flämtande slängde väskan på disken. Hon var syrlig i tonen.

-DÅ,.. var alla här.


När jag varit hemma i Sverige någon månad, läste jag om några sjömän som blivit attackerade av hajar efter att ha förlist utanför Barloventokusten. Samma vatten där jag njutit i månskenet.

Giannina och jag brevväxlade artigt unde en kort tid men sedan avstannade kontakten och för några år sedan googlade jag på hennes namn utan att hitta något. Ändå fick Venezuelaresan ett litet efterspel:

På högstadiet hade jag en klasskamrat, Gunilla Lindberg, som senare blev flygvärdinna på SAS och då ofta flög mellan Madrid och Caracas. Vi hade träffats några gånger efter skoltiden och då bland annat pratat om hur vi en gång spelade teater runt katedern på svensklektionerna i nian. Gunilla var lite imponerad av att jag blivit skådespelare, märkte jag.

Nåväl, hon fick en flight till Caracas och besättningen var bjuden till en fest. Hon var väl så där lagom intresserad men hängde till slut med till någon glaskontorsvåning i centrala Caracas där hon hamnade vid några chipsskålar bredvid en mörkhårig kvinna. De började prata och Gunilla berättade att hon var från Sverige.

-Oh, I met a swedish man a couple of years ago. He was an actor. Tall and blond.

Gunilla som inte hade blykoll på manliga svenska skådespelare klämde till med den ende långe och blonde skådespelare hon kände till.

-Maybe it was Jan Modin?

-Yeees! It was Jan!

# 32

## Olof Palme, "Rädda Varven" och Lena

Landskrona Kommun styrdes av Socialdemokrater och stadens kulturnämnd, våra välgörare, var förstås också lagda åt det hållet men vi som jobbade på Skånska Teatern, kallade oss inte socialdemokrater eftersom vi stod mycket längre åt vänster. Ändå var det så att vårt engagemang för de svaga och utsatta, gjorde att staden ständigt berömde våra insatser. Till och med när vi spelade "Modern", Brechts rena hyllning till kommunismen, applåderade sossarna. Nåja, kanske inte alla, men åtminstone de folkvalda beslutsfattare som samtidigt var medlemmar i stödföreningen Skånska Teatervänner.

Det var naturligtvis under vårt engagemang för Landskronavarvets fortlevnad som våra aktier ökade mest i värde. Kampen var på riktigt. Det enorma Landskronavarvet lönade sig inte längre, ansåg den dåvarande borgerliga regeringen, och skulle läggas ner med arbetslöshet i tusental som följd. Plus alla tusentals som arbetade som underleverantörer. Staden, som i så många år levt runt sitt stolta varv, skulle drabbas av en totalkatastrof och nu behövdes alla krafter i kampen.

RÄDDA VARVEN! Ropen skallade i staden när över tiotusen landskronabor vandrade utmed gatorna för att kräva sin rätt och längst fram i det ändlösa tåget gick vi från Skånska Teatern, för dagen iklädda de blå overaller och knallgula skyddshjälmar, vi annars hade som scenkostymer. Revyn "Varvet Runt" var vår hyllning till varvsarbetarna och vår sceniska solidaritetsförklaring. Vi bar en jättebanderoll och på dokumentationsbilderna kan man se en mager och blond Janne i täten. Precis vid orkestern, som naturligtvis var vår revyorkester.

Den här kampen för varvet var superviktig för oppositionen och därför reste socialdemokraternas partiledare Olof Palme naturligtvis ner till Landskrona. För att samtala med arbetarna och deras representanter, förstås, men också för att träffa den där teaterensemblen han hört så mycket talas om. I en soffgrupp på tredje våningen i vårt hus "31:an" satt han en kväll, med hela ensemblen runt sig. Jag frågade honom vad det var som blinkade på hans kavajslag.

-Den här.., sa han med sin karaktäristiska lilla heshet, - har jag fått av kamrater på Transportarbetarförbundet, förstår du, och den symboliserar mitt bultande röda hjärta.

Han verkade uppriktigt stolt över den envist blinkande dioden och smekte den med fingrarna medan han på ett väldigt sympatiskt sätt förhörde sig om allt om vår teater. Påläst som få. Han var speciell, Palme, det var inget snack om saken och så socialdemokrat han var, var vi ändå tagna av hans besök.

Vi spelade Shakespeares "En Midsommarnattsdröm" i ett cirkustält utanför Landskrona Citadell. Den sympatiske Jacob var ny i ensemblen under sommaren och vi började umgås och spela musik ihop. Jacob, som var en dängare på fiol, tog mig en kväll avsides och berättade att han börjat bli inresserad av Lena och nu ville han ha mina råd inför ett närmande. Jag tog emot informationen med samlat lugn och kunde väl inte just råda honom till något särskilt, men senare, när jag blev ensam i min lägenhet, snurrade tankarna allt snabbare. Skulle jag återigen se mig passerad av en av Lenas beundrare? Det avgjorde saken. På skakande ben tog jag mig upp till hennes våningsplan och knackade på dörren. Hon släppte in mig, såg väl på mig hur plågad jag var, och frågade vad som var på gång.

-Det går inte en minut utan att jag tänker på dig. I
månader har jag gått och längtat utan att våga säga hur jag
känner det.

Lena blev väldigt förvånad eftersom hon trodde att jag
inte gillat henne då jag så tydligt undvikit henne, men blev
glad av mina ord. Hon tog emot mina känslor utan att
avvisa mig och det gjorde mig alldeles knasig av lycka.

I det fula huset på Skolgatan nr 6 började det smygas i
trapporna allt oftare på kvällarna när vi varsamt påbörjade
ett förhållande. Vi höll vår kärlek för oss själva och lät bli
att tuta ut den inför de andra i ensemblen och hade också
en semester efter spelperioden då vi inte sågs över huvud-
taget. De veckorna tillbringade jag med att återigen besöka
USA tillsammans med Per Eggers.

# 33

## Eldsvåda och "Modern"

Det kändes helt fantastiskt att dela det torftiga landskronalivet med någon jag älskade men jag blev förvånad när jag efter en tid insåg hur mycket sorg det rymdes i henne. Den sidan hade jag inte märkt överhuvudtaget eftersom hon alltid var så fnittrande rolig och energisk. Hennes smärta och jag fick dela rum men eftersom jag hade ett så stort behov av få vara omhändertagande, visa att jag hade kontroll, att jag var stor och vuxen, passade det perfekt att vara den tröstande.

Vi började repetera Brechts "Modern" på Landskrona Teater och satt i ett mötesrum i våra lokaler när någon utbrast att det kom rök ur teaterhuset. Alla rusade ut på gatan och till och med Ulla Sjöblom stod och hoppade och skrek. Teatern brann för fullt!

Snart var planen bakom teatern full av röda bilar och brandmän i rökdykarutrustning. De tog sig in i teaterhuset där de möttes av en hjältemodig men inte helt genomtänkt Anders Beckman som rusat in i röken för att se om han kunnat göra något. Brandmän ser det som livsfarligt och idiotiskt att gå in i rökfyllda utrymmen utan skydd men Beckman var Beckman.

Branden släcktes till slut men hela den gamla träscenen och tågvinden med alla sina rår och hamprep var förlorad. Lyckligtvis hade järnridån varit nere så hela salongen var oskadd men det skulle inte gå att spela i teaterhuset på länge.

Alltså var vi tvungna att hitta en ersättningslokal för "Modern" och det råkade bli en tom biograf bara ett kvarter bort. Med stöttning från den kulturnämnd som gillade oss byggde vi snart en scen inne i biografen och där fortsatte repetitionerna med Gunnel Lindblom som regissör. Många etablerade teatermänniskor som Gunnel, Ulla Sjöblom och till exempel Sven Wollter hade ett särskilt gott öga till Skånska Teatern eftersom de konstnärliga framgångarna varit så stora de senaste åren. Här ledde nu Lindblom repetitioner av en ganska traditionell uppsättning med ensemblen sittande på bänkar vid sidan av scenen.

Ulla spelade modern förstås, och jag gjorde sonen Pavel som alltmer dras in i det revolutionära arbetet i den kommunistiska cell han tillhör.

Vi gick mot premiär och hade bara någon vecka kvar när ensemblen plötsligt fick veta att regissören skulle ersättas. Som jag uppfattade det hade en av skådespelarna inte längre förtroende för henne. Kanske hade Gunnel kommit med regi han inte uppskattat, vad vet jag, men med mycket kort tid kvar gick Oskarson i alla fall in och tog föreställningen till premiär. Utan att, annat i någon detalj, förändra regin.

Hur det kunde ske, att en etablerad och kunnig person bara lyftes ut utan att ensemblen var delaktig i samtalen är tyvärr ingen gåta eftersom stämningen stundtals var så underlig på teatern. Det inte gick att ta reda på vad som egentligen hade hänt, om det ens förelåg en sådan önskan. Revolutionen inom Skånska Teatern hade nämligen ännu inte något språk, men det hade börjat mullra.

Under genrepskvällen fick jag också uppleva mitt skådespelarlivs absolut värsta mardröm då jag tidigt i föreställningen skulle sjunga en sorts kampsång. Under en monoton och upprepande musikfras skulle jag rada upp allt det makten kunde ställa emot oss i kampen.

Stridsvagnar, gevär, fängelser och andra medel som polis, beslutsfattare och militär kunde bekämpa oss med.

Jag fick århundradets blackout och det hjälpte inte att orkestern pumpade på och tog om och tog om, jag var oförmögen att komma på texten. Salongen full av press och potentater och mitt huvud totalt tomt.

I den atmosfär som rådde då på teatern var det inget annat än ett rejält misslyckande. Det var fruktansvärt och jag vill aldrig uppleva det igen. Det spelar ingen roll att folk säger: -Äh, det är bara teater. I sådana lägen är blackouten en mardröm.

Sufflör hade vi ju aldrig så det var bara att bita ihop om ångesten men min kära Lena erbjöd sig att sitta med texten i knät på sin sidobänk och det löste knuten. Lena var bäst!

Under våren -80 spelade sedan Lena, jag, Gunilla Larsson och den fine och mångsidige musikern Gösta Pedersén en liten musikalisk pjäs av Dario Fo, "Ett himla Spel". Det var lättsamt, komiskt, musikaliskt och vi var alla avslappnade och lät det bästa komma fram. Den här lekfullheten skulle snart visa sig få en enorm betydelse för min närmaste framtid.

# 34

## Dragspel och mandolin

Teatern hade en buss för persontransporter, men man kunde också ta ur sätena och använda den som lastfordon. Det var en Volkswagen LT31. Stor, fyrkantig och knallgul, med loggan SKÅNSKA TEATERN i rött på båda sidor. Jag körde den ofta och var också tidvis ansvarig för att den hölls i ordning och hade därför gott om tillfällen att fundera på om inte bilen skulle kunna fungera som en sorts husbil. En dag antydde jag saken för Lena som blev eld och lågor. Hon älskade "kojstämning".

-Tänk om vi kunde få låna bilen i sommar!

Vi var ganska säkra på att teaterns stormöte skulle avvisa förslaget eftersom det alltid gällde att spara på allt, hela tiden. En bil som står still på semestern kostar ju inget.

Vi lade fram det hela för kamraterna och de smälte väl antagligen inför tanken att det ganska nya paret skulle få en fin resa tillsammans. De sa ja, och vi kunde bygga om bilen och använda den för en resa ner till Medelhavet!

Vi började genast planera och lät inredningsidéer och tankar runt spelningar på gatorna under vägen växa fram. En repertoar växte fram med Lena på dragspel och jag med min mandolin. Stämsång, ett generöst inbjudande spelsätt och lite enkel koreografi där det behövdes.

Sista veckorna innan semestern fixade jag iordning inredningen och byggde en enkel kemtoa och ett litet kök med gasoltub. Teaterns verkstad var oumbärlig att ha nu och den var igång sent på kvällarna. En stor bricka placerades över motorn mellan sätena fram, den blev en perfekt yta för kartor och fikakoppar.

När dagen var inne för att ta över bilen, plockade vi isär Lenas säng och byggde upp den på nytt inne i bilen och under den sköt vi in låga kartonger som garderober. Vi sydde också små gardiner och småfixade och till slut var allt klart för vår långa resa.

....som började med att vi blev påkörda i Malmö. Det var nog mitt fel som ställt bilen lite för långt ut i gatan i en korsning men vi beslöt att inte låta detta förstöra vår fina inledning. Tids nog skulle vi väl tvingas berätta för ensemblen. Hu. Färjan från Limhamn till Dragör och sedan söderut ner genom Danmark.

Första spelplatsen var i Hamburg där vi hittat en liten trottoarsnutt och satt igång, efter att först ha lagt ut den öppnade dragspelsväskan. Folk stannade direkt och det bildades flerdubbla led. Överlyckliga spelade vi på och avverkade vår repertoar under det att folk lämnade oss och nya kom till. Några längst fram vågade sig fram för att släppa ner någon slant men de allra flesta hade redan gått när vi var klara.

Vi insåg snabbt att vår repertoar var alldeles för lång och att vi måste förändra penninginsamlandet. Alltså, vi kortade ner låtlistan till "In the Summertime", ledmotivet från filmen "Aldrig på en söndag" och ett par låtar till. En snabb show och sedan snabbt ut med en mössa och tacka folket.

Det rasslade skönt i en hel påse med pengar när vi packade ihop och gick till en indonesisk restaurang för att fira vår första turnéintäkt. Maten var det mest kryddstarka jag ätit i hela mitt liv och Lena hade väldigt roligt åt att jag var så besviken. Det gick inte att få ner något mer än riset. Men, firade gjorde vi. Premiären hade gått perfekt.

Sedan Amsterdam, Bryssel, där vi kunde övernatta i bilen på en bakgata två meter från Grand Place, latinkvarteren i

190

Paris och så vidare ner till Medelhavet. Tredje gången gillt för min del. Alltid fullt med folk och jättekul att spela.

Vi var ute ett par, tre veckor och kom bra överens hela tiden, utom när jag kört alltför långt och vi bara var för hungriga för att kunna hålla sams. Utsikten att komma fram till havet sporrade mig nog att köra alldeles för länge. I gengäld, när vi kom fram till det hotell där vi skulle bo på natten för att kunna duscha, stampade jag ihjäl minst tio kackerlackor inne på toaletten utan att berätta något för Lena. Hade hon fått veta hade vi väl snart suttit i bilen igen.

Lena, som älskade att bada, hade nu hela Medelhavet framför sig och en dag när vi hyrt en sorts roddkatamaran med en sittbräda för roddaren, och en lägre del närmre vattnet för passageraren, gick hon igång med full kraft. I alla de andra farkosterna färdades unga par där männen rakryggat rodde och kvinnorna satt och doppade tårna, nogsamt skyddande sina klänningsfållar från vätan.

Lena däremot, låg på mage med cyklop och snorkel. Hon njöt av livet och det var underbart att se henne. För att slippa ta av sig snorkeln när hon ville att jag skulle stanna eller gira styrbord eller babord, hade vi kommit på ett signalspråk. En lång "Tuuuut" betydde stå still, "Tut! Tut!" manade roddaren att gira babord och "Tut,tut,tut" betydde styrbord. Det fanns förstås tutar för fram och back också. Genialt.

De unga paren sneglade på Lena ur ögonvrårna. När vi närmade oss en bryggnock smög jag omärkligt över till den, siktade båten ut mot lagunen och de förfinade paren och sköt ifrån. En liten stund senare börja Lena tuta. Först lågmält och samlat enligt överenskommelse, men efter ett tag, när hon inte blev åtlydd, allt ilsknare. Ifrån bryggan kunde jag höra hennes snorkelvrål alltmedan de skakade unga männen skyndsamt rodde sina damer i säkerhet..

# 35

## Povel ringer.

Någon gång under våren hade Povel Ramel sett en av våra föreställningar av "Ett himla spel". Jag hade ingen om det och blev superförvånad när han en dag ringde och berättade att han ville ha mig med i en ny krogshow på Berns Salonger i Stockholm.

Visserligen var Skånska Teatern en av Sveriges mest omtalade fria teatergrupper men ändå, steget till Berns vid Berzelii Park var väldigt långt.

Det kan vara på sin plats att för en lite yngre läsare berätta att Povel vid den här tiden var en av de mest etablerade artisterna i landet. Under många år hade han sjungit och roat sig in i svenska folkets hjärtan och många sa att han hade varit världsberömd, om han inte enbart sjungit på svenska.

Povel skrev nu på en ny show och ville ha fyra artister med. Vilka, var ännu inte riktigt klart men han ville väldigt gärna ha mig med. Hade jag möjligen lust? Material skulle skrivas efterhand och han ville träffa mig för att lära känna mig bättre eftersom rollen skulle specialskrivas för mig. Jag var så förstummad att han blev tvungen att fråga ännu en gång.

-Jodå, det vill jag.

I så fall skulle jag lova att vara absolut tyst om detta för att presskonferensen i Augusti -81, ett helt år senare, skulle få så stort genomslag som möjligt. Jag sa att jag först måste tala med medarbetarna på teatern om ledighet och Povel tyckte att det var ok men då måste de alla lova att vara tysta som muren.

Jag lade på luren och genomfors av en enorm lyckokänsla. Showa med Povel Ramel på Berns Salonger i Stockholm! Vad skulle inte kunna hända efter det? Efter bara sex år i yrket kom nu ett erbjudande som skulle kunna förändra hela min framtid. Visst, jag hade längtat till Skånska Teatern men nu skulle tydligen något helt annat hända som skulle ompröva allt.

Jag berättade för Lena och ensemblen vad som var på gång och stormötet beslöt senare att låta mig få ledigt under spelåret 81/82, vilket var lite halvskumt eftersom ändå ingen av oss hade något fast kontrakt. Kanske handlade det mer om att teatern lovade att skapa plats för mig när jag återkom från Stockholm. Fast enda skälet till att inte låta mig återanställas bör väl ha varit om jag under den kommande Stockholmsvistelsen mördat Povel Ramel eller något liknande. Naturligtvis var det en enorm fjäder i hatten för teatern att en av deras medlemmar fått detta erbjudande. Jag tror att det kändes det bra för dem, som slet hårt för en låg lön, att en i ensemblen, fick den här uppmärksamheten.

Povel hade ett sommarhus nere i Skåne och därifrån kom han till Landskrona för att träffa mig. När vi gick från stationen utmed Järnvägsgatan kändes det lika overkligt som om jag idag hade traskat över Spånga Torg med Bruce Springsteen vid min sida.

Vi samtalade om innehållet i showen och Povel invigde mig i alla idéer. Han och jag skulle göra två konkurrerande musikskapare som skulle slåss om en stjärnas gunst. Som "stjärnan" i showen hade han valt Birgit Carlstén, Birgitta Andersson skulle vara hans hustru och Grynet Molvig hans musa i den här minimusikalen. Regi: Tage Danielsson. Bara det, en hisnande upplysning.

Under det kommande året sände Povel texter, musik och allehanda hälsningar och vid ett tillfälle uppträdde han faktiskt på en av våra cabarékvällar. Detta kräver en liten utvikning.

I Landskrona fanns en kille som var ett hängivet Povelfan. Han hette också Jan och denne hade jag råkat vara hemma hos bara en kort tid innan Povel dök upp i mitt liv.

Jan Povelfan visade mig höga travar av Ramelskivor och annan Ramelmania. Han spelade musiksnuttar och pratade outtröttligt om geniets påverkan på honom själv och på Sverige.

Allt det här mindes jag förstås när vi på teatern hade övertygat Povel om att uppträda hos oss på Cabaré Röda Lyktan i våra lokaler på Östergatan. Povel fyllde ju salonger tusen gånger större än våran men han ville gärna komma och förutsättningen var att vi höll hans namn utanför marknadsföringen. Han ville inte ha betalt och skulle bara presenteras som en gäst under namnet "En torpare från Harlösa". Harlösa hette byn där sommarhuset stod.

Hur skulle jag nu kunna få PovelJan dit utan att avslöja något? Han bara måste ju sitta där när hans idol gör en oannonserad spelning två meter framför näsan på honom. Jag hade tidigare tipsat honom om att komma och titta på oss men han hade inte nappat. Nu sa jag att han bara var tvungen att komma.

-Men Jan, varför är det så viktigt?

-Det bara är det. Gå dit. Annars kommer du att ångra dig hela livet.

Skakandes på huvudet köpte han biljetter.

Han kom till "31:an" och vi gjorde vår show och bad sedan folk att stanna kvar för ett litet gästspel.

Några loosers sträckte på sig, tackade för kvällen och gick hem, det återstod kanske ett trettiotal i kafeet. Povel-Jan satt lyckligtvis kvar. Han såg nöjd ut och verkade ha haft en trevlig kväll men undrade kanske vad det var som var så särskilt sevärt med just den här kabarén.

-Mina damer och herrar. Låt oss presentera en torpare från Harlösa!

Den rosa hissridån var nere och bakom den började någon spela piano. Jag höll ögonen på Jan som stelnade till när han kände igen klangerna men naturligtvis kunde han inte tänka det otänkbara.

Dragridån gick uppåt avslöjande fötter och underdelen av ett piano. Jan hade lyft stjärten något från stolssitsen. Gästartisten började sjunga och Jan stod upp. Ingen kunde väl härma Ramel så bra? Dragridån gick i topp och avslöjade en livs levande gigant. Povel Ramel på en miniatyrscen i lilla Landskrona!

Jan vrålade rakt ut. Alla skrek. Det var overkligt. Jag såg att Povel njöt av att överraska Han var totalt avslappnad och lekte och briljerade inför den exklusiva publiken. . Pure entertainment!

Jodå, Jan fick sin lilla pratstund med Povel.

Bernsäventyret låg som sagt ett år framåt i tiden och vi repeterade nyårsrevyn "Svea Allting Flyter". Återigen ett av Skånska Teaterns säkra publikförankringskort med några lokala revyhjältar och en hel klass från scenskolan i Stockholm med i ensemblen. Landskroaborna älskade våra revyer, som vi fyllde med, för genren, ovanligt mycket innehåll och budskap.

Lena och jag hade nu lämnat våra ettor och vakt-mästarparet på Skolgatan åt sitt öde och flyttat ihop i en helt nyrenoverad lägenhet bredvid Domus på Järnvägs-gatan. Vi hade själva fått välja tapeter och var väldigt nöjda med de söta körsbärskvistarna mot ljus botten.

I snart fyra år hade jag varit i Landskrona och nu började livet se annorlunda ut i. Aldrig förut hade det hänt att jag bott ihop med en kvinna. Jag minns att Sten och Alfhild var nere och hälsade på oss och att jag var extra stolt över att kunna uppvisa så många vuxenpoäng.

## 36

## "Minspiration" på Berns

I augusti -81 bar det av mot Stockholm och Gunilla Larssons lägenhet på Ringvägen som jag fått hyra mot löfte att försäkra alla i trapphuset om att jag var hennes fästman. Gunilla var med rätta orolig för att bli av med kontraktet men det blev aldrig någon sådan situation.

Nervös och ensam satt jag och stirrade in i väggen. Våndades över vad som väntade. Jag var visst ingen duvunge men hela situationen var så annorlunda. Privatteaterbranchen visste jag inget om.

Augustisolen strålade över huvudstaden och det kittlade i magen där jag satt i bussen ner mot Nybroplan. Nu var jag tillbaka i staden jag lämnade för fyra år sedan och jag ville att det skulle märkas att jag var tillbaka. Tidningarna hade spekulerat en hel del under sommaren och det var ingen tvekan om att det här var jättestort både för TV, radio och press.

Jag stegade in på Berns och möttes av personal som tog hand om mig som om jag varit den kändis som de förväntade sig att jag skulle vara. Jag kan fortfarande minnas den overkliga känslan av att vara upphöjd, speciell. Stående över de vanliga människorna. Här var jag, utvald och dubbad till detta uppdrag av självaste Konung Ramel och ingen brydde sig om varifrån jag kom. I de finländska tidningarna beskrevs vi fem som tillhörande Sveriges absoluta nöjeselit. Det gick så fort!

Nu förkunnades att krogshowen/minimusikalen skulle heta "Minspiration" och vi presenterades på scenen av en munter och stolt Povel. Det var proppfullt av pressfolk och många var särskilt nyfikna på, den för dem okände, "skåningen". I någon tidning beskrevs jag som den nye Martin Ljung. Povels nye parhäst.

Hela pressen bjöds på riklig champagnelunch och det fotades i det oändliga. Utanför, runt Berzeliiskulpturen var det avspärrat för utomhusbilder och nyfiket folk hade samlats för att se vad som hände. Plötsligt när jag står där inför kamerorna ropade någon mitt namn.

-Jan, Jan!

En kvinna i folkmassan vinkade. Lisbeth Nevelius från Kristinehamn! Lisbeth som jag varit min förälskelse i 6:an på Södermalmsskolan. Jag sprang ifrån och hann bara krama om henne över avspärrningen innan jag blev kallad till foto igen. Oh my God, duty calls... men ärligt talat, någon del av mig ville bara smita ifrån alltihop tillsammans med Lisbeth.


Efter presskonferensen, som senare kom att följas av liknande evenemang i Malmö, Göteborg och Helsingfors, samlades vi inne på scenen. Här på Berns hade alla stora varit. Om en världsartist kom till Sverige på den tiden så var det den här scenen som gällde.

Vi bekantade oss med varandra. Grynet och Birgitta kände förstås varandra och glittrade superstylade på ett sätt som dramatiskt skilde dem från de kvinnliga kollegorna i verklighetens Landskrona. Jag minns att Birgit Carlstén var lite fjär och det gjorde mig aningen besviken. Hon höll sig till Birgitta och Grynet och vek liksom undan när jag försökte kontakta henne. Kom igen Birgit, tänkte jag. Du gick i klassen över mig på Scenskolan i Malmö och då ville du att alla skulle kalla dig för Trollet. Du var en kul tjej och lätt att prata med. Hallå Trollet, det var faktiskt bara sex år sedan vi festade loss på sjätte våningen.

Nu hade Birgit med sig sin partner, en dansk skådespelare, och de axlade med perfektion rollerna som stora artister och jag kände mig som kusinen från landet. Vilket jag ju på ett vis var, fast vi inte var släkt. Utåt var jag ändå cool, i samma beige manchesterkavaj jag burit sist jag gjorde entré i Stockholm.

Var var nu den fantastiske Tage Danielsson? Han som skulle ju regissera det hela? Tyvärr hade det inte blivit så av skäl jag inte känner till och bollen hade därefter gått till Jackie Söderman, erfaren regissör och TV-man. Inte heller han skulle det komma att bli utan från en kanarieö hade det till slut hämtats en lite ringrostig Hasse Ekman, son och pappa till Gösta. Povel och han hade arbetat ihop i KnäppUpprevyerna och när det nu inte blev någon av de först påtänkta regissörerna fanns Hasse E. som ett tryggt alternativ.

Hasse som kom i sällskap av sin unga hustru som skulle fungera som regiassistent, var av den riktigt gamla skolan, rökte sina cigaretter i ett långt blankt munstycke och bar alltid bredbrättad hatt inomhus.

Kapellmästaren Anders Ekdahl ledde en stor orkester med flera av den tidens främsta musiker och kostymerna som ritades av Mago, andades klass. Povels närmaste man och producent på KnäppUpp AB hette Sten Kärrman och var en stormagad, lite gammeldags man med styv mustaschborste under näsan. Liksom Povel var han lagd åt "endast det bästa-hållet" vad det gällde mat och kläder. På kvalitét skulle inga besparingar göras och därför sändes jag iväg för måttagning hos en engelsk skräddare på Östermalm där sedan flera handsydda skjortor och kostymer tillverkades till min långsmala kropp.

Repstart! Povel hade bland annat skrivit ett step-nummer åt mig då han visste att jag lärt mig en del av Egon Larsson, Gunilla och Chatarinas pappa. Koreografen märkte direkt att jag älskade att dansa och vi inspirerade varandra med massor av kul förslag. Numret var en presentation av min karaktär "Prydolf Uppsjö", den penningälskande låtskrivare som Povels karaktär skulle kämpa emot:

"Ursäkta att jag dräller in och steppar som en galning
Vartannat steg för nöjes skull, vartannat mot betalning
Men steppning är nu åter högsta mode och hysterika
(Klick, klicketi klack).... i Amerika! osv."

Det kom att bli ett rytmiskt rap-nummer långt innan rapen ens var påtänkt. Mot bara en vandrande ståbas och Douglas Westlunds drivande high-hat flög jag över scenen. Ibland uppe på flygeln, ibland kanande över scenen och snurrade utefter kanterna. Det var helt underbart. Texten var intelligent och rytmen härligt synkoperad. Häftiga brakes. Ett toppnummer. Alla dunkade mig i ryggen.

Just det här numret kom att särskilt intressera Birgits pojkvän, Dick. Han tipsade om att jag borde ha dubbla stepjärn för att det skulle höras bättre.

-Nja, sa jag. -Det fungerar bra med de här enkla. Dessutom är det en helt annan teknik.

Dick, hamnade alltid någon centimeter för nära när han pratade.

-Janne, do mangler di dobble jern.

Han tog upp det ideligen men jag hade annat att tänka på och koreografen var helt på min linje så därför viftade jag bort det hela.

Det började närma sig premiär. Hela minimusikalen var smart skriven och erbjöd kul uppgifter för alla medverkande. Att det sedan inte skulle fungera så bra på en krogscen där publiken drack massor av sprit och inte orkade lyssna på sammanhang och klurigheter, visste vi inte då...

Jag hade en hel del att göra och jobbade på bra men funderade förstås då och då på sådant som jag ville ha regissörens hjälp att reda ut. Bland annat kände jag att jag, förutom mitt startnummer, spelade lite för mycket "traditionell teater" istället för att showa. Hasse lyfte endast sitt munstycke från läpparna, klappade mig på handen och sa:

-Du är så begåvad, lille gubben.

Vad jag än frågade om sa han bara så, -Du är så begåvad, lille gubben. Och klappade mig på handen. Lille gubben var 30 år och saknade en regissör. Undrar just hur Tage Danielsson hade stöttat mig i dessa mina funderingar? Förhoppningsvis så här:

-Du är inte på Skånska Teatern nu. Gör inte RÄTT. Ha roligt. Njut. Larva dig. Tala dialekt. Dratta på ändan. Ta det inte så allvarligt. Publiken vill se en artist som har kul. Du har allt det där i dig. Släpp fram den galne Janne!

Tyvärr fanns ingen sådan support och som det nu kom att bli med min rolltolkning, hjälpte det säkert helheten eftersom jag gjorde den osympatiske Uppsjö med full kraft så att de andra kunde förhålla sig till honom. Men ok, jag hade mitt fräcka presentationsnummer och det räckte långt.


Under repetitionerna hade Hasse varit extra noga i sin regi av Grynet under ett skede. I en scen där Povel och jag avhandlade en viktig sak och hennes uppgift var att stå på andra sidan scenen och tjyvlyssna, lyckades Hasse inte ge henne någon vettig motivation. Hon kände väl att hon mest "stod och hängde" och löste problemet med att göra några danssteg. Grynet var fantastisk på scenen och behövde inte göra mycket för att alla skulle titta åt hennes håll, och det ville Hasse göra henne uppmärksam på.

Men, låt oss lämna det för ett ögonblick och återvända till mitt nummer i början av showen..

Dick, Birgits danske skådespelare, fanns hela tiden på plats. Han hade återkommit med sitt snack om järnen då och då men jag hade låtit honom veta att det ändå var för kort tid kvar innan premiären för att kunna byta.

Så var det då dags för genrep och när jag kom upp till logerna, en radda spegelplatser så fiffigt avdelade med skjutdörrar att vi alla kunde ha kontakt genom gliporna, satt Dick med mina dansskor och en skruvmejsel i knät. Han sken som solen.

-Såddan der, Janne! Till lykke i aften. No har do dinne dobble!

Han hade bytt. Utan att fråga. Ett oförlåtligt övergrepp. Hur tänkte han? Det var ett sådant där typiskt läge när någon gjort helt fel men ändå förväntar sig att få beröm.

Återigen, jag kunde inte smälla av. Stel av harm snörade jag på mig skorna och "klickade" ner till scenen där det massiva sorlet från en förväntansfull genrepspublik och recensenter brusade in genom ridån. Jag gled och kanade när lädersulorna inte mäktade nå ner till scengolvet. Bara om jag kraftigt böjde tårna uppåt, fick de fäste. Det fanns inte tid att byta tillbaks till mina egna järn och om jag skulle våga försöka, skulle skruvarna fästa?

All right. Nu visste jag i alla fall hur jag hjälpligt skulle ta mig fram och direkt efter genrep skulle mina gamla järn på plats igen. Jag var upprörd och spekulerade. Hade Dick avsiktligen bytt för att jag skulle få problem? Jag tänker i allmänhet gott om folk men en senare vändning i historien gav mig anledning att tvivla..

Till öppningskvällen var de enkla järnen tillbaka under mina dansskor och allt gick perfekt. Dunderapplåder! Jag var så lycklig och visade tummen upp till musikerna som glatt nickade tillbaks. Där satte vi det! Ja, jäklar!

Vi gjorde premiären och tyckte att det hade gått riktigt skapligt och firade med en gigantisk fest i Röda Rummet. Efter nattamaten skyndade en annars ganska fåordig Povel till sin pianopall. Där kände han sig hemma, där fick han allas öron och kunde kommunicera med sin varma humor.

Dagen därpå kom så kvällstidningarnas recensioner och de var inte snälla. Bland annat så talades det om att föreställningens början var otydlig och att Povel bara dök upp i ett vagt öppningsnummer där han informativt och utan sin sedvanliga karisma berättade om förutsättningarna för storyn. Därefter snurrade de tre damerna in i ett annat lite uddlöst nummer för att sedan avlösas av Jan Modin som smällde av sitt step- och rap-nummer. Flera ansåg att först då, sparkade showen igång på allvar.

Slokörad och ovan vid svala recensioner sög Povel i sig alla tips om hur han skulle kunna förändra öppningen. Följden blev att han efter någon vecka bad mig om ett samtal. Det var viktiga saker angående föreställningens början, sa han, som han ville dryfta med mig.

Jo, han hade tagit till sig av kritiken och skrivit om öppningen. Han skulle själv ha ett slagkraftigt öppningsnummer och sedan skulle vi fyra presenteras ihop, som en avslutning av numret. Allt för att vi skulle få till en bättre show.

-Ok, vad händer då med mitt nummer?

-Vi måste göra de här förändringarna. Helheten blir bättre.

-Men mitt dansnummer?

-Det lyfter vi. Du gör ett jättebra jobb men vi måste ändra.

Skolad i den fria teatergruppens lojala anda och utan att säga ifrån accepterade jag ändringen. Om helheten blev bättre skulle väl inte mina personliga intressen stå i vägen. Vi skulle göra en bättre show.

Att sanningen var att det inte kunde accepteras att någon annan än huvudstjärnan gjorde det första intressanta numret, kom inte för mig just då. Hade jag haft aningen mer skinn på näsan, hade jag bara hunnit göra den slags tonårsrevolt som kom några år senare och hade jag bara haft lite mer koll på mina behov, hade jag vrålat: -Skriv gärna om, men ta inte bort det enda riktigt roliga jag har i föreställningen! Jag vägrar! Mitt nummer ska var kvar!

Birgitta hade gjort så. Grynet också, bestämt. Kanske också Birgit. Men jag, jag kunde inte stå på mig och visste inte att jag skulle kunnat.

Här gick luften ur mig. Vi skulle spela sex kvällar i veckan på ett proppfyllt Berns och mitt kontrakt tvingade mig dessutom att vara med under alla de etthundraåttio föreställningarna i Stockholm, Malmö, Göteborg och Helsingfors men jag hade ingen lust längre. Jag satt på bussen in från lägenheten på Ringvägen och önskade att jag kunde byta med vem som helst av de andra resenärerna. Hade de vetat vad som försigick i min skalle skulle de naturligtvis avfärdat mig som galen, för vad kunde vara mer åtråvärt än att stå som stjärna på Berns varje kväll inför hundratals människor? Och i det sällskapet?

Jag skulle gjort vad som helst för att slippa ställa mig på Berns scen. Visade inget förstås utan skojade och nojsade innan föreställningarna men var tvungen att varje kväll stå en lång stund bakom ridån och i en liten springa leta upp någon eller några som jag kunde tillägna kvällen. Spanade efter någon som såg sympatisk ut, något par som såg lite nyförälskat ut eller någon som verkade ensam. De skulle jag spela för.

Mer och mer drog jag mig undan från de andra artisterna och började istället hänga med ett par av teknikerna.

Räknade dagarna tills det skulle vara slut. Paradoxalt nog mötte jag hela tiden släkt, vänner och andra som naturligtvis uppfattade det som att jag hamnat i något slags himmelrike men jag kunde inte tala om mina våndor och kände inte heller att jag skulle kunna få förståelse för min version. Sanningen var förstås också att jag inte hade tillgång till den analys av skeendet som jag har idag.

Jag var håglös och ensam. Man kan tycka att jag i det här läget skulle ha vänt mig till Lena för att få stöd men det verkade bli tvärt om. Jag gled allt längre ifrån henne. Vi träffades för sällan och levde i två helt olika världar.

Mitt i det här blev jag uppringd av en producent på Sveriges Television.

-Kjell Grede ska göra en TV-film och vi söker en ung man för huvudrollen. Provfilmning på TV-huset omgående. De har hållit på ett tag men Grede har ännu inte hittat rätt skådespelare.

Jag tvekade. Hade ju mitt på det torra och inte särskilt högt i tak heller. Men, jodå, det var bara att komma in till TV-huset, sa producenten.

Föga entusiastisk klev jag in på provfilmningen och skakade hand med Grede. Han hade gjort en del stora filmer och TV-serier och jag borde nog ha varit mer nervös.

Efter provfilmningen tog han mig avsides.

-Du har döden i ögonen.

Jag vet inte varför han sa så till mig. Kanske ville han undersöka om min reaktion skulle bli: -Vad fan menar du?, eller -Döden, kan du vara själv! eller något annat relevant. Med garden i knähöjd såg jag väl mest olycklig ut och tog emot snytingen utan att reagera Det räckte för Grede.

-Jag vill ha dig i huvudrollen.

-Oj, finns det ett manus?

-Tar du inte det här jobbet är du dum.

Han hade bestämt sig. Gissningsvis var jag så håglös och utstrålade så mycket sorg att jag var som klippt och skuren för uppgiften. Sen tillkom det faktum att jag inte ens ville ha den. Studenten i filmen läser i Lund och ljuger för sina föräldrar att han lyckas i alla tentamina. Klarar ingenting men håller ändå skenet uppe, till och med inför flickvännen. Innan den nakna sanningen briserar sätter han en pistol i munnen. Ridå.

Inspelningen av "Studenten" kom att ske i Enköping och varje dag efter "tack" sattes jag i en taxi för direkttransport till Berns och föreställning. Jag längtade inte dit men det lättade upp lite att jag nu betraktades som en framgångsrik och upptagen skådis. Det var det här stora filmjobbet som höll mig uppe.

En helt färsk Sissela Kyle spelade min flickvän, Johan Wahlström och Göran Thorell mina studiekamrater och min pappa gjordes av en lågvoltsvibrerande Jan-Olof Strandberg.

# 37

## Gnissel på Rondo och Teatern som sprack

Vi spelade "Minspiration" under våren 1982 på Kronprinsen i Malmö, på Rondo i Göteborg och på Svenska Teatern i Helsingfors. Följande episod berättar jag bara för att den återigen visar hur svårt jag hade att reagera, när jag blev satt under press, och inte av någon annan anledning.

Under spelningarna i Malmö hade Grynet, till publikens förtjusning, hämtat tillbaka lite av sina sidoutflykter och jag resonerade med Povel om saken. Jo, det var nog lite skralt med koncentrationen just på det stället, tyckte han. Vi skulle kanske tala med henne, föreslog jag. Povel verkade ha lite svårt för det eftersom han sedan många år haft ett särskilt gott öga till Grynet så jag tog på mig uppgiften.

På Rondo i Göteborg hade det växt lite igen och då sade jag rakt ut till henne att jag tyckte att hon skulle ta ner sitt spel, till förmån för överenskommelsen och storyn. Hon såg inte alls glad ut, antagligen oändligt trött på mina idoga påpekanden om hur hon skulle sköta sitt jobb.

Kvällen därpå, när vi kom till det stället, verkade allt ovanligt lugnt och jag kände hur publiken koncentrerat följde Povels och mitt spel. Nöjd hastade jag bakom och fick hjälp i mörkret med ett blixtsnabbt byte till halmhatt och rödrandig kavaj. Povel stack plötsligt fram sitt huvud i sminkspegelns glödljus.

-Vad i helvete har du sagt till Grynet?

Jag hann inte svara och vi hoppade in på scenen för ett glatt nummer där vi likadant klädda och med varsin lösmustasch och käpp, dansade och sjöng och hade mycket ögonkontakt i det synkrona. Povels ögon var svarta.

Av scenen igen och nytt snabbyte. Nu var det min tur att med hjärtklappning sticka fram huvudet.

-Vad då, sagt?

-Att hon inte ska gå in på scenen!

Jag hann bara se väldigt förvånad ut, innan jag måste hasta in igen. Det stod nu klart för mig att hon visat sitt missnöje med mina ständiga kommentarer genom ett oväntat och radikalt grepp. Entrén var ju jättekort så hon tänkte kanske att det inte gjorde så mycket men problemet var att hon råkade förändra förutsättningarna för Povel som skulle ha ögonkontakt med henne direkt efter vårt möte för att storyn skulle rulla vidare. Nu blev det lite ologiskt och Povel kände så klart att han stod med byxorna nere. Därav hans vrede mot mig.

Jag var förtvivlad och kände mig orättvist behandlad och direkt efter föreställningen tvingades storögda beundrare i Rondos logekorridorer bevittna hur jag försökte återupprätta min heder. Povel höll sig undan men jag bad honom att försöka vara delaktig då saken inte bara gällde mig. Tyvärr upplevde jag att jag var den besvärlige, den som ställt till allt men jag kunde inte, förmådde inte, vräka ur mig frustrationen som höll på att kväva mig. Fullsminkad och med adrenalinet brusande i kroppen smet jag emellan autografjägarna och flydde ut till min bil för att köra raka vägen ner till Landskrona.

Medan bilens strålkastare svepte fram över E6:an resonerade med mig själv. Jag hade verkligen inte gjort något fel. Regelsystemet jag levde efter som skådespelare och som varit rättesnöret för allt teaterarbete hittills gav mig rätt, det visste jag. Jag kokade inombords men mest var jag besviken på mig själv för jag att jag flytt fältet istället för att stå på mig och låta topplocket flyga.

Så här i efterhand vet jag att frustrationen över att inte känna mig fullt lyckad i Minspiration, naturligtvis krympte mina marginaler till de andra i produktionen. Kanske var jag till och med avundsjuk på Grynets självklara sätt att locka publikens hjärtan till sig, men, om jag hamnat i en liknande situation idag, hade jag antagligen bara hittat på ett fiffigt sätt att dra uppmärksamheten tillbaka till min sida av scenen i stället för att så principstelt lasta en medspelare.

När vi avslutade i Helsingfors satt folk i en vanlig teatersalong utan tillgång till alkohol och där fick vi också de största och finaste reaktionerna. Den nyktra, lyssnande publiken kunde ostört ta del av alla finurliga Ramel-vändningar och den geniala musiken. Kul att ändå avsluta den här märkliga upplevelsen med spelningar där recensenterna återigen talade om oss som gräddan av svensk showbiz och finska YLE spelade in och sände allt i svensk TV senare under året.

Men, åhh, vad jag längtade till ett sammanhang. Ett meningsfullt sammanhang med arbetskamrater jag kunde lita på och prata med. Jag hade fått två privat-teatererbjudanden i Stockholm inför hösten -82. Dels "Rocky Horror Show" på Chinateatern men också något annat på Göta Lejon. Med lite finess skulle båda pro-duktionerna kunna genomföras och sedan kanske min framtid på privatscenen i huvudstaden varit utstakad.
     Men nej. Jag längtade tillbaka till Skånska Teatern, till Lena och Landskrona. Om jag börjar igen på Skånska Teatern, tänkte jag, så ska jag säga upp mitt DN-abonnemang och skaffa Landskronaposten och NST.
     Jag ville inte höra talas om Stockholm mer.

Därför hade jag under våren alltmer deltagit i de möten på Skånska Teatern som till slut skulle leda till delningen av den. Efter föreställningarna på Rondo åkte jag förbi macken vid södra utfarten mot E6:an för att tanka, köpa Coca Cola och en jättemacka. Satt sedan och åt och lyssnade på radio för att hålla mig vaken på den nästan helt tomma motorvägen. Ett sovande Landskrona mötte mig vid tvåtiden på morgonen. Stormöte nästa dag och sedan iväg till Göteborg igen på eftermiddagen. Slitigt, men det kändes viktigt att vara med i samtalen.

Povel och jag kallpratade i logen. Han försökte nog med en varmare kontakt men jag hade redan lämnat honom och "Minspiration". Det tickade mot 180:de föreställningen.

I Landskrona förtätades stämningen och med värkande mage återvände jag under förmiddagarna till stormötes-rummet. Gråa i ansiktet insåg vi alla att inget någonsin skulle bli som förut och de sprickor som länge funnits i ensemblen vidgades nu för varje timme när folk började tala klarspråk.

En allt tydligare gräns gick mellan de som fortfarande ville följa sin konstnärlige ledare, och de som längtade efter något annat. Det var också här skiljelinjen gick mellan de som ville kämpa för en fortsatt och utvecklad folkteater i Landskrona och de som ville söka lyckan i Gävle.

Under en tid hade nämligen ett erbjudande funnits från Kulturnämnden i Gävle, att flytta hela Skånska Teatern dit. Anständiga institutionsteaterlöner och en renoverad teaterbyggnad.

När nu erbjudandet från Gävle kom upp på bordet skulle det också, som jag ser det, bli det avgörande i brytningen. Budet från Gävle gällde hela ensemblen, och vi ville få ledningen att indirekt erkänna att inte alla, utan endast de lojala, var välkomna med på resan.

Det här var riktigt svåra samtal, där många framstod som hjältar när de, väl medvetna om att alla broar brändes, ändå vågade tala från hjärtat om hur smärtsamt de upplevt sneda arbetssätt och orättvisor. Vi som kritiserade, talade också om den dröm om folkteatern, som ledningen starkast drivit, åtminstone på papperet.

Nästan hela skådespelargruppen valde att tacka nej medan en mindre grupp flyttade till Gävle. Där skapades sedan en ensemble med skådespelare från hela landet som kanske trodde sig ha kommit till en drömtillvaro på en "Skånska Teatern Med Resurser" men jag tror att verkligheten visade sig vara av annat slag. Den större delen av Skånska Teaterns hjärta fanns nog ändå kvar i Landskrona.

Skakade men revanchsugna formerade vi under tidig sommar 1982 en ny teater med Dag Norgård som konstnärlig ledare. En verkligt demokratisk teater där vi kände oss som jämlikar på riktigt och inte bara i ord, som tidigare.

Under våren hade jag också blivit allt säkrare på att det var med Lena jag ville leva. Det var så starkt att återvända till engagemanget och samhörigheten på teatern och skönt att landa hos Lena igen. Äventyren i Stockholm var över och det kändes som om jag aldrig någonsin ville sätta min fot i den staden igen.

I den här vevan, när självförtroendet var som lägst, fick jag också besked om att jag skulle få Dagens Nyheters Kasperpris i showkategorin. Kasperpriset, som också kunde innebära ett underförstått framtida stöd från DN,s kulturredaktion, var stort och eftertraktat. Utdelningen av pengar och utmärkelse var som vanligt tänkt att ske på en stor scen i Stockholm och meningen var att jag också skulle uppträda med något under den kvällen.

Under normala förhållanden hade jag rest upp, sjungit en sång, tagit emot priset, bockat och åkt hem igen. Ett dygn, allt som allt. Som när jag tog emot Kvällspostens Thaliaplakett i Malmö, året innan. Då var det kul att gå på fest och bli beundrad och uppmärksammad. Nu, efter Povel-året, var min reservoar av självhävdelse totalt tömd. Jag kände bara olust inför alltihop och tackade nej till att komma.

När jag fick veta att det aldrig hänt tidigare under hela prisets historia, beskrev jag att jag kände mig utbränd och faktiskt sjuk. Det hjälpte inte och till slut ringde galans konferencier, TV-producenten Leonard Ek, och berättade att jag faktiskt inte hade något val. Jag skulle dit, bara!

Men, vårveckorna gick och jag stod fast vid mitt beslut. Något höll uppenbarligen på att hända med mig när jag så envist nekade att ställa in mig i ledet.

När jag sedan läste om galan insåg jag att det alls inte var någon liten jury som givit mig någon sorts tröstpris utan DN,s egna läsare som röstat fram den som skulle vinna respektive kategori. En hel avdelning på Berns Salonger var på galakvällen fylld av folk som röstat bara på mig! Och, de fick inte få se mig ta emot priset. Det hade jag inte fattat, och ingen hade heller sagt det till mig. För deras skull hade jag förstås gjort mig omaket att fara upp men nu, när jag återigen gick där utmed strandlinjen i Landskrona, kände jag att jag fått nog.

Jag hade varit med om uppmärksamheten och jag hade smakat på vad det glassiga privatteaterlivet kunde innebära. Som en betydelsefull person hade jag slussats vidare i gräddfiler till restauranger och evenemang. Suttit i privatflyg och visats upp på lyxiga presskonferenser. Jag hade skrivit autografer och fotats med publik och helt visst njutit av det, men också känt tomheten och ensamheten i showlivets solotillvaro. Jag hade tröttnat på att jobba på min egen framgång och kände nu det starka suget efter den gemenskap som fanns inom räckhåll här i Landskrona. Jag ville vara tillsammans. Tillsammans. Innbörden av ordet jag nästan hunnit glömma bort, hägrade.

Längtan till ett fördjupat engagemang för teatern och staden sammanföll förstås också med längtan efter ett fortsatt liv med Lena.

Vi satt där på Järnvägsgatan och började drömma om ett barn.

## 38

## Oliver Twist. En revansch.

Vi hade världens ögon på oss. Skånska Teatern, som enligt vissa bedömare åderlåtits på sin konstnärliga kraft och aldrig skulle kunna resa sig igen. Denna konstnärliga kraft som för teaterkritiker och teatervetare var synonym med Skånska Teatern var nu borta och de spillror som återstod skulle väl ändå inte kunna bidra med något väsentligt.

Dag Norgårds idé till första premiär januari 1983 var Dickens "Oliver Twist". Ett jätteprojekt och ett djupt samarbete med amatörteaterföreningen Harlekins grupper i alla åldrar och med oss professionella i ledande roller. Plus en ordentlig sexmannaorkester!

Skånskan hade aldrig tidigare gjort en så stor produktion. Scenografi Stefan Astvik och koreografi Birgitta Egerbladh. Jo, det var ju musikalen, vi skulle göra. Låtarna var rätt träiga i sitt engelska original, men arrangerades nu om till supercoola rock, reggae och jazzballadlåtar.

Min uppgift blev att gestalta tjuvkungen Fagin. Jag, den artige och snälle, skulle göra denne lömske, beräknande och våldsamme person, det var en rejäl utmaning. Med bävan såg jag fram emot rollarbetet, men det fanns också flera sånger och danser som jag tyckte skulle bli kul att repetera.

Runt Fagin fanns ett gäng pojkar som han utnyttjade för sina stöldräder runt omkring i London och dessa pojkar skulle spelas av fyra unga amatörer medan Yvonne Eklund från vår ensemble gjorde "Räven", en ytterligt förslagen tjuvpojke försedd med Sohos rappaste trut.

Vi repeterade scenerna och kämpade med danserna under oktober och november och jag fann mig själv tillrätta i en sorts pappa/mentor-roll. Det var så kul att peppa de unga killarna till underverk och jag fann stor glädje i att anpassa mitt spel till deras. Vi skrattade och nojsade, blev ett rart litet gäng och jag kände att killarna älskade mig. Det här kommer att gå såååå bra!

Regissören Dag drog mig lite avsides en dag i december -Janne. Du måste sluta vara lekledare. Du hamnar helt fel. Från och med nu måste du jobba på Fagin. Bli Fagin. De ska vara livrädda för dig.

Först skämdes jag lite, sedan insåg jag vad hade hållit på med och gick hem och sov på saken. Dagen därpå briefade jag mina älskade tjuvpojkar om att sötebrödsdagarna var över och att det nu väntade hårdare skorpor.

Det kostade på att vända om, men det fungerade. Killarnas förtroende för mig var nämligen grundmurat och hur illa jag än behandlade dem, hur hårt mina örfilar än ven och hur mycket jag än vrålade åt dem, så såg jag hela tiden förtjusningen i deras ögonvrår. De älskade att bli hunsade av deras egen FaginJanne.

Rollen blommade förstås ut i den här processen och snålheten, vreden, själviskheten och fulheten växte fram i överraskande tempo. Jag bad kostymavdelningen om extra mycket skumma fläckar på den slitna kostymen och mitt hår dröp av glidslem. (ett billigt alternativ till Styling Gel som teaterns unga beredskapsarbetare med blossande kinder hämtade ut på Apoteket vid torget.)

Jag njöt av livet! Det var bara 56 mil till Stockholm men ljusår till privatteaterångesten på Berns. Vår teater kryllade av folk! Amatörer i alla åldrar. Orkester med fullt blås och ylande elgitarrer som gav mig gåshud och runt omkring mig blommade skådespelarna ut i sina roller. Gunilla

Larssons sippa och kärlekskranka föreståndare, Leif Svensks lika kärlekskranke tjänsteman, så totaluppblåst att han hotade att välta bakåt, Chatarina Larssons vackra men genomtrasiga krogflicka, Anders Weicks slipade och farlige stilettmördare, Anders Beckmans noble adelsman och Jose Castros osannolike, toffelhasande begravningsentreprenör. Och så min Lena, heltokig som den rockande fru Sowerberry, dansade hon som en rund galning över hela scenen ända in i nionde månaden, faktiskt! Vår Anna växte där inne och kostymavdelningen lät varje vecka ta bort lager efter lager i hennes feta outfit. Graviditeten syntes aldrig! Smart.

Oliver Twist själv? Stefan 11 år gammal. En rödhårig liten påg som hade varit med i utkanten av amatörteaterverksamheten under en tid och som nu fick en titelroll på halsen. Stefan hade levt större delen av sitt liv i olika fosterhem och hade erfarenheter av precis samma situationer som den övergivne, och till myndighetspersoners godtycke utlämnade, Oliver.

Mitt i turbulensen på Landskrona Teaters scen, stod han där, lille Stefan, och levererade en självlysande gestaltning. Han sken, och han vred om varje hjärta när han på bredaste landskronitiska skrek ut sin hjälplöshet.

Dag Norgård hade förstås lyckats alldeles särskilt med att varsamt regissera honom och hade en fin kontakt med fosterfamiljen, som var lyckliga över att Stefan längtade till teatern istället för att hänga med sitt gäng som ofta ägnade sig åt diverse tvivelaktigheter.

Senare när jag regisserade en pjäs om ett gäng ungdomar som räddade en flykting från utvisning, "Kom, Wilson! Kom!", var Stefan också med, men allt eftersom han blev äldre hamnade han mer och mer i trassel. När det kom ett besked om att han skulle hamna på ungdomsvårdsskola, gick jag ner till polisstationen och bad att få tala med en kommissarie. Övertygad om att polisen och socialen inte hade kännedom om Stefans alla positiva sidor, hans samarbetsförmåga, punktlighet, kreativitet och stora skådespelartalang, ville jag mana dem att låta honom slippa förvaring. Sedan dess har jag faktiskt inte hört något från eller om honom men jag hoppas att han har det bra och att han förstår hur mycket han betydde för framgången med "Oliver Twist"

Vi hade premiär vid nyår i ett teaterhus fullsmockat med publik och med massor av recensenter som ville vara med nu när resterna av det som en gång var den berömda Skånska Teatern, skulle upp till bevis.

Vi var mycket nervösa men det blev en jubelpremiär där Landskronaborna stod upp och stampade i bänkarna. Helt yra av glädje tramsade vi i logerna.

Hur skulle nu pressen ta emot oss? Vi i proffsensemblen samlades hemma hos Beckman under natten och inväntade ankomsten av de lokala tidningarna och när så en utlöpare kom i trapphuset, kunde vi på stegtempot höra att något stort var på gång.

Succérecensioner i lokalpressen! Inte ett ord om konstnärliga krafter som saknades, utan idel beröm för stadens ensemble. Senare skulle också de större tidningarna i Malmö och Stockholm komma med mycket fina recensioner.

Skånska Teatern levde vidare, och vi hade lyckats göra den folkteater vi så länge drömt om.

Fagin, då? Hur gick det för honom? Jo, jag lyckades göra något jag aldrig gjort förut och vred ut allt jag kunde ur Faginrollen. Som jag nämnde tidigare var jag förstås skitig, men också elak, självisk, bakslug, mästrande och hånande, med en sann glädje som jag hittade i samspelet med

Yvonne och amatörkillarna. Det blev en underbar kombination och jag älskade att spela rollen. Dansade och sjöng.

När mamma och pappa var nere i Landskrona någon gång under våren för att se Lenas mage passade de också på att se "Oliver Twist". Jag var spänd på vad de skulle tycka. Pappa verkade imponerad och sa något om att det alltid gick att se vem som var jag, tack vare mitt egendomliga långfinger (skadan från konfirmationslägret i Hensbacka) och mamma var mest olycklig för att jag var så smutsig.

-Varför var du tvungen att vara det?.

Det är klart att jag inte kunde avkräva dem, som inte hade några teaterreferenser, ett mer nyanserat omdöme än så. De var nog lite skrämda av vad deras son nyss levererat och kunde inte ana att han såg rollen som en rejäl milstolpe i utvecklingen som skådespelare.

När de något år tidigare sett TV-filmen "Studenten", var det samma sak. Min karaktär sköt sig i slutbilden för att slippa uppleva skammen av det totala misslyckandet och min mamma svarade, på min fråga om vad hon tyckte:

-Det var ju inte du, Jan. Det var ju inte du.

Nä, tänkte jag, det var ju en rollgestaltning.

Det gick inte att samtala om innehållet, gissningsvis för att filmen handlade om en familj som inte kommunicerade och som inte nådde varandra utan var tvungna att tolka det outsagda.

Den här avsaknaden av samtal med föräldrarna om mitt yrke och om teater och kultur sörjer jag. Önskar att de kunde förstått vad jag höll på med, vad jag brann för och vilka val jag gjort i mitt yrkesliv men det gick inte.

# 39

## En dotter

Nu var det vår 1983 och Lenas mage växte och växte och det var inte längre ofattbart att vi snart skulle bli föräldrar. Jag minns inte om vi redan nu hade flyttat till den större lägenheten på Slottsgatan 4, nära Landskrona Museum, eller om vi fortfarande bodde kvar inne på Järnvägsgatan men jag minns att jag i teaterns verkstad hade modifierat ett litet serveringsbord på hjul till en perfekt babysäng och målat detta lysande gult.

Vi gick på regelbundna träffar med de andra i föräldragruppen och förberedde oss ordentligt inför födandet och vi kände hur vår lilla bäbis sparkade och knuffade när vi tränade profylaxandning.

Lena var nu ersatt i "Oliver" men jag spelade vidare. Det började närma sig datum för nedkomst och jag satt i samtal med de andra på teatern angående hur vi skulle göra om barnet ville komma en spelkväll. Beslutet var enhälligt.

-Inte ska han stå på scen när hans barn ska födas! Vi ställer in!

Tidigt på morgonen den fjärde Maj (en speldag!) satte vi oss nervösa i bilen för den korta resan upp till Helsingborgs BB. Sedan ett par dagar hade en väska med böcker och tidsfördriv stått färdig innanför dörren och den slängde jag in i baksätet. Lena hade regelbundna värkar och blickade sammanbiten ut genom framrutan.

Lena duschades och hamnade sedan på en brits. Den rutin som vi förberett oss på infann sig aldrig och Lena hade ont och blev rädd. Själv var jag räddast förstås. Allt gick så fort och det blev så intensivt. Väskan med tidsfördriv stod oöppnad utefter en vägg och jag hade inte ens tid att spotta ut min snus. Barnmorskor och läkare gick om varandra och talade över våra huvuden. Vi kände oss små, och minst var förstås Lena.

Det blev knappt några vilopauser alls, som vi hade behövt för att hinna med och för att samla kraft och plötsligt var det lilla barnet framme. All smärta och rädsla försvann när Lena fick det lagt på sitt bröst. Där låg den lilla flickan och andades så lugnt och med ömsinta fingertoppar rörde vi vid henne. Det skulle bli två födslar till för min del, men det här var den första och jag var oförberedd på känslostormarna. Det var ändå skönt att få gråta.

Ganska snart bad barnmorskan mig att följa med för att undersöka barnet. Hon bad mig att kolla med en tops att stjärthålet var i ordning, och det var det. Jag gjorde mer, som jag inte minns, men jag kände mig mycket betydelsefull. Mätte och vägde, säkert.

BB-personalen hade fixat kaffe och smörgåsar åt oss och ställt en liten svensk flagga på brickan. Matt och omtumlad satt jag där på sängkanten och tuggade. Det overkliga var helt sant. Jag var pappa. Jag hade ett barn. En dotter!

Lena stannade kvar över natten men jag var tvungen att åka in till Landskrona för att spela "Oliver". Det var skickligt av oss att undvika att ställa in ett fullt hus men det blev en konstig föreställning. Varenda gång jag slöt ögonen på scenen, varenda gång jag hade en sekunds paus, dök nämligen bilderna från förlossningen upp och stal min koncentration.

I baksätet ställde vi, dagen därpå, barnvagnsinsatsen och sakta och försiktigt körde vi de små vägarna över Glumslövs backar ner mot Landskrona. När vi kom fram till lägenheten lade vi försiktigt ner vår lilla Anna i den gula barnsängen.

Vi var tre.

# 40

## Robin Hood

*Jag ligger på rygg i kvällssolen i utkanten av bokskogen vid Karlslund. Hjärtat bultar och min brynja är blöt av svett. Jag har just brutit armen av Robin Hood men är trots det besegrad. Förödmjukad, förnedrad och överlycklig! Det här var en av de makalösa perioderna i mitt skådespelarliv.*

Tidig höst -83 frågade Dag Norgård om jag skulle vilja skriva en pjäs åt teatern. En sommarteaterversion av Howard Pyle´s "Robin Hood". Jag tvekade inte en sekund. Skrivandet var ju så himla roligt och dittills hade det bara resulterat i kortare texter för revy och kabaréscenerna men nu skulle jag alltså få dyka in i ett helt äventyr och ansvara för en helaftonsföreställning.

Jag lusläste Howards historia och gjorde ett detektivarbete, analyserande varje stycke, varje persons handlingar och avsikter och skev upp allt på små lappar som jag kunde flytta runt på en vägg. Tog mig friheten att tolka Pyle´s version på mitt eget sätt och tillförde de tankar och skeenden som krävdes. Persongalleriet utökades. En krögarfamilj, placerad geografiskt och ideologiskt mitt emellan Nottingham och Sherwoodskogen, skapades för att möjliggöra scener i en miljö där "vanligt folk" kunde bli indragna i konflikten mellan de fredlösa och sheriffen av Nottingham.

Dessutom fokuserade min dramatisering på idén att Robin Hood egentligen var Sir Robert av Locksley, en herreman, som hamnat i onåd, blivit berövad sina ägor och som högst tillfälligt slagit sig ihop med de laglösa i skogen. När dramat nått sin upplösning och Locksley återfått sina privilegier, blottlades avgrundsdjupet mellan honom och de verkliga hjältarna. En avgrund som kanske bara Röde Will, revolutionären, tidigt insett och ivrigt försökt påvisa. På så vis ökade historiens komplexitet och blev mer än bara ett hjältedrama.

Vi hade under hösten 83 spelat en pjäs som Dag Norgård skrivit, "Kaspar Hauser", där Leif Svensk excellerade i titelrollen. Nu skulle "Kaspar" ut på turné och jag tog med mig allt Robin Hoodmaterial för att kunna skriva under tiden. Så fort vi kom till ett hotell eller pensionat sökte jag efter ett skrivarrum. Personalen, som oftast var lite tagna av att det skulle skrivas en pjäs på deras etablissemang, erbjöd mig överraskande goda rum där jag ställde upp mitt stora konferensblock och fäste mina post-it-lappar. Vad de andra i ensemblen gjorde under de lediga dagarna har jag ingen aning om, men jag skrev och skrev.

I stort sett hela pjäsen skrevs under turnén och det var ofta svårt att sluta i tid för att hinna till sminkloge och föreställningar. Det var så otroligt uppslukande. Och jag visste att det blev bra. Fördelen med att vara skådespelande dramatiker är att jag kan testa varje replik. Jag vet att det kommer att fungera. De stunder jag dessutom kunde redovisa mina scener för Dag, märkte jag hur han satt och flinade och myste.

Skånska Teatern samarbetade nu med Landskrona Ridklubb och pjäsen var tänkt att sättas upp i och utanför ridhuset i Karlslund. Elva hästar ur ridklubbens stallar var ännu inte medvetna om att de skulle vara med, men det var det stora gäng ungdomar från klubben som såg fram emot obetalt sommarjobb. Ett stort antal amatörer var engagerade och en sexmannaorkester kontrakterad. Musiken nyskriven.

Det första som hände rent praktiskt var ridlektionerna eftersom fem, sex killar ur ensemblen förväntades hantera en häst. Att spela från hästryggen krävde en god vana, det förstod vi, och vi fick ridlektioner en gång i veckan av en högröstad skåning med en bredbent korpralsutstrålning. Jag var helt orädd och utvecklades snabbt tack vare god balans och kroppsmedvetenhet. Hade lätt för att känna mig som ett med hästen men kanske lite svårare för det faktum att jag i varje stund skulle ta kommandot. Tyckte väl att det kunde vara mer av en förhandlingsfråga. Mig och hästen emellan.

I alla fall, jag kunde rida sittande baklänges och ståendes i sadeln och stående på ena axeln med fötterna rakt upp. Jag visade framfötterna på lektionerna och korpralen var imponerad.

-Ikväll, du, ska du få rida något alldeles extra.

Han tog mig bort från de vanliga ridskolehästarna och öppnade boxdörren till en mycket större häst. Vackert guldbrun och med stora ögonvitor som stirrande ner på mig.

-Kom bara ihåg att lura honom när du spänner sadel-hjorden, annars är det han som lurar dig.

Den högröstade skåningen hängde en sadel på box-dörren och gick inåt manegen. Här gällde det alltså att spänna en bra bit, invänta att hästen skulle hålla ut bröstet för att slippa obehaget, och sedan, när hästen andades ut, rycka till igen för att få allt ordentligt spänt. Jodå, det hade jag gjort förut. Däremot hade jag aldrig varit med om att en häst flyttat på sig emot mig på det här viset. Jag blev klämd mellan kroppen och boxväggen och var tvungen att sätta nävarna hårt i sidan på hästen och skjuta till ordentligt, med ett ilsket grymtande. Öronen vek sig bakåt (hästens.) och jag kunde se på ögonvitan närmast mig att vi inte var de såtaste vänner. Inte än, i alla fall.

Sadeln satt till slut där den skulle och jag justerade stig-lädren till min höjd innan jag ledde hästen ut till manegen och de andra som redan stod uppställda på rad utefter mittlinjen. Hmm, borde jag kanske ha kallat hästen vid namn? Skulle det ha förändrat den kommande utveck-lingen?

Vi fick platsen längst ut närmast stallarna där korpralen bara kunde ana mig i ögonvrån och alltså inte såg att jag pressade in mina stövlar i stigbyglarna när jag satt upp. De var alldeles för små för mina breda sulor. Ett kardinalfel. Och farligt, skulle det visa sig.

Direkt kände jag att det var en djävulsk skillnad mellan de halvdöda ridskolehästarna som bara gick med mularna i baken på de framförvarande, och den här. Skillnad som mellan en körskolebil och en tävlingsbil. Bara en liten viktfördelning från ena sittbenet till det andra, fick hästen att stega i sidled, så otroligt känslig var den. De tidigare hästarna krävde ett par ordentliga kläm med hälarna för att de skulle fatta att det skulle bära iväg, medan den här, satte fart bara jag släppte tyglarna en millimeter. Korpralen log med hela ansiktet och undrade om det inte kändes häftigt. Jodå, betygade jag, skickligt döljande att jag faktiskt börjat bli rädd.

Efter ett par rundors skritt, manade ridläraren oss att falla i trav. Hästen svarade ögonblickligen och satte mycket högre fart än jag räknat med. Här någonstans gjorde jag väl det lilla misstag som en snäll ridskolehäst inte ens skulle märkt. Min häst skuttade åt sidan och jag och min sadel rullade ned utmed högersidan av bålen. Jag föll naturligvis i backen men min högra stövel satt kvar i stigbygeln.

Hästen gjorde ett par bakutsparkar millimetrar över mitt huvud och satte av i galopp för att slippa ifrån sadeln som nu hängde mellan benen och skrämde. Jag åkte med ett tiotal meter innan stöveln lossnade ur stigbygeln (som faktiskt borde ha släppt från stiglädret...här hade jag väl också gjort något fel.) Fullt kaos. Varv på varv innan läraren, vit i ansiktet, lyckades stoppa den dyra hästen.

-Det var mitt fel. Det var mitt fel! Jag borde aldrig ha låtit dig sitta upp på honom. Är du skadad?

Det gjorde elakt ont i ljumsken men jag försäkrade att allt var ok. Jag ville bara komma hem. Slut med ridande. Tack och adjöss. Ge mig en monolog där jag kan sitta still i en fåtölj.

Vi avvaktade medan ridläraren ställde undan hästen han lånat utan ägarens tillåtelse och kollegorna såg ner på mig från sina hästryggar. Anders Beckman, vår blivande Robin skakade på huvudet.

-Du måste upp i sadeln igen, annars blir du rädd.

-Blir? Jag ÄR!

Kommen tillbaka och återigen ursäktande sig själv, instämde läraren i att jag måste upp igen. Jag visste ju att Sheriffen av Nottingham inte kunde komma spatserandes till fots i spetsen för sina beridna knektar och tvingades svälja rädslan. Upp igen alltså.

-Vilken är den snällaste av alla?

-Snällaste, snällaste? Det kan väl vara Fox, då. Den där.

Korpralen pekade mellan benen på Jose Castro.

-Fox är nog den snällaste häst som någonsin gått i ett par hästskor.

Jose knorrade lågmält, men lät mig ta över Fox och jag satt upp, precis som de ordinerat och red sedan runt resten av lektionen med ömmande skrev och bestämde mig för att Fox och jag skulle bli oskiljaktiga. Bli ETT denna och nästföljande sommar och att vi skulle skritta in i teaterhistorien mot den nedåtgående solen. Fox och jag. Återigen blev jag blåst. Fox hade nämligen en liten räv bakom ett av sina flaxande öron.

Innan dess hann jag faktiskt med att i hemlighet galoppera i vattnet utmed Borstahusstranden. Annika, en av ridklubbens äldsta ungdomar och vår förbundna, lät oss, mot avläggande av tystnadslöfte, galoppera i grupp så att vattnet yrde i skyhöga kaskader. Faktiskt, inte så lite häftigt att ha varit med om, ska jag säga.

Det enorma ridhuset, med sin spån- och flistäckta markyta, skulle rymma både publikgradänger för 500 personer, Sherwoodskog och Sheriffens slott. Scenografen Håkan Wannerberg täckte taket med grönskimrande surplus-fallskärmar genom vilka stålkastare lyste som solen i lövverk och hela den ordinarie ridhusläktaren som använ-des för slottet, draperades av inlånade specialtyger i guldlamé.

Gradängen byggde vi utmed ena långsidan av manegen och på en dryg meters avstånd från bakväggen skapades en passage. Det kunde nu alltså ridas in på scenen i full galopp från båda dörrarna i ridhusets kortsidor och även precis bakom publiken!

De elva hästarna tränades inför sin teaterdebut där varje flaxande standar, varje rop eller trumpetstöt kunde få dem att bli vettskrämda. Varsamt ledde klubbens ungdomar dem runt i scenografin och lät dem bekanta sig med allt. Hästarna skulle inför och under föreställningarna, helt skötas av klubbungdomarna. Det enda jag behövde göra var att sitta upp och invänta entré, för att efteråt rida ut igen och lämna över Fox till min egen hästflicka, en tystlåten liten landskronatös som var fullkomligt säker bland de stora djuren.

Fox skötte sig exemplariskt. Faktiskt var han lite svårstartad och jag fick klämma en hel del med hälarna för att få fram de där lite mer kraftfulla entréerna. Till en början. Jag skrev att Fox hade en räv bakom örat. Hästfan lärde sig replikerna! Under spelningarna lystrade han till vid speciella musikpartier, eller vid rop från Sherwoodfolket som förebådade Sheriffens ankomst. Då visste han att det var dags att galoppera in på scenen och satte full fart. Fox och min timing var inte helt synkad men jag envisades med att min längre erfarenhet av teaterarbete gav mig ett visst företräde i tolkning av vad som var rätt entréstick. Jag fick dock allt svårare att hålla in honom och vissa kvällar uppstod viss komik när vi redan var inne och fullt synliga, när de fredlösa, enligt manus, upprört undrade vem som var på ingång.

Tyvärr ville Fox också bestämma när det var dags att göra sorti och ibland kom min dräpande slutreplik, som var tänkt att framföras under ett mäktigt stillastående, istället med ryggen åt, under ett skumpande och ryckande i tyglarna medan Fox lugnt promenerade ut till sin höbinge. Då, hade det förstås varit snyggt om jag satt av i galopp för att rädda åtminstone resterna av min sjunkande status men trots att jag körde klackarna ända in till både lever och mjälte reagerade Fox endast med en suck.

Innan repperioden, åkte några ur ensemblen upp till High Chaparall i Småland ett par dagar. Vi tränades av två stuntbröder i slagsmål och actionryttarteknik och Anders Beckman lyckades faktiskt med stuntet att under galopp falla ur sadeln och bli hängande med benet i ett rep efter hästen. Detta påminde mig om mina egna äventyr under häst tidigare under våren men nu hade jag ju blivit kompis med Fox och jämförd med racerhästen som ville krossa mitt huvud, var han ändå ett väldigt gott alternativ.

På hemmaplan var det också slagsmålsträning. De fredlösa slogs med påkar och knektarna med svärd. Långa och svettiga pass med lättare skador på dem som valde att gå in med styrka istället för teknik. Ett par av oss, faktiskt våra tekniker som också spelade med, hade sådan lust att slåss på allvar att de under föreställning skadade publiken. I alla fall en äldre dam som satt längst fram och fick se ett tungt svärd virvla genom luften och landa mot sitt ben. Blek avvisade hon störande sjukvård och ville istället att spelet skulle gå vidare.

Föreställningen började redan utanför ridhuset med att svartklädda knektar knuffade undan publiken. De var rätt brutala och kunde till och med skrämma en och annan vuxen. De gastade för full hals och skapade plats för konungen.

-Konung Richard Lejonhjärta med följe. Lämna plats!

En yta rensades på folk nedanför en trappa och ett podium. Allas blickar var riktade mot podiet. Publiken såg inte att vi, elva ryttare med Lejonhjärta i spetsen, smugit med sänkta standar utmed andra sidan av en vall, precis bakom publiken. Gunilla Norlund hade skapat ett universum av vackra kostymer och jag var klädd i flätad metallbrynja, benkläder och svart stridsrock av läder. Hästarna prydda med färgsprakande schabrak.

Två trumpetare stötte en fanfar och i det ögonblicket sporrade vi hästarna uppför vallen. Samtidigt nådde vi vallens topp och publiken som nu vänt sig om, tappade andan av intrycket och backade undan från den framskridande processionen.

Lejonhjärta gav besked om sitt förestående korståg och lämnade över till sin bror Prins John och jag, Sheriffen av Nottingham, svor inför konungen att ansvara för upprätthållande av lag och ordning under dennes frånvaro.

Därefter föstes publiken in till ridhuset genom stallarna där de tvingades beskåda fastkedjade människor torteras av Sheriffens knektar. Ett genialt drag av regissören Dag Norgård för att fästa de grymma orättvisorna på näthinnan inför dramat.

Det var verkligen som att vara inne i ett pojkboksäventyr och det var också tydligt att det inte var kvinnornas pjäs, direkt. Men, Yvonne Eklund var elektrisk och drivande i myllan som upprorisk Sherwoodkvinna och Gunilla Larsson gjorde Lady Marion till en stark och smart adelsdam, bekymmersfritt avfärdande all uppvaktning från min trånande Sheriff.

Jag njöt av att se alla dessa hundratals i publiken, unga som gamla, sitta framåtlutade och uppleva dramat, sångerna, kamperna, danserna och Tomas Elfstadius fantastiska musik. Tomas som också överraskade oss med en bakgrund som skicklig ryttare!

Det var en fröjd att se folk häpna inför anstormningen av folk och hästar och att se dem förundras över hur skickliga bågskyttar de trodde skådespelarna var.

*Trumpeterna smattrar och virveltrummorna kallar på uppmärksamhet. Sheriffen har arrangerat en bågskyttetävling för att locka Hood att avslöja sig. Han räknar med att Hood inte kan låta bli att dyka upp och det blir en utslagningsomgång mellan Sheriffens skickligaste skytt, Murdoch, och den förklädde Hood.*

*Murdoch, som står på spelplatsen mitt emellan publikgradängerna, siktar mot en stor tavla utmed manegens långsida, spänner bågen maximalt och släpper iväg. Det är säkert tolv meter. Pilen går in i pricktavlan med en dov smäll och darrar. Mitt i prick. Hur ska Hood lyckas bättre än det här? Han lägger an och sänder iväg sin pil som med ett knastrande ljud klyver Murdochs. Hoods pil sitter i absoluta mitten. Vajar och darrar, manifesterande sin överlägsenhet.*

Här fick teaterupplevelsen liksom en extra dimension. Publiken var i upplösning. Hur var detta möjligt? Var skådespelarna verkligen så infernaliskt skickliga på bågskytte?

En nöjd Anders Weick stod vid bortre kortsidan och betraktade händelsernas utveckling men som Prins John måste han naturligtvis dölja sin förtjusning. Som ofta när det gällde tekniska lösningar hade han gjort ett genialt arbete. Piltavlan hade ett tjockt svart kryss som utmed ena diagonalen var urholkat och målat med matt svart färg. Inne i diagonalen satt inte bara Murdochs pil utan också Hoods, båda fästa och hårt fjäderbelastade så att de, när de utlöstes, med ett smällande svingade upp med spetsen i centrum. Murdochs pil var hel. Hoods pil var kluven, men hastigheten gjorde att publikens ögon uppfattade det de ville se. Hoods pil klöv Murdochs!

Anders W dolde ett långt, långt snöre förbundet med piltavlan, bakom sin blå sammetsmantel och kunde utlösa de preparerade pilarna. Ett ryck för Murdoch och ytterligare ett för Hood. I föreställningen sände skyttarna med full kraft iväg sina pilar men ingen hann inte se att de siktade aningen ovanför piltavlan in i mörkret och ett uppfångande svart tyg.

Tidigare under våren hade vi sett att ett gäng killar i yngre tonåren lagt ut kartongskivor på Järnvägsgatan och börjat träna Electric Boogie. Dag föreslog att de skulle delta i föreställningen och att de skulle lära mig, Sheriffen, att dansa. Jag hängde där med dem, mitt bland folk på trottoarerna och sög i mig alla deras moves. Gjorde till och med "Masken"! Folk som gick förbi undrade förstås vad vi höll på med och vi berättade om föreställningen till sommaren. Ett verkningsfullt publikarbete.

Killarna spelade sedan pager i föreställningen och var naturligtvis med på sina kartonger när jag Moonwalkade och sjöng ut mitt hat till Robin Hood.

Mot slutet av föreställningen mötte jag Hood i en envig med tvåhandssvärd. Tjugofem meter emellan oss när vi vrålade varandras namn och utmanade till strid. Svärden som var tunga på riktigt och tillverkade av en lokal smed, måste hanteras med yttersta varsamhet när det skulle se ut som att vi ville hugga varandra i stycken. Som i en dans, en koreografi, med varje sving, hugg och stick fastlagt var det hela tiden nära gränsen till vad vi mäktade med. Båda var vi trötta efter att ha spelat med högsta energi under de timmar som gått, men i den här fighten gav vi allt som fanns kvar. En ren njutning att ha så infernaliskt roligt samtidigt som man "hatade" någon så innerligt.

Som jag berättade i början av avsnittet, vann Robin varje kväll men jag var nöjd med mitt spel, satsningen alla gjorde och med gemenskapen. Stolt över dramatiseringen som fungerade så bra.

*Kvällsdaggen kyler luften där jag ligger på rygg och låter svetten självtorka. Jag ser solens sista strålar smeka guld i lövkronorna i Karlslunds bokskog. Luften surrar av avlägsna röster från en uppspelt publik som tar sig hemåt. Runt omkring mig sitter och ligger ensemblen. Några byter om. Några pysslar med sin rekvisita. Från musikläktaren hörs toner från någon inhoppare som repar ett knepigt parti. Några amatörungdomar kivas och skrattar. Nyss var de fiender, vrålande ut sitt hat mot varandra; nu, såtaste vänner som gör upp planer för kvällen.*

I samband med Landskrona Museums utställning om Skånska Teatern i november 2019, tog jag en lång promenad nordväst ut ur stan. Jag ville se om ridhuset fanns kvar. Skulle ens Karlslunds Bokskog finnas kvar, eller var där bara bostadshus nu? Då, för 35 år sedan, brukade jag alltid cykla till Karlslund en helt annan väg, så jag visste inte riktigt vad jag skulle få se.

En bokskog skymtade fram. Det bultade lite i bröstet. Fanns huset kvar? Nej. En helt annan, modernare byggnad dök upp mellan träden. Det var ju klart. Så många år sedan. Jag gick runt mot baksidan av det nya ridhuset för att åtminstone se vallen vid hundkapplöpningsbanan, där vi smugit med våra hästar inför entrén och där såg jag det gamla huset! Ommålat visserligen men med samma dörrar på långsidan upp mot de ordinarie läktarna.

Jag kände på dörren. Olåst. Steg in och möttes direkt av den välkända lukten av hästar och stall. Det hördes röster inifrån. En kvinna instruerade ryttare med svag Landskronitisk stämma. Jag smög upp och satte mig på en bänk. Låtsades att jag var morfar till någon av småflickorna som högtidligt lät sig föras runt utmed väggarna av stillsamma djur.

Hur gammal kan en häst bli? Skulle Fox känna igen mig om jag gastade något bakom hans öron? 35 år. Fox var väl gammal redan på -80-talet.

Jag satt en stund och såg mig omkring. Hade svårt att fatta att det faktiskt hade hänt, att vi faktiskt hade spelat här i två hela somrar. Allt liv. Alla människor. Musiken. Och nu en svag, allt annat än korpralsliknande stämma och sju lydiga flickor.


När jag sköt upp dörren ut mot baksidan igen såg jag en kvinna i ögonvrån. Hon var i femtioårsåldern och pysslade med sin telefon. Jag ville säga något om det stora i att jag återigen var här och gick emot henne. När hon lyfte blicken kände jag ögonblickligen igen henne. Hästflickan från sommaren -84.

-Hallå, du var med under Robin Hood, va?

Jovisst. Hon mindes alltihop, när jag frågade. Hon mindes Fox, och mig, Sheriffen av Nottingham och det hade varit en spännande sommar men nu var hon här i väntan på att hennes dotter skulle bli klar med sin lektion. Fortfarande samma ordkarga person.

Det blev inte mer än så, men jag fick i alla fall bekräftat att det faktiskt hade hänt. Det jag helst tänker på när jag vill minnas den finaste tiden på Skånska Teatern.

# 41

**Turbulens.**

Tillbaka till 1985 och till en tid som naturligvis också innehöll livet utanför teatern. Glädjen över spelandet och framgångarna måste samsas med en oro över att förhållandet med Lena började förändras. Trots att hon var så kärleksfull och omtänksam och trots att hon så starkt visade att hon ville utveckla vår relation, gled jag allt längre bort. Vi älskade vår lilla Anna och samarbetade bra men jag var inte lycklig och det kändes som om jag bara krympte och snart skulle försvinna.

Några gånger hade vi gått till den terapeut Lena hade i Lund för att tala om vår situation. När terapeuten en dag frågade om jag skulle kunna tänka mig att komma ensam till samtal, studsade jag.

-Varför? Det är ju Lena som går hit. Jag tror inte att jag har några problem.

Min misstänksamhet mot terapi och psykologer var välgrundad redan under uppväxten, eftersom pappa och mamma många gånger yttrat att sådant inte var till någon nytta.

Likväl satt jag där en vecka senare, i den ljusgrå fåtöljen och fingrade på en packe inplastade näsdukar som lägligt låg på min sida av det lilla runda bordet. Greta, terapeuten, satt tyst en lång stund.

-Du ser sorgsen ut.

-Närå.

-Jo. Du ser sorgsen ut. Vad kan det vara som gör att du ser så sorgsen ut?

Sedan kom de, tårarna. En rejäl insjö av tårar. Jag bara försvann i något jag aldrig tidigare upplevt och inte mycket blev sagt under de dyra 45 minutrarna. Jag grät och grät och förstod att jag nog ändå hade en hel del att reda ut. Det blev startpunkten på flera månaders samtalsterapi, ibland en gång i veckan och ibland var fjortonde dag. Jag, Putte Modin, som alltid sett mig själv som totalt obesvärad av alla sorters problem, översköljdes nu av en sorg jag inte kunnat ana, och min lust att ta reda på hur det kom sig, gick inte att hejda.

Bit för bit, förmådde jag att betrakta mig själv utifrån och se en person som alltid vikit undan, alltid nedvärderat sina egna behov, alltid anpassat sig för att inte störa någon annan. Jag såg en person som ännu inte vågat visa sig själv och sin egen starka vilja, och som ännu inte tagit för sig av sin rättmätiga del av livet.

Jag ville spy på denna min förfinade förmåga att alltid låta andra komma i första hand av rädsla att bli mindre omtyckt. Varifrån kom konflikträdslan och denna förmåga att alltid hitta "mammor och pappor" i omgivningen, som jag måste vara så duktig inför? Varför kämpade jag hela tiden med en känsla att inte vara vuxen nog?

Under vårens samtalsterapitimmar i Lund hade jag ofta återkommit till frågan varför jag blev skådespelare. Om det inte var berömmelse och glamour som lockade mig, vad var det då? Gemenskapen och glädjen i samarbetet, förstås, men en del av svaret är också att på scenen och i repetitionssalen, kunde den väluppfostrade och väl-polerade Putte visa upp andra sidor av sig själv. Här fanns det utrymme jag saknat under min uppväxt, för annat än det som satt i ryggmärgen. Underbart var det att försvinna in i en karaktär och vrida och vända på psykologin för att hitta det sanna uttrycket. I rollarbetet, var det en grund-förutsättning att vara självupptagen och att fokusera på det egna. En process som jag för egen del helt undvikit, hittills.

234

Jo, jag hade erövrat helt nya domäner tack vare mitt arbete som skådespelare. På scenen. Men nu, när jag började skärskåda mig själv i terapin, väcktes en stark önskan att visa hela mitt jag också utanför teatern. Jag ville ta plats, hävda min rätt, driva min vilja och kunna säga ifrån om situationen så krävde. Min vrede och ilska skulle inte döljas längre och den gamla undfallande och självförintande stilen skulle störtas i graven. Och, om det nu var så jag ville utvecklas i fortsättningen vad skulle jag då med teatern till?

Sakta växte under de här turbulenta månaderna en sorts uppgivenhet inför teaterarbetet. Inget var självklart längre och mina drömmar om vad jag ville uträtta på scenen bleknade. Jag började faktiskt längta efter att lägga av. Hade ingen drivkraft längre. Skulle jag härefter lägga energi på något, fick det vara på mig själv, och de som stod mig närmast.

Följaktligen meddelade jag min önskan att sluta på teatern och jag var väl inte lika uttömmande som ovan, angående orsakerna, för de övriga i ensemblen blev inte glada. Vi hade investerat så otroligt mycket i varandra och alla goda krafter behövdes men beslutet stod fast och i månaden maj singlade det sista tunna lönebeskedet från Skånska Teatern in genom brevinkastet. Tummande på kuvertet anade jag inte jag just börjat ta  kommandot över mitt eget liv.

Jag gick ändå inte ut i ett tomrum när jag bestämde mig för att inte stå på scen längre. Landskrona Stad skulle nämligen till hösten starta ett stort teater- och musikprojekt: "Landskronapågen", där över hundra Landskrona-ungdomar hade möjlighet att deltaga som skådespelare eller musiker.

Idén byggde på en otrolig men sann historia om den 11-årige Landskronapojken Fredrik Wierth, som år 1830 skeppades iväg av föräldrar, som antagligen aldrig skulle få se honom igen i livet, via Marseille och runt Afrikas sydspets för att slutligen hamna på en liten ö, Reunion, utanför Madagaskar. Där levde han i över trettio år och skrev samtidigt en dagbok som, efter hans död, hamnade på Landskrona Museum.

Dagboken skulle nu inspirera till flera mindre teateruppsättningar under det första året och sedan avslutas sommaren -87 med en jätteföreställning utanför Citadellet i Landskrona. Dag Norgård och Birgitta Killander höll i regi och producentskap och jag fick frågan om jag ville vara med som ungdomsledare/regissör och dessutom skriva den stora avslutande utomhusföreställningen. Det passade perfekt. Nu kunde jag fortsätta att jobba med teater men med ett helt annat fokus än på min skådespelarutveckling. Här blev jag istället "ungdomsledare" och skulle få massor av tid att utveckla mitt privata jag.

Senare skulle det också visa sig att det väcktes många frågor omkring min egen barndom under arbetet att leva mig in i Fredriks unga liv. Frågor som krävde ärliga svar och som skulle komma att röra om i grytan rejält.

"Kom, Wilson! Kom!" var den första produktionen jag gjorde i projektet. Då det övergripande temat var solidaritet med det utsugna och förtryckta folket på den afrikanska kontinenten (I Sydafrika körde polisen fortfarande omkring i sina pansarbilar och dödade svarta medborgare) kom pjäsen att ha följande grundidé:

Ett gäng Landskronaungdomar har olovligen tagit sig in på mataffären AG´s Favör på Kungsgatan. Mitt i natten smyger de in mest för att dämpa tristessen. Väl inne hör de ljud från en av de stora fruktboxarna och skräms nästan ihjäl när en svart yngling kryper fram. Wilson, som bara talar engelska, har flytt från Johannesburg för att slippa kastas i fängelse. Hela hans familj sitter redan där.

Under någon nattimme lär ungdomarna känna varandra för att sedan stå enade när helvetet brakar lös. Polisen kommer och Wilson får panik. Ska nu samma sak hända som hemma i Johannesburg? Polisen motas tillbaka av ungdomarna som hävdar att de har möjlighet att spränga affären i luften. Ett rent påhitt förstås, men de är villiga att riskera allt nu i solidaritet med sin nyvunne vän. De kräver att få tala med kommundirektören och under den kommande förhandlingen lyckas de få direktören att acceptera att Wilson får både uppehållstillstånd och skolgång i Landskrona. Ungdomarna straffas förstås för sina tilltag men det var det i slutändan värt.

Jag berättar det här därför att Olof Palme fanns med i bilden.


Premiären av "Kom, Wilson! Kom!" var bestämd till den 29:e Februari 1986. På morgonen gick jag ut i köket för att koka kaffe, slog på radion och kom rätt in i någon sorts dramatisering av ett mord i Stockholm. Lena låg fortfarande och sov.

Brukar P1 sända den här typen av teaterföreställningar så här dags? Medan jag väntade rätt antal minuter på att kaffet skulle bli klart, insåg jag, fattade jag och sprang in till Lena som yrvaket kisade mot ljuset.

-Olof Palme är skjuten! Han är död. Olof Palme är död. De säger det på radion. I går kväll! Han är skjuten.

Tårarna flödade och kroppen skakade av hulkandet.

Sent på kvällen den 28:e februari hade en okänd person dödat Sveriges Statsminister. Med pistol, på öppen gata. Från och med nu fanns det ett tydligt "Före" och "Efter" i Sverige.

Så snart jag kommit igenom det första bearbetandet av chocken kom tänkarna på kvällens föreställning. Så är det väl alltid för oss teatermänniskor. Som de hade slitit inför denna premiär. Som de hade sett fram mot just detta datum. Fullbokat. Alla ditresta släktingar. Men premiären måste förstås ställas in. Överallt hördes det om inställda föreställningar, på Dramaten, Stadsteatrarna, Regionteatrarna. Inställt, för att hedra minnet av Palme.
Hedra minnet av Palme.?

Var det något som Palme var extra engagerad i så var det kampen mot apartheid. Han föraktade och rasade över det politiska system som tillät och levde genom apartheid och lät ofta omvärlden höra den obekväma sanningen. Han var ju faktiskt världsberömd för just detta mod att läsa lusen av makthavare i andra länder. Skulle inte hans minne kunna hedras av att en sådan pjäs som "Kom, Wilson! Kom!" spelades, just denna dag?

Efter samtal med de medverkande och föräldrar, som alla var med på det hela, beslöt vi att spela och jag höll ett kort tal innan ridån gick upp där jag berättade om tanken. Publiken och skådespelarna möttes och vi var överens.

Under ytan på detta nationella trauma, pågick min egen process. Frågorna som nu hopat sig skyhöga hade skapat en så stark turbulens i mitt inre att det inte längre var möjligt att hålla något tillbaka. Jag anade ännu inte vad det skulle komma att innebära. För mina föräldrar och för Lena.

# 42

## Brevet till Pappa.

Originalet skrevs i den skrivarlya i Landskrona som Kulturnämnden hade hyrt för att att jag skulle författa "Landskronapågen". I den lilla tvåan fanns bara ett skrivbord, en stol, en kaffekokare och väggar täckta med stora vita pappersark och här skulle nu dramatiseringen av Fredriks dagbok växa fram. Jag glodde på min beigefärgade Facit, utan att komma någon vart. Fredriks Wierts öden och äventyr skymdes av funderingar på mitt eget liv.

Efter många dagar av grubblande författade jag ett brev till min far. Här följer det, ordagrant:

Landskrona 20 – 24/3 1986

Käre Pappa!

Jag är just nu inne i en process där jag försöker ta reda på hur mitt liv ser ut och varför jag fungerar som jag gör.
Jag tror att dessa tankar började tumla runt i mitt huvud i den stund jag själv fick ett barn. När jag såg Anna undrade jag mycket över hur jag själv var som barn. Jag undrade också över hur ni, du och mamma, var emot mig när jag var liten.
Lite av det här har du säkert förstått av mina samtal, de få tillfällen vi mötts.
Jag har så många frågor, så många funderingar, som på ett eller annat sätt, kräver sitt svar. Och en sak är jag övertygad om..., frågorna hade varit färre om vi talat mera hemma. Talat mera, öppnat oss, visat oss för varandra. Då hade jag varit bättre förberedd inför livets alla märkliga svängningar.
Innan jag går vidare vill jag ta ett ganska tydligt exempel:
När jag var så där en 13-14 år talade du med mig om vad som skulle

hända om jag gjorde en flicka med barn.
Jag minns att du beskrev det hela med en bild. Du sa att det skulle
kosta mig en sportbil! Du gav mig en lättfattlig och effektiv
bild av vad det skulle komma att innebära för mig. Ekonomiskt!
Inte ett ord om vad det skulle innebära känslomässigt. Inte ett ord
om varför det kommer sig att två personer dras till varandra och
kanske ligger med varandra. Inte ett ord om detta mystiska som var
tonåring sysselsätter sina tankar med, sexualiteten.
Tänk om du berättat för mig om din första flicka! Berättat om din
rädsla och undran över hur man gör eller inte gör. Då hade jag kanske
sagt: VA!? Har du varit ihop med andra än mamma? Har du varit kär i
någon annan än mamma? Jodå, hade du kanske sagt, och sedan hade du
berättat för mig om ungdomens sökande och prövande. Det ungdomen är
till för.

Men det gjorde du inte.
Istället gav du mig en indirekt bild av dig själv som en fläckfri
man, som levt utan tonårstvivel och förälskelser. Genom att inte be-
rätta om dig själv, gav du mig istället skuldkänslor och en stor
rädsla för att hamna i olycka.......Ekonomiskt.
Vad händer då när jag är 24 år och får ett parfymerat brev från
Södertälje? Ett brev som är så bräddfyllt av kärlek och lycka. En flicka
jag varit tillsammans med, skriver att hon är med barn och att hon
himlastormande ser fram emot att få träffa mig igen. Vad händer?
Jo, jag börjar kallsvettas. Ångesten griper tag i mig och en tanke
står glasklar i min hjärna; hon måste göra sig av med barnet!
Jag är visst förälskad i henne, men jag kan inte tänka mig detta!
Snabbt åker jag till Södertälje för att tala med henne. Hon anar inget.
Jag går rakt på sak och säger att hon måste göra abort. Jag är liv-
rädd. Livrädd för att hon inte ska göra det och ännu räddare för att
det ska komma till din och mammas kännedom.
Alla mina känslor för flickan var som bortblåsta nu. Jag ville bara
en sak. Att mardrömmen skulle vara över.
Jag lämnade henne hastigt och hon fick själv ta allt det svåra och
smärtsamma som en abort innebär. Jag hörde aldrig av mig mer.
Jag hade lyckats. Hon gjorde abort och ordningen var återställd.
Jag stängde in all skam och alla skuldkänslor i mitt innersta
och försökte glömma bort allt. Jag fick inte tala med någon om allt
det tunga.
Nu tänker du kanske; Men, varför kom inte Jan till mig eller mamma
och pratade?
Det är ju där knuten ligger! Varför gjorde jag inte det? Varför kändes
det omöjligt att säga något till er? Till dig? Min upplevelse var att
jag hade gjort något mycket, mycket förbjudet. Något som jag skulle
straffas för, om det avslöjades för dig och mamma. Varför vågade jag
inte komma till er med all min ångest?

Jag vet inte.

240

Kanske för att vi så sällan talade om känslor och personliga ämnen, och nu när det här "oerhörda" hade skett, var det alldeles för sent. Jag säger inte att det är ditt fel att jag handlade som jag gjorde men jag upplever att jag fått mycket lite hjälp att förbereda mig för sådana här händelser. Vi talade inte om känslor. Det var var och ens ensak. Det är fortfarande var och ens ensak.

Det mest dramatiska i mitt liv det är nog också det mest dramatiska i ditt. En händelse som djupt skakat hela familjen och förändrat allas våra liv..... men som du och jag aldrig talat om. Jag var sexton år. Jag skulle just ta de första stegen i en naturlig frigörelseprocess från min far. Nu skulle jag pröva mina krafter mot dig, för att så småningom hitta en egen identitet. Jag skulle slå mig fri från dig, den skicklige läkaren, den kunnige sportfiskaren, den händige hantverkaren, den hängivne musikern, den talangfulle konstnären, den perfekte bilföraren, A-studenten, Fadern och familjens överhuvud. Nu skulle jag frigöra mig från den ouppnåeliga bilden av dig. Nu skulle jag förkasta allt du sade, tycka du var mossig och knäpp, för att sedan kunna finna mig själv och dig på ett nytt sätt. Jag skulle bli vuxen och kanske finna i dig, en vän! Du skulle vara på topp, med hela din styrka och ditt kunnande, för att kunna möta revolten från mig. Men vad gör du...? Du lägger dig på en sjukhussal som ett ynkligt litet paket och bara tittar på mig. Oförmögen att tala. Vem skulle jag nu stånga mig vuxen emot?

Jag grät mycket. Men inte på långa vägar så mycket som jag borde ha gjort. På sjukhuset skulle jag vara tapper och uppmuntrande. Hemma talade jag med mamma, Per och Mats men eftersom jag saknade redskapen för att verkligen uttrycka sorgen, så stängde jag av, stängde in och tystnade. När du sedan kom hem skulle livet gå vidare...som om inget hänt! Du måste ha burit på en fruktansvärd besvikelse och en djup sorg över det som drabbat dig, men inte ett ord kom över dina läppar. Precis som om du ville bespara oss din smärta. Men vi var ju i allra högsta grad inblandade! Hur mycket bättre hade det inte varit att tala om det? Att få gråta ut tillsammans. Varför gjorde vi inte det? Det är svårt och smärtsamt att dra upp det här, jag känner hur det knyter sig i bröstet men jag vet bestämt att inget kan bli sämre av att man talar om det, bara bättre.

Frånvaron av de här samtalen, den delade sorgen, som hade kunnat svetsa samman familjen och fått oss att se varandra på ett riktigare sätt, kom istället att fungera som en rullgardin. Kunde vi inte tala om det här, så kunde vi inte heller tala om något annat. Vi gled ifrån varandra och var artiga och snälla mot varandra istället för att vräka ur oss alla de känslor som stormade i våra bröst.

Detta präglar fortfarande vårt umgänge. Vi når inte varandra
Jag frågar på mitt tafatta sätt: "Hur mår du då, pappa?" Du svarar: "Jodå,
jag har bytt bromsbackar". "Men hur mår du?" "Jotack, nu börjar våren
komma." "HUR MÅR DU!?"
Jag berättar om mina upplevelser när Anna föddes. Hur jag överrumplades
av alla känslorna. Hur jag våndades och grät av lycka när allt äntligen
var över. Jag frågar dig hur du kände dig när jag föddes. Om du grät
och hur du upplevde det. Du svarar: "En läkare kan inte gråta i en sådan
situation."
Sedan säger du inte mer. Och jag blir besviken och förbannad. Du var väl
inte bara läkare, du var väl pappa också! Något måste du väl ha känt!?
Jag tänker och önskar:"Visa dig! Dela med dig! Ge mig en chans att se dig!
Jag känner mig bara dum när jag lämnar ut mig och du stänger till."

I ett avseende visar du dig. I din vrede.
I början, efter att du blev sjuk,var jag livrädd för dessa plötsliga
utbrott av ilska och vrede. Du kunde inte kontrollera graden av ut-
brotten. Minsta småsak kunde få dig att blossa upp. Jag tänkte,"Han är
sjuk. Han kan inte hjälpa det." Och här visar jag dig lite respekt. Jag
Behandlar dig som sjuk. Respekterar inte att det faktiskt är så här
du fungerar nu. Istället för att möta din vrede och svara emot så sviker
jag dig och går åt sidan.
Numera ser jag dina vredesutbrott som friskhetstecken. Det sjuka är att
stänga inne vreden. Att svälja förtreten. Att behålla det för sig själv.
Där har jag dig som förebild. Du som visar dina aggressioner. Du
som gör något åt din situation. Jag tänker på dina plötsliga "rymningar".
Du hakar på husvagnen och sticker, när du inte vill vara kvar!
När jag först hörde talas om det, så tänkte jag: "Hur gör han? Det går
inte bara att göra sådär. Lämna mamma ensam. Det är grymt."
Nu tänker jag på ett annat sätt. Nu tänker jag: "Heja pappa. Om du behöver
luft, så stick! Gör det DU vill. Det är att leva, och man lever bara en gång."
Det är sunt att lyda sin inre vilja. Det osunda är att sitta kvar och
lida i oro över vad folk ska säga.
Jag avundas den här förmågan du har, att själv rå över ditt liv.
Men,.. hur gör du? Du har inte lärt mig det. Kan du lära mig det nu?

Av mamma har jag lärt mig att det viktigaste är att folk inte talar
illa om en. Jag har lärt mig att sudda ut mina egna viljor och lustar,
till förmån för ett välpolerat yttre. Jag har lärt mig att det är
viktigare hur man ser ut än hur man mår.
Du har lärt mig andra saker. Men för lite.

Jag har berättat att jag är arg för att du så sällan var hemma
hos mig när jag var liten. Nu, i vuxen ålder, kan jag förstå att ditt
yrke krävde mycket av dig och att något annat var otänkbart på den
tiden, men den lille Jan behövde sin pappa. När jag vaknade var
du redan borta och när jag skulle lägga mig kom du hem och somnade
efter två rader i sagoboken. Jag fick träffa dig för lite!

Semestrarna..... då fick jag se dig mycket och det är också därifrån
som de mest positiva bilderna från min barndom kommer. Jag skrev ner en sådan
upplevelse i diktform häromdagen:

Du skar sälgpipor åt mig
om somrarna
Jag fick så många jag ville
Den friska saven
gnistrade utefter
rakbladsvasst Eskilstunastål
när du med kirurgisk exakthet
gav kvisten sin form
Jag såg beundrande upp
på dina solbrända händer
och tänkte be om en till
Jag får ju så många jag vill..

"Lyssna här då,"
sa du och blåste
Skogen riste till
och du överräckte leende
den bästa sälgpipa
du någonsin skurit

Du skar sälgpipor åt mig
om somrarna

Om höstarna
om vintrarna
om vårarna
arbetade du
och sälgpiporna
blev torra och hårda
spruckna och skramliga
i översta byrålådan
i hallen

Det jag kanske fick för lite av det får nu Anna. Hur glad blir
jag inte när jag ser hur du behandlar henne. Med sådan omtanke, ömhet
och respekt. Du tar dig verkligen tid med henne. En bättre farfar kunde
hon aldrig haft.
Men jag kan inte låta bli att känna ett litet sting av avund när
ni är tillsammans.
Här, Pappa, kommer en dikt till. Jag har skrivit den för mig själv
men nu vill jag visa dig också den.

Dina lugna andetag
strömmar, tillsammans med
den torra vuxensängsvärmen,
ända in till mig
i Barnkammarmörkret.
Jag står med ryggen mot väggen,
lyssnar till ljuden
och försöker andas
i samma takt som du

Efter varje inandning
kommer ett långt viskande
som låter som mitt namn
alldeles säkert
som mitt namn
Jag ska precis svara
när din röst
plötsligt försvinner
sängen knarrar till och allt blir tyst

Viska mer, Pappa!
Viska mer!
Snart kommer väckarklockan
och stjäl dig ifrån mig!


Båda de här minnesbilderna är från Örebrotiden. Jag tänket att jag
var omkring 6-7 år. Mina tankar uppehåller sig mycket runt den tiden.

Ett annat minne som är mindre angenämt är också från den tiden:
Jag vaknar av att jag hör upprörda röster. Jag går in till dig och
mamma i vardagsrummet och frågar vad det är. Ni ler och försäkrar
att det inte är något alls. Jag ombeds gå och lägga mig igen. När jag
kommit i säng, hör jag efter en stund hur ni börjar gräla igen. Jag minns
inte vad ni talade om men jag minns att jag trodde att det handlade om
mig. På något sätt tog jag på mig skulden för att ni var oense.
Ni ville inte visa mig att ni grälade.
Varför skulle ni inte ha kunnat gjort det? Utan att detaljerat be-
rättat vad det gällde, skulle ni ju ha kunnat berätta att ni var arga på
varandra. Men så var det inte när jag var liten.
Jag upplever att jag har lärt mig att det är fult att vara arg. Skamligt
att höja rösten. Fel att hävda sin egen vilja. Jag har lärt mig att
inte ta konflikter. Eller rättare sagt: Jag är rädd för konflikter.
Jag har inget minne av att ha sett dig och mamma gräla för att sedan
försonas igen. Jag har aldrig sett den processen. Att grälet kan leda

fram till att man vet var man har varandra. Att grälet är något naturligt och nödvändigt när man lever tillsammans.

Under Lenas och mina första år tillsammans hände det då och då att vi grälade, på ett underligt sätt. Det var hon som grälade. Hon som anklagade mig, som krävde av mig. Så upplevde jag det. Själv var jag helt handlingsförlamad. Stum. Jag kände mig som ett litet barn och ville bara somna ifrån alltihop. Jag kunde inte svara emot! Det var omöjligt för mig. Jag undrade för mig själv hur det kom sig att hon ville vara hos mig, när hon nu tyckte så illa om mig.
Ju tystare jag blev, desto mer retade det Lena och desto räddare blev jag.
Hon fick dra ur mig vad jag tyckte. Jag var så ängslig att säga något som kunde få henne att bli ännu argare.
Det tog flera år innan jag började förstå vad det hela handlade om. Det var ju inte för att Lena inte tyckte om mig som hon var arg på mig.......utan precis tvärt om. För att hon älskade mig. För att hon respekterade mig. Hon brydde sig så mycket om mig.......därför var det så angeläget.
Nu börjar jag kunna våga vara ärlig. Börjar! Både mot Lena och mot mig själv. Det känns som om jag kan visa mig själv en smula respekt.

Det finns oräkneliga situationer i mitt liv, där jag inte respekterat mig själv. Jag har varit mest angelägen om att bli omtyckt, att vara alla till lags. Det har varit helt naturlig för mig. Helt naturligt att låta andra få fördelar och inte kräva något själv. Att tänka på mig själv har känts som något fult. Både i diskussioner och i mer handgripliga sammanhang. Jag har blivit misshandlad två gånger. Nog åkte jag på stryk någon gång i skolan när jag var mindre, men jag tänker på tillfällen då jag varit lite äldre. Två gånger har jag blivit misshandlad, och jag har inte ens höjt en hand till försvar. Det nästan kokar i mig när jag tänker på det. Det var omöjligt för mig att slå tillbaks. Att slåss var något fult. Nej, jag försökte istället att tala mig ur misshandeln. Att vara artig och belevad. Inga hårda ord. Fullständigt aggressionshämmad! Fullständigt i avsaknad av självrespekt! Jag har bara gått åt sidan. Bara tagit emot.
Nu, när jag börjar förstå att också jag har förmågan att bli arg, är jag rädd att jag skulle slå någon sönder och samman, om jag hamnade i ett slagsmål. Så många år av tillbakahållna aggressioner kanske skulle göra mig till en zombie.
Tänk, första gången jag blev riktigt arg, blev jag så förvånad att jag blev rädd för mig själv. Jag var i Lund. Jag hade Anna med mig och det var ont om tid. Anna grät och det började ösregna. Vi skulle ut ur bilen och iväg till något viktigt. Barnvagnen gick inte att fälla upp. Jag kände hur jag darrade. Skakade i hela kroppen. Plötsligt steg ett vrål upp ur mig, jag skrek som jag aldrig gjort förr. Jag rusade rätt in i ett buskage och slet sönder kvistar och grenar, bladen yrde och folk vände sig om på parkeringsplatsen. Med såriga händer gick jag in i bilen och satte mig igen. Jag var skakad. Nästan rädd för mig själv. "Var det du, Jan Modin,

som gjorde detta?" "Håller du på att bli tokig?" Sedan spred sig ett lugn, som jag aldrig känt förut, i hela kroppen. Jag hade avreagerat mig. För första gången i mitt liv! I trettiotvå år hade jag levt utan att bli arg. Och då menar jag inte irriterad, sur eller något annat, utan just ARG.

Detta blev för mig en sorts väckarklocka. Från den stunden såg mitt liv annorlunda ut. Jag hade känt en stark vredeskänsla och givit den utlopp. Från den stunden förstod jag att den genomtrevlige, pojkaktige, snälle, positive och omtyckte Jan var en osannolik människa. En lögnaktig figur som höll sitt ljus under en skäppa. Jag skulle söka den sanne Jan. En Jan som också har en mörk sida. Det kunde ju bli en hel person....

Det här hände för knappt tre år sedan och sedan dess har jag varit inne i en sorts process. Jag håller på att bli vuxen!
Detta innebär också att jag ställs inför en mängd nya bilder av mig själv. "Ojdå, kan jag vara så här falsk, osympatisk, självisk, avundsjuk och olycklig". Det är arbetsamt att möta den nya, sannare bilden av mig själv. Jag har många gånger känt en lust att fly, men tvingat mig själv till att tänka, analysera och framför allt KÄNNA.
Istället för att, som tidigare, försöka dölja känslorna med handling, sätter jag mig nu och tänker. Tidigare vet jag att jag ofta satte mig och spelade en glad melodi på gitarren, när jag var lite olustig. Då förträngde jag, trängde undan oron och hittade något annat i musiken. Men, kvar i kroppen fanns det oupp-klarade.
Som en växande svart hög.

Skådespeleriet har blivit min räddning. På scenen har jag fått leva ut känslorna. Där har det varit tillåtet att vara ful, att skrika, vara arg och osympatisk. Skådespelaryrket har blivit en sorts säkerhetsventil för mig, och det var när jag förstod det som jag beslöt mig för att inte gå upp på scenen igen förrän jag kunde vara allt det här, också privat.När jag kan VISA MIG, som den jag egentligen är, med alla svagheter och brister, och när jag lärt mig att acceptera den annorlunda bilden av mig själv, DÅ, skulle jag kunna bli en bra skådespelare!

Som du märker är det frånvaron av känslor det handlar om. Och frånvaron av självkänsla. Jag söker orsakerna till frånvaron. De orsakerna kan jag finna om jag undersöker min barndom och ungdom. Åtminstone kan jag finna delar av svaren där.
Du är utan tvekan en av nyckelpersonerna i mitt tidiga liv. Därför ställer jag frågor till dig i brevet.
Det finns säkert mycket mer att tala om. Låt oss göra det.
Här har du ju delar av min version, du har nog en annan.

Kära hälsningar från

Jan

Det ser kanske ut som att jag ställer min far till svars för hur jag handlat i specifika situationer men det var inte avsikten. Texten vittnar också om den nyväckta insikten att de redskap jag fått med mig hemifrån, kunde påverka hur jag fungerade. Ingen hisnande upptäckt kanske, för den som har en aning om psykologi eller på allvar funderat över sitt handlande, men för mig var insikten helt avgörande.

# 43

## Slut med Lena

Ironiskt nog blev terapisamtalen också början till slutet för mig och Lena. Hon, som så ivrigt önskade att hennes partner skulle komma under ytan på sig själv och börja reflektera, skulle till slut mista honom. För visst hade en stor del av sorgen som bubblade fram, att göra med att jag inte var lycklig med Lena.

När vi träffades och jag blev förälskad i henne, var hon drömtjejen. Söt, rolig, smart, kärleksfull, busig, super-musikalisk och klok. Modig var hon också. När ingen annan vågade, var det hon som gick upp till vår konst-närlige ledare och lät honom veta att ensemblen var upprörd över hans ledarskap. Dessutom var hon en riktigt bra skådespelerska.

Där fanns också något annat som jag inte riktigt fattade vidden av då, i början av vårt förhållande. Hennes sorg. Hon var så innerligt ledsen, ända in i märgen. När kvällarna kom, kom också tårarna och här tror jag att jag ganska tidigt hittade min roll. Mitt uppdrag. Döljande min egen sorg, kunde jag bli den som tog hand om, den som tröstade och den som inte hade några egna problem. Det här formulerade jag förstås inte då, utan det är mina tankar idag.

Lena kallade mig någon gång för Pojken Med Guld-byxorna för jag tycktes ha allt serverat, en kärleksfull uppväxt, en bakgrund utan svärta. Nu kunde jag växa mig stor och vuxen genom att vara hennes ljusglimt i nätternas mörker.

Men efter några år hade min roll förändrats. Trots att vi ofta hade roligt ihop och trots att vi nu också hade Anna, vårt lilla barn, en familj, kände jag en allt större håglöshet. Med tiden hade min lust och glädje bit för bit vittrat ner till intet och jag hade inte längre kraft att vara den stöttande. Säkert hade det här också att göra med att vi nu var tre och att vi inte på ett bra sätt tog hand om vårt parförhållande. Vi var den där mamman och pappan som glömde bort att också vara man och kvinna.

Hade allt blivit annorlunda om jag vågat säga "Jag orkar inte mer! Jag har ingen lust längre! Det känns som att jag vandrar i en tunnel utan att se något ljus där framme! Jag är så ledsen! Vad ska vi göra?"

Hade vi då kunnat samtala om vårt förhållande och hittat ett sätt att leva vidare tillsammans? Jag vet verkligen inte. Däremot vet jag att inget av allt det jag kände och tänkte blev klart för Lena. Ingenting.

Livrädd för att säga rent ut hur mina tankar löpte, höll jag istället tyst eftersom det kändes omöjligt att utsätta henne för smärtan. Så upplevde jag det i alla fall. Att det var min närvaro som höll henne uppe och att hon skulle krascha utan mig.

Att hon senare, efter att faktiskt ha gjort det, skulle visa att hon hade en urstark kraft att alldeles själv ta sig upp ur mörkret, kunde jag inte veta.

Samtalen med terapeuten i Lund, handlade mycket om min oförmåga att lyssna till mig själv. Hur skulle jag kunna erövra ett sätt att fungera där jag inte hela tiden räknade bort min egen vilja och önskan? Det handlade om min relation till föräldrar, bröder, vänner, arbetskamrater, ja, till och med till folk jag mötte på stan och naturligtvis handlade det också om mitt förhållande.

Sedan hände allt så plötsligt, och jag gjorde inte rätt. Iakttagande denna totala tystnad, lät jag mig bli förälskad i en yngre kvinna. Det låter patetiskt, och det är det också, men plötsligt såg jag världen i färger igen. Mitt utsinade känsloliv slog den frivolt det så länge längtat efter och nu, nu var jag bara tvungen att tala med Lena.

Hon fick veta att jag varit tillsammans med en annan kvinna och hon fick höra allt jag hållit undan. Det kunde inte göras på ett annat sätt. Inte av mig i alla fall. Men skammen, förtvivlan och rädslan för vad allt skulle kunna ända i, blandades ändå med en svirrande känsla av inre styrka. Hur ont jag än gjorde, så lyssnade jag i alla fall till mig själv.

Lena, förtvivlad och chockad över att se vårt förhållande så plötsligt slitas sönder, bad mig omedelbart att lämna hemmet och först då insåg jag med full kraft att när jag gjorde det skulle jag också lämna Anna. Hon skulle snart fylla tre år och jag ville inte, ville inte förlora henne.

På något sätt lyckades jag få tag i en lägenhet på Rådmansgatan och flyttade in med några enklare möbler och grejor men ensamheten och förtvivlan över vad jag ställt till med varvades också med en frihetskänsla. Jag var naturligtvis slagen av sorgen att lämna Lena och Anna, men hoppade trots den (eller på grund av den) in i ett förhållande med den yngre kvinnan.

Att idag redogöra för att jag flög till Grekland på kärlekssemester, mitt framför ögonen på den kvinna jag lämnat, får mina fingrar att darra över tangentbordet. Det var inte rätt gjort och jag önskar så hett att jag hade varit mogen nog att handla annorlunda.

Förälskelsen, den typiska "språngbrädan", var intensiv men flammade förstås över och snart stod jag där med ytterligare en sviken kvinna. Det här kom tyvärr att bli min sorgliga melodi i fortsättningen. En svängig låt som jag maniskt gnolade på, från den dagen ända fram till i slutet av september, hösten 1996.

Refrängen..? Att söka kärlek och bekräftelse, för att, så snart den blev besvarad och kändes kravfylld, lämna allt och fly tillbaka till den tveeggade ensamheten. Åter till tryggheten, åter till det stora hålet inombords.

Lena tog Anna med sig till Malmö och bosatte sig i ett sorts kollektivhus och jag jobbade vidare med "Landskrona-pågen". Satt nu i skrivarlyan, och åkte ner och hämtade Anna varje helg. Ibland grät hon och ville stanna kvar hos sin mamma och det var outhärdligt jobbigt, men jag ville ha henne med och när vi väl kom iväg trivdes hon fint.

Äventyren vi sedan kom att göra under våra "Varannan-veckor" är oräkneliga. Vi hade så himla kul ihop, Anna och jag, och jag älskade att vara med henne. Med sin ljuvliga närvaro fyllde hon ut det stora hålet i mig. En i längden övermäktig uppgift, som lyckligt nog lättade några år senare när Angela dök upp.

# 44

## Sten och Alfhilds mellanson gräver upp sig

Jag bar på en stor sorg som legat och jäst och grumlat under hela mitt liv och som jag var så innerligt trött på och jag hade nu kommit något på spåren. Tänkte inte ge mig förrän jag fått svar.

Liksom många andra som går i samtalsterapi, och börjar nysta, var jag väldigt hängiven mitt uppdrag och satte naturligtvis mig själv först i den processen. Skulle jag ta reda på varför jag mådde så dåligt, fick inget hindra mig. Det var ovant men också stärkande.

Med darrande manschetter gick jag nu i närkontakt med mina föräldrar. Inte i avsikt att göra någon illa, utan för att reda ut, få svar och verklig kontakt men aldrig kunde jag ana att det skulle väcka så starka känslor när jag vid trettiotre års ålder påbörjade någon sorts tonårsrevolt. Sten och Alfhild var plågade och sårade. Men, resonerade jag, som de vuxna människor de var, skulle de kunna möta sin sons frågor och reaktioner.

Jag kunde inte skona dem för att de skulle slippa ta itu med sina tidigare liv och sina respektive roller i föräldraskapet. Jag tänkte friskt, tyckte jag, och ville göra slut på "locket-på-mentaliteten" som präglat hela min uppväxt. Vad som än kommer ut av mina frågor och provokationer, så kommer det att leda oss till något bättre. Nämligen en ärligare och mer kärleksfull kontakt, vuxna emellan.

Jovisst, jag var arg och förvirrad, men jag hade ett uppdrag. Från och med nu skulle det som kom över mina läppar GÄLLA. Slut med outtalade viljor och önskningar och allt djävla tolkande.

-Hallå! Man säger vad man menar och menar vad man säger!

Jag ville fungera så. Raka rör. Av med locket. Låta det bli smärtsamt om det krävdes, men låta det bli ärligt. Jag önskade det, krävde det, av mina föräldrar och det blev naturligtvis krockar. Speciellt mamma, som också var uppfostrad i en familj där man sällan talade klarspråk, hade svårt för mina nyvunna metoder.

Hon var så invand vid sitt eget sätt att visa kärlek. Omsorgen. Att laga mat åt sina söner, att tvätta deras kläder och att måna om deras yttre. När nu en av dem började kräva annat, annat än den yttre omsorgen, blev hon sårad. När sonen ville att hon i stället skulle intressera sig för hans inre, hur han tänkte och kände, visste hon inte hur hon skulle göra.

När jag var liten satt jag ofta och höll om dammsugaren när mamma städade.


NILFISK

Bara fötter mot parkettens
Släta kalla trä
Ben och armar slingrade
Runt hennes varma kropp
Den mjuka rundning
Som vibrerar
Av mekaniskt liv
Ansiktet gömt i den kudde av varmt tyg
Där hennes utandning
Samlas konstant
Fuktiga små fingrar
Söker värmen
Innanför orörlig aluminium

Hennes elektriska stämma
Sjunger för mig
Med tvåtusen varv i minuten
Ett spinnande, viskande
Värmande löfte
Om trygghet
Så länge strömmen är på.

I den andra änden
Ständigt sugande
Med blicken död
För allt annat än damm
En kvinna
Som rycker i slangen
Jag kanar med
Utefter parketten
Och trycker ansiktet
Hårt
Mot Nilfisks varma bröst
Min livboj i rummet


MOR DISKAR

Hon såg på mig
En så kort stund
Att innan jag hunnit
Möta blicken,
Var den åter försvunnen
Bland göromålen
På diskbänken

Hur kärleksfullt
Följde den inte
Karottens linjer
I sköljbaljans
Ljumma vatten
Hur varsamt
Synade den inte
Kristallarveskålen
Från Farmor och Farfars

Tänk ändå, den som
Varit ett silverfat
Och SÅ länge blivit betraktad
Och skakad på huvudet åt.

"Titta där, en sån repa.
Vad gör vi åt den?
Bär dig försiktigt,
Du är det finaste
Jag har…."

Dikterna skrevs vid samma tid som jag sände brevet till
pappa och jag visade dem aldrig för mamma. Det var nog
tur det men de beskriver den enorma saknad jag kände.

Hemma på Torpa tog jag gång på gång upp ämnen som
rörde hur vi kommunicerade, men jag märkte ingen som
helst nyfikenhet från mammas sida. Jag förklarade hur
mödosamt det var att ta upp de här diskussionerna och att
det var svårt när jag inte fick någon hjälp. Tyvärr upplevde
jag att hon inte lyssnade på mig utan bara skrattade bort
det jag hade att komma med.

Jag undrade om hon någonsin lyssnat på mig och
verkligen velat se vem jag var. Varje gång jag tog upp

något, stannade det vid några få ord. Mamma hade en specialreplik som ofta kom när jag antydde att jag var ledsen eller om något tyngde mig.

-Det blir bättre i morgon, ska du se.

Inga frågor. Inget samtal. Kanske hade hon en bild av mig som hon inte ville få förändrad.

Istället för att sitta i timmar och sy ihop mina byxor (som jag uttryckligen bett henne att låta bli) så önskade jag att hon skulle ha tagit den tiden med mig. Talat med mig, och frågat, om det var något hon undrade över. Var hon rädd för att tala med mig? Om inte, varför var hon inte mer intresserad?

Ibland fick jag känslan av att hon hade något att dölja när oviljan att tala var så stark. Om hon undrade vad jag var ute efter, varför frågade hon då inte? Om hon blev ledsen av att få höra saker som jag sa eller om hon blev arg på mig för att jag sårade henne, varför visade hon då inte det?

Skulle jag orka komma hem till Torpa i fortsättningen om det skulle fortsätta så här? Kunde jag vara mig själv och trivas när jag ständigt mötte bevis på att jag inte blev respekterad?

Mamma gjorde allt för att vara snäll och hjälpsam, och för att glädja mig. Nybakade Sabinakakor var gång jag kom hem och hemsydda dukar. Hon bredde mina smörgåsar och tvättade mina kläder, in i det sista, innan jag skulle fara. Hon strök det jag aldrig bruka stryka och även det jag bett henne att inte stryka. Hon fixade och ordnade och grejade på alla vis men jag bara kände, nej, nej, NEJ! Det var inte kakor, smörgåsar, nystrukna kläder eller pengar jag ville ha av henne, utan intresse, nyfikenhet, lyssnande och kanske förståelse. Det vore mycket mer värt än allt det andra. Jag önskade så att hon skulle sluta upp med att försöka visa sin kärlek med dessa yttre omsorger.

Till och med det att hon skulle be mig dra åt skogen skulle vara mer värt, för då fick jag ju i alla fall få en tydlig reaktion. Men, locket låg stadigt på sin plats.

Hon tog på sig en martyrroll, upplevde jag. Om jag någon gång sagt något som jag anade att hon blev sårad av, sa hon inget utan gick istället in i köket och gjorde smörgåsar åt mig. Med extra tjockt pålägg. På det viset blev det förstås ännu svårare att tala vidare. Jag fylldes av skuldkänslor för att jag gjorde henne illa. Så kunde jag väl ändå inte säga till mamma, som var så snäll.

Snäll. Jag hörde henne ofta säga så om Anna. Att hon var så snäll. "Hon var så snäll när vi var i Dalarna" till exempel. Jag vände taggarna utåt direkt när jag hörde sådant. Jag ville inte att Anna skulle vara "snäll"! Jag ville att hon skulle få vara sig själv! Och bli älskad för den hon var. Inte för att hon var snäll.

Åhhhh! Jag ville slita det ur ryggmärgen på mig, detta Snälla, Artiga, Självutplånande.


Det måste berättas att Anna var innerligt älskad av sina farföräldrar. När vi lämnat Torpa, räknade de dagarna tills de åter kunde omfamna henne och ge henne all uppmärksamhet. Överösa henne med omtanke och presenter. Efter alla söner och pojkbarnbarn hade det ju äntligen kommit en flicka. Jag vet att Anna stortrivdes med att vara hos farmor och farfar och i grunden var jag väldigt glad för att hon hade dem i sitt unga liv men, jag såg och hörde också att Anna hela tiden fick små slevar av samma moralsoppa som jag nu själv var i färd med att stöta upp. Jag tror inte att mamma förstod någonting av vad jag var ute efter när jag hade synpunkter på vad hon sa till Anna.

-Säg inte så där. Anna är mitt barn och det är JAG som uppfostrar henne!

Mammas omtanke om mitt yttre hade funnits där under hela min uppväxt. Aldrig eller sällan fick jag helt bestämma vad jag skulle ha på mig eftersom vi skulle representera familjen Doktor Modin och hon skulle slippa att skämmas. Skämmas! Skulle hon verkligen ha stått där med skammen om jag fått lite lösare tyglar?

Som tonåring ville jag förstås ha långt hår, som mina idoler, men det var helt omöjligt. Det skulle klippas och mamma gjorde det själv och jag sörjde att mina lockar knappt nådde ner över öronen medan killarna i min klass, vars skamlösa pappor minsann var både majorer, apotekare och civilingenjörer, slängde med sina yviga manar.

I sin iver att slippa skammen kunde mamma också såra mig. Omedvetet förstås. Som tjugofyraåring, hemma på Torpa, satt jag nysnaggad till bords med några av deras grannar. Jag kände dem inte och mamma som tidigare på dagen ondgjort sig över min opassande frisyr, kunde inte låta bli...,

-Ja, och Jan som ser så hemsk ut i håret.

Gästerna satt tysta och tittade ner i bordet. Hellre än att respektera sin vuxne sons integritet, ville hon rentvå sig från skammen att hon skulle ha haft något att göra med mitt val av frisyr. Och jag, istället för att förorättad resa mig och gå därifrån, eller kanske säga något passande om hennes egen frisyr, satt kvar och skrattade bort det hela. Förödmjukad och förminskad.

Jag kunde bli rasande av att hon oombedd rotat i min väska för att hitta mina tvättkläder. Det hjälpte liksom inte att jag så många, många gånger sagt till henne att jag fixar det själv, eftersom det inte fanns i hennes världsbild att lämna sin sons kläder åt sitt öde. Jag kände mig kränkt av att hon inte lyssnade på mig. Att hon inte respekterade mig.

-Varför lyssnar du inte på vad jag säger? Rota inte i mina väskor!

-Jag vill ju bara vara snäll.

-Skit i mina kläder! Du hör väl vad jag säger?!

I ett kort brev jag fick under den här tiden skriver hon
bland annat:
"Det är en mors plikt att tvätta sin sons kläder. Jag kan inte
prata så mycket."
    När jag nu många år senare läser hennes korta brev
svider det i bröstet. Jag förstår hennes förtvivlan och
förvirring. Jag förstår hennes oförmåga att tala om sakerna
på samma sätt som jag och samvetskvalen griper tag i mig.
I hennes värld gjorde hon ju så gott hon kunde. Hon
uppfostrade mig utifrån hur hon själv blivit uppfostrad och
det var det enda rätta för henne.

Kunde jag då ha närmat mig mina föräldrar på ett annat
sätt? Nej, jag ser inte det. Jag ville ju tala, kommunicera,
mötas, få svar, och det fanns inget annat sätt att göra det
på. Det hade varit att stanna kvar under locket. I tryck-
kokaren.
    En av bröderna sa till mig i telefon:
    -Gör inte livet svårt för mamma och pappa. Gräv inte
ner dig, Putte!
    -Du, jag gräver upp mig!

# 45

## En omtumlande bilfärd.

Pappa fick sitt brev i mars 1986, men inget hände. Han brukade ju inte ringa annars heller, så det var ju inte så märkligt men aldrig tidigare hade han väl fått ett sådant brev, det var jag övertygad om, så nog borde han väl svara? Kanske inte skriva, han hade ju sina svårigheter med att skriva med "fel" hand. Ett telefonsamtal, kanske?
Men inte ett pling. Inte ett ljud. Hade han fått brevet överhuvudtaget?

Jag var tvungen att höra av mig till Torpa och efter att fått veta av mamma att det visst hade kommit ett brev, bad jag att få tala med pappa. Efter några få ord med honom förstod jag att det var lika bra att resa upp till Bäckhammar. Det skulle bli lättare att talas vid öga mot öga.

Jag tog tåget upp från Malmö via Hallsberg och blev som vanligt hämtad av pappa vid stationen i Kristinehamn. Vi satt där i varmluften i framsätet av hans röda Opel Ascona och kallpratade. Inget om brevet. Ingenting.

Jag tillbringade ett par helgdagar på Torpa och allt var som vanligt. Det ovanliga var att pappa inte förde brevet på tal. Ville han inte? Vågade han inte? Jag tänkte förstås på att han inte längre, efter trombosen, hade förmågan att tala obehindrat, men det borde inte hindra honom från att säga åtminstone något. Jag började bli förbannad.

Söndagen var kommen och pappa skulle senare på eftermiddagen köra mig åter till stationen.

-Du, pappa. Vi måste prata om brevet.

-Ja, just det. Vi kör ut en sväng med bilen.

-Ok.

Mamma undrade vart vi skulle men fick inget svar. Jag tänkte aldrig så långt som att han inte ville tala om brevet i mammas närvaro.

Vi klev ganska omgående in i bilen och han körde under tystnad på småvägarna runt Bäckhammar. Jag började fråga honom än det ena, än det andra. Frågor som man som vuxen borde kunna ställa en annan vuxen. Frågor som han fått i brevet och hunnit förbereda sig på. Jag ville inte särbehandla honom eller bespara honom det eventuellt svåra.

-Varför har du aldrig berättat om andra kvinnor som du varit tillsammans med innan mamma?

-Varför tror du att jag så sällan sett dig och mamma kramas eller sitta i varandras knä?

-Varför tror du att jag upplever att det alltid har varit tabu att prata om känslor i vår familj?

-Tror du att mina svårigheter att visa känslor och prata om sådana har något med min uppväxt att göra?

-När du blev sjuk, varför pratade vi aldrig om hur det påverkade vår familj? Varför skulle vi vara så tappra? Varför fick vi inte sörja och gråta tillsammans?

Han bara körde. Planlöst, på grusvägarna under tystnad. Jo, han berättade faktiskt att han aldrig hade varit med någon annan kvinna, innan han träffade mamma. Hon var den första, sa han.

Med vänsterhanden höll han hårt om rattknoppen. Gruset sprätte under däcken på bilen som utan egentligt mål rullade omkring utefter småvägarna. Jag bad honom att stanna någonstans så att vi kunde prata ordentligt och han tvärbromsade direkt. När bilen stannat och motorn tystnat började han överraskande att gråta. Vi stod där mitt ute på en raksträcka i skogen och han hulkade och jag kände mig vilsen och obekväm i sätet bredvid honom. Visste inte vad jag skulle göra då situationen var så fullständigt overklig. Trettiofem år gammal hade jag aldrig sett min far sådan här förut.

Efter en lång stund, när bilrutorna börjat imma igen och vi knappt kunde se granarna utanför, plockade han fram ett tummat foto ur sin plånbok. Bilden visade en medelålders kvinna och en tonårsflicka i en kanot.

-Den här kvinnan har jag älskat i hela mitt liv.

Jag satt tyst. Det var som om jag svävade inne i bilen i en bubbla. Ett ord från mig, och bubblan skulle spricka.

Han började berätta historien om sin förälskelse i sin läkarsekreterare på Örebro Sjukhus vid mitten av 50-talet. Hur de ville gifta sig och ta oss barn med sig i det nya äktenskapet. Han berättade också om mammas reaktion.

-Hon sa att hon skulle ta livet av sig om jag lämnade henne och det kunde ju inte ske. Det kunde inte ske.

Så han lämnade kärleken och framtidsplanerna och tvingade sig att gå tillbaks till mamma. I detta växte jag upp. Jag var kanske 5 eller 6 år då.

Bilrutorna var helt vita av kondens. Det var inget riktigt samtal. Pappa pratade och jag lyssnade. Det här var pappas och mammas stora sorg som nu kom fram och jag förstod att den också var min. Tankarna rusade runt i mitt huvud. Familjen hade burit det här, sönerna ovetandes, genom alla år. Vad sorgligt som än kunde hänt vår familj, så skulle det drunknat och försvunnit i det här; Den Stora Sorgen.

Nu förstod jag lite bättre varför det varit så ont om kärleksbetygelser i hemmet när jag var liten och varför tårar så snabbt skulle torkas bort och mungipor genast peka uppåt igen. Släppte vi fram tårarna och tillät dem att flöda så kanske också Den Stora Sorgen skulle slippa fram och ta över. Alltså; Håll känslorna inne.

Nu förstod jag hur det här måste ha genomsyrat hela min uppväxt.

Det är sorgligt att behöva lämna den man älskar och sedan ha det i tankarna under så många år. Det är också sorgligt att tänka på den som får tillbaks en make som egentligen vill vara med någon annan.

Jag vill ändå tro att mamma och pappa hade ett någorlunda gott liv tillsammans under alla år. Att de växte samman som man och hustru och att de hade mycket att vara glada och stolta över. Men, det här har tveklöst funnits där och påverkat, om inte mina bröder så i alla fall, mig.

Det blev inget samtal om brevet han fått, men jag fick dela en mycket speciell timme med min pappa och höra honom berätta något som jag inte tror han berättat för någon annan.

I eftermiddagsskymningen satt vi länge med fönstren nedvevade och betraktade barrskogens håglöst hängande grenar. Det han just meddelat mig, hade förändrat hela min världsbild och måste ha kostat på att redogöra för men han sa inget om att det han berättat måste stanna mellan oss. Kanske räknade han med att det, liksom allt annat känsloladdat inom familjen, skulle göra det av automatik eller så kanske han ville att jag skulle ta det vidare till mamma, vad det nu skulle leda till?

Efter ett tag startade han bilen och körde oss hem. Han parkerade på den vanliga plätten utanför huset och vi gick in till mamma som om inget hänt.

Senare samma dag skjutsade han in mig till stationen i Kristinehamn. Inte heller då nämndes något om det vi talat om tidigare.

Allt var som vanligt.

En tid senare fick jag höra av en av bröderna att jag borde höra av mig till Torpa. Mamma var nämligen väldigt ledsen för brevet hon fått. Jag försäkrade att jag inte sänt henne något men förstod att det måste handla om brevet till pappa. Hur fan hade det gått till!? Hur hade mamma fått tag i det och varför läste hon det överhuvudtaget? Det som så definitivt var adresserat till pappa. Ett svek!

Rasande ringde jag upp och fick höra förklaringen att hon blivit ombedd att läsa brevet. Varför?! Varför hade pappa låtit henne läsa ett brev som var skrivet till honom. Jag hörde i bakgrunden att han minsann inte hade bett henne läsa något. Sviken och lurad lät jag topplocket rämna.

-Mitt brev används och utnyttjas i någon sort uppgörelse mellan er! Ett brev jag skrivit i största förtroende till pappa. Det är så sårande!

Jag svor och skakade och bad dem redogöra exakt för hur det hade gått till men, det kunde de inte. Innan jag slängde på luren lät jag dem förstå att jag inte ville ha någon som helst kontakt med dem förrän de gemensamt berättade vad som skett och dessutom bad mig om ursäkt.

Om min far och mor innan detta fortfarande haft någon höjd kvar på piedestalerna, var de nu, i och med detta, definitivt nere på havsnivå. Jag var så arg. Så kränkt. Jag hade full rätt att reagera och här skulle minsann inte läggas några vantar emellan. Syskonen fick tycka vad de ville. Det här var dessutom en uppgörelse som de inte var inblandade i. Hoppades jag...

Det blev långa månader av kontaktlöshet. Jag led förstås men tyckte mig ha rätt i önskemålet att de bara hade att samtala med varandra och sedan gemensamt höra av sig. Det var inget överkrav. Nu, när jag skriver det här, vet jag förstås att min reaktion återigen blev svår att hantera för dem som inte var vana att samtala på det sättet.

Jag gissar att jag fick rollen som den besvärlige, den som hade problem. Jag gissar att resten av familjen, under den här perioden, talade OM mig, istället för med mig. Det är sorgligt att tänka på men jag förstår det.

Ändå, det här blev vändpunkten. Efter en längre tid återupptog vi kontakten och inte långt därpå var jag återigen uppe på Torpa. I sällskap av lilla Anna förstås, som var så innerligt efterlängtad av sin farmor och farfar.

Pappa hade jag ju redan fått en sorts kontakt med i och med vårt immiga bilsamtal. Han var vänlig och varm och det var lättare att komma honom inpå livet. Det kändes som att han verkligen uppskattade att jag var hemma hos dem.

Det var nu jag började samtala med mamma. Försiktigt förde jag resonemang på tal om hur jag reagerar när hon säger och gör, si eller så. Hon lyssnade. Ville verkligen veta och frågade mycket. Hon förstod vad jag menade men ville samtidigt att jag skulle förstå hur hon fungerade. Jag sa att jag gjorde det men berättade också om min önskan att hädanefter alltid säga vad jag tycker och menar. Att kommunicera på ett öppet sätt utan tolkningar. Vi möttes i dessa samtal och det gjorde mig innerligt glad.

Mina föräldrar hade sina sidor, sina tillkortakommanden och sina bördor att släpa på liksom oss alla, men de var mina, och nu kunde jag till och med längta efter dem och åka hem till dem med lättare sinne.


*Augusti 1995.*
*Pappa lovade att det skulle vara extra varmt i vattnet i Skagern just idag och han tjatade på mamma att hon minsann skulle doppa sig hon också. Mamma hällde kaffe på termos och jag hämtade upp bullar ur deras frys.*
*Jodå, nog skulle hon väl i en stund, sa hon. Det var ju så varmt.*

*En bit in på riksväg 204 tog vi av in på en mindre grusväg som ledde till badplatsen vid Skagerns nordvästra strand. Det var sent på eftermiddagen och överraskande nog inga andra där så vi valde ut ett fint ställe att sitta på. Mamma hade ju haft sin onda rygg ett bra tag nu och pappa var mån om att hon skulle sitta bra. Men,.vi skulle ju bada först!*

*Vi bytte om till badkläder. Jag till något neonfärgat, pappa till ett par urblekta rutiga som han haft i alltför många år och mamma till en blågrön baddräkt som täckte hennes lite stela kropp. Hon var obekväm med att visa sig så avklädd men vi tog henne i händerna och drog ner henne till vattenbrynet där den ljumma sjön glittrade i det sneda solljuset. Nog skulle det vara varmt.*

*Pappa hejdade oss. Hon borde ta av sig guldkedjan hon alltid bar runt halsen. Den kunde ju åka av i vattnet. Jag hjälpte henne med den och gick upp och lade den på en handduk.*

*Återigen tog vi mammas händer och gick sakta ut mot djupare vatten. Det var så länge sedan mamma badat så här, sa hon. Så länge sedan. Pappa, som nu var tvungen att ta hand om sig själv i sin vaggande gång, släppte mammas hand och lät sig sjunka ner under vattenytan. Han frustade som en valross, så där som han alltid gjorde när jag var liten. Jag höll om mamma där vi sakta gick utåt och kunde känna den mjuka bottensanden kittla mellan tårna.*

*Plötsligt sänkte hon sig ner i vattnet och skrattade som en flicka. Jag stod en stund och såg dem plaska runt. Mina föräldrar. Det var mammas sista sommar.*

# 46

## Landskronapågen

Min beiga Facit knattrade på och scenerna vällde fram. De stora vita papperen på väggarna i skrivarlyan var fulla av anteckningar och post-it-lappar i olika färger. Lapparna hade flyttat runt, runt, och pjäsens dramaturgi, historiens skelett, hade blivit allt tydligare. Fredrik Wierth började få liv och jag njöt av insikten att texten började hänga ihop, att det fanns en logik, att det här skulle bli en berättelse som engagerade. Det kunde bli riktigt bra teater!!

Naturligtvis såg jag Fredriks liv genom mina egna ögon, och många av mina val gjordes utifrån var jag själv råkade vara i livet.

Prioriteringarna som måste göras i ett dramatiseringsarbete berättar ju också något. Vad är borta och vad är förstärkt? Här kommer förstås Fredriks längtan efter sina föräldrar in. Ville de inte ha honom kvar i Landskrona? Hur kunde de lämna en elvaåring ifrån sig när utsikterna att återse honom var så obefintliga? Undrade de hur han hade det på ön utanför Madagaskar? Kommer han någonsin att få se dem igen? Om pappan visste vad Fredrik åstadkommit, skulle han då vara stolt?

Och kärleken som aldrig blir av på riktigt. Sorgen när hans älskade Celine dör ifrån honom. Hur Fredrik hårdnar på ytan men innerst inne fortfarande är den lille pojke som längtar efter de svala somrarna vid Öresund. Historien är makalös. Bara en sådan sak som att Fredrik, när han är tretton år gammal, får jobb som uppsyningsman med uppgift att från hästryggen piska slavar till lydnad. Hans meriter? Inga, förutom att han var vit.

Under det första året gjordes som sagt en rad mindre upp-sättningar och dessutom startades flera band. Hela verk-samheten leddes av teater- och musikledare anställda av Landskrona Stad och snart var det dags för alla ungdomar att stråla samman i den avslutande stora utomhus-föreställningen. Dag, som hela tiden haft en stark pedagogisk tanke med projektet, ville att de olika ungdomsledarna skulle utgöra ett regikollektiv som till-sammans skulle leda repetitionerna och att han själv skulle finnas som regikonsult i bakgrunden. Tyvärr hampade det sig så att Dag gick in i väggen. Han orkade inte driva det hela vidare och då valde projektledningen att fråga mig om jag kunde ta över.

Efter en del vånda tackade jag ja, men med förtydligandet att jag i så fall inte ville axla den pedagogiska delen. Skulle jag gå in, så var det som regissör enbart och inte som konsult. De villkoren skulle naturligtvis förändra förut-sättningarna för de som sett fram mot arbete i regi-kollektivet men nu var det upp till producenten att fatta beslut. Hon såg mitt förslag som den godaste lösningen.

Hoppsan. Då hade jag plötsligt det konstnärliga ansvaret för ett jätteprojekt som inte bara skulle engagera massor av unga människor utan också skärskådas av andra kultur-nämnder i Skåne och kunna locka och underhålla en stor publik.

Mitt starkaste kort var historien. Den kunde jag utan och innan och precis som med Robin Hood var det mycket regi redan i dramatiseringen. Jag hade spelat alla scenerna vid skrivbordet och visste att de skulle bära och kände därför självförtroendet växa. Sluttningarna vid Landskrona Citadell skulle verkligen intas och den här historien skulle absolut berättas av just de här ungdomarna.

Stefan Astvik, som också hade gjort scenografin till Oliver Twist, blev en god samarbetspartner. Han hade en spännande idé om att bygga upp ett tropiskt S:t Denise i avsatser klättrande uppför skyddsvallen framför en hög gradäng slukande en enorm publik och han hade skissat på ljusa tunna kläder för de vita på Reunion, och för de stora slavscenerna; fantastiska men tunna afrikanska dräkter. Vid premiären var det 11 grader varmt! Nyårsafton samma år var det 12 grader.

Jag valde att låta Fredrik spelas av 3 olika skådespelare i olika åldrar. Ett bra sätt att låta huvudpersonen växa med historien. (En av dessa gjordes alldeles underbart av radions amerikakorrespondent Roger Wilson.) Dessutom fanns en vuxen skådespelare med som en äldre Fredrik. Han fungerade som berättare och publikens förtrogne.

Vi repeterade under vintern ett par tre gånger i veckan och banden satte låtarna och sångerna. Någon gång i maj flyttade vi ut till spelplatsen och det började kännas på allvar. Tyvärr också på allvar för regikollektivet. De var besvikna, ville inte acceptera att situationen nu såg annorlunda ut och tyckte att jag kunde fortsätta att jobba med dem på det sätt som Dag hade tänkt. Men, det var en arbetshypotes och i det skarpa läget vi nu befann oss, fungerade kommunikationen med producent och scenograf så dåligt med alla olika viljor så jag var tvungen att ta hela regiansvaret. För mig var det sättet att få det att fungera och att få det till den föreställning vi drömde om.

Sommaren hade kommit till Citadellet och Reunion och doften från Öresund svepte in. Långt gräs smekte slavarnas bara fötter när de kämpade upp och ned utmed plantagens vallar och plantageägarfamiljerna svalkade sig under barparasoller i St: Denise, öns huvudstad. Fredrik Wierth hade sin givna position i den maktordning som var så naturlig för de vita på ön. Deras välstånd byggde på förtrycket av de svarta och de var villiga att döda för att behålla det de såg som Guds gåva.

Det var en fantastisk upplevelse att ha så många människors förtroende. Alla var, tack vare bra erfarenheter i de tidigare mindre produktionerna, helt inställda på att ge allt på repetitionerna och vi gjorde enorma framsteg. Ja, någon gång kanske jag behövde påminna någon om situationens allvar, då en del var ganska unga, men för det mesta var det full koncentration. I röd overall ropade jag i en hemmagjord megafon för att nå teknikerna, peppa Fredrikarna, nå ända upp till folkmassor som stod beredda, och för att ge rätt tecken till banden.

Premiären någon gång i månadsskiftet Juni/Juli gick som en dröm, trots det sällsynt kalla vädret och att skådespelarna, som ju var klädda för tropiskt väder, skakade av köldfrossa och tvingades spela insvepta i filtar. Iskalla vindar drog genom Landskronas kullerstensgator när Fredrik Wierth i slutscenen återsåg sin mor. Han, som levt i trettiofem år på Reunion, ägt slavar och kämpat i slavkrig, kom äntligen åter till sin hemstad. När han ville imponera på sin mor och berätta om alla sina äventyr, tog hon avstånd och backade undan i tron att hennes son blivit helt galen. Ingen annan Landskronabo kunde heller tro att det han berättade faktiskt var sant.

Finalsången med hela ensemblen, en jublande sång om hopp och gemenskap, avslutade äventyret.

"Från andra sidan havet
Bortom vilda vågors dån
Från andra sidan havet
Kallar jorden sina barn..."

Dagens Nyheters Tove Ellefsen, som för ovanlighetens skull recenserade en amatöruppsättning, var mer än nöjd med manuset och vår uppsättning och uppmärksammade vårt ställningstagande för de förtryckta.

Bara tre år senare frigavs Nelson Mandela ur sin cell på Robben Island.

# 47

## "Alice" och "Obevakad Övergång"

Höst 1987. Det blev tio år i Landskrona. Där levde jag mellan tjugosex och trettiosex års ålder och gjorde mina största upptäckter inom teatern. Där blev jag pappa för första gången. Dofterna från sundet, rapsfälten och till och med stanken från svingårdarna hade jag lärt mig älska men nu längtade jag efter annat.

Med en oklar känsla av att ha utvecklats som person genom att föra min egen talan och våga skapa turbulens i mina nära relationer tyckte jag mig stå lite stadigare på jorden. Att jag vågade axla ansvaret i skrivande och regisserande betydde också en hel del.

När Landskronapågen var färdigspelad packade jag mina ägodelar i min hemmamålade knallgula Volvo Amazon - 61:a och flyttade till Malmö och en lägenhet på Falkenbergsgatan 4, ett par kvarter in bakom Möllevångstorget. Där inredde jag ett litet rum åt Anna som nu skulle börja veckopendla mellan sina föräldrar.

Nyfiken stegade jag in i det jättelika teaterhuset vid Fersens Väg. Malmö Stadsteater, den teater jag i så många år tyckt det var omöjligt att arbeta på. Men, ok, jag skulle till ungdomsscenen och där fanns folk som sökte ett vettigt sammanhang. Tidigare under våren hade jag avtalat med ledarna på Unga Teatern att börja repetera "Momo-Kampen om tiden" i augusti och fylld av nyväckt iver att återigen kliva upp på scenen anslöt jag till ensemblen.

Lena hade tyvärr börjat må allt sämre. Hon sökte självmant vård och det resulterade i att Anna kom att bo hos mig under flera månader. Vi gick ofta på besök och någon gång när Lena var tveksam till om Anna skulle må bra av träffa henne övertygade jag henne om att Anna längtade efter sin mamma och verkligen ville dit. Anna själv tycktes trivas hur bra som helst med situationen.

Här uppstod något jag inte hade räknat med. I och med att Lena inte mådde bra, kom jag att knytas närmre henne än jag tänkt. Anna var ju länken mellan oss och det låg nu på mitt, visserligen självpåtagna, ansvar att se till att de träffades ofta. Kanske grundade det sig också i dåligt samvete. Det var ju jag som försatt Lena i situationen genom att svika henne. Jag vet inte riktigt, men eftersom jag skriver orden så...

Hur det fungerade med arbete och ansvar för barn på samma gång under de här månaderna minns jag faktiskt inte. Vi repade väl dagtid oftast.

Nu följde fem år av Malmöliv under vilka jag också började regissera proffessionella skådespelare. Kristina Kamnert, "Gagga", erbjöd mig att göra en egen variant av "Alice i Underlandet" och toppad av detta stora förtroende satte jag igång. Först en översättning av Lewis Carrols bok och sedan en dramatisering.

I en grundfiktion som gjorde historien om "Alice" tydligare, lät jag en liten familj vara på väg att gå till sängs i sin lägenhet. I pjäsens början ligger flickan i sin säng med en bok medan mamman och pappan håller sig för sig själva för att inte bli störda.

Flickan ber dem att läsa något för henne men de orkar inte. Läs själv! Utbrister mamman, som dessutom undrar vad det är för bok dottern läser.

-Alice i Underlandet! Den boken är ju så konstig så den kan du ju lika gärna läsa baklänges!

Tillplattad men resolut vänder flickan på boken och börjar läsa.

Precis det här är koden, trollformeln, nyckeln, till att bokens författare ska materialiseras. Poff! I urpremiär-versionen är det Mats Qviström som på sitt varma humo-ristiska sätt ger Carroll liv. Stigen direkt ur 1800-talet dyker han upp i ett rökmoln och drar sedan med sig familjen i sitt äventyr. Själv är han spelledaren/Den vita kaninen och flickan blir Alice, förstås. Föräldrarna blir Påskhare, Kålmask m.m. men också Kung och den förfärliga Drottningen som Alice/flickan sedan revolterar emot. (En tolkning i dramatiseringen som säkert hade att göra med var jag själv befann mig.) Efter revolten mot kungaparet singlar alla kort till marken och författaren tar avsked. Omtumlade och rosenkindade lägger sig nu föräldrarna på var sin sida om flickan i hennes säng och tillsammans läser de sagan. Ljuset tonar ner.

Jag hade turen att paras ihop med scenografen Eva Sommestad och tillsammans gjorde vi en väldigt lyckad uppsättning. Eva, som numera heter Holten och är verksam i Köpenhamn, var precis den partner jag behövde. Hennes smarta och vackra sceniska lösningar fick mig att gå igång och hennes dramaturgiska synpunkter var ovärdeliga.

Till en början var jag ganska obekväm med hennes otroligt intensiva sätt att tala och jag fick gång på gång be henne sänka tempot för att jag överhuvudtaget skulle förstå något. Observera att Eva talade svenska, och inte danska, som ni kanske tror. Hemma i Uppsala hade hon och hennes lika smarta tvillingsyster utvecklat ett effektivt sätt att tala där de bara använde början av orden.

När jag väl vant mig kom jag att älska hennes snabba konstnärsintellekt och jag ville ha henne med så fort jag blev erbjuden ett nytt regiuppdrag. Vi kom att jobba ihop många gånger i Malmö, Lund och i Stockholm.

"Alice" satte jag upp både på Månteatern i Lund och på Stockholms Stadsteater och manuset ligger och väntar på nästa teater. Man måste inte läsa baklänges för att pjäsen ska återuppstå.

På Unga Teatern hade jag också fått uppdraget att skriva och regissera en tonårskabaré. Efter en del funderande över hur jag, som vuxen, idag skulle kunna tilltala den här åldersgruppen erbjöds jag ett besök i en åttondeklass i Lund och där lossnade all osäkerhet.

I mötet med klassen insåg jag att deras våndor inför övergången till vuxenlivet var exakt samma som de jag själv kunde minnas. Olycklig kärlek, frustration över att bli behandlad som ett barn av vuxenvärlden och svårgripbara existentiella tankar.

Jag träffade klassen under några veckor och talade med hela gruppen, med tjejer och killar åtskilda, antecknade, for hem och skrev och återvände för att läsa upp. 8:an var verkligen en fantastisk referensgrupp som bekräftade att idéerna bar och att det räckte med det här nära, det inre. Jag var inte tvungen att ta tidspulsen på hela den värld som omgav dem.

"Obevakad Övergång" blev en fartfylld och snitsig kabaré med ett fyramannaband och fem skådespelare. Bill Hugg, Ragna Herbert, Tom Deutgen, Mats Eklund och Isabella Pernevi. Min goda parhäst Eva skapade en brant högglanslackad scen omgiven av ett hav av sittplatser för tonåringar och Ante Levén, trummis och bandledare, gav mig en räcka låtar som jag sedan valde favoriter ur och skrev nya texter till. Här dök också min egen "Främmande Land" upp för första gången.

Hela idén fungerade så väl att den ett par år senare sattes upp på Nya Skånska Teatern och där var minsann min fine vän Dan Bratt med i ensemblen och förgyllde allt med sin varma sångröst.

# 48

## Bombi Bitt

Våren 1992 ringde Dag Norgård och frågade om jag ville vara med i en sommarteaterproduktion med spelningar i Skåne. Darling Desperados skulle göra en version av "Bombi Bitt och jag" och Dag var regissör. Stor föreställning i cirkustält. Björn Kellman, Gunilla Röör, Per Sandberg och Lena Nyman i stora roller. Skådespelaren Johan skulle spela Bombi Bitts far men var bara villig att skriva på för första halvan av spelperioden. Ville jag ta över stafettpinnen efter honom?

Då jag inte hade något annat inplanerat för sommaren beslöt jag mig omgående. Att Dag skulle regissera mitt rollövertagande, avgjorde saken eftersom det var just i hans regi som jag dittills hade haft mina lyckligaste stunder som skådespelare. Dags medverkan borgade för en problemfri period, tänkte jag, när kontrakt med noga angivet startdatum för repetitioner och premiär i Ystad, undertecknades. Därpå lät jag saken vila.

Sedan, när jag hörde att Dag lämnat produktionen pga samarbetssvårigheter, bara några dagar innan premiären, borde jag kanske dragit öronen åt mig och ifrågasatt min medverkan, men jag gjorde ingenting. Talade inte ens med Dag och ville väl inte ha en massa bagage i mötet med skådespelarna.

Jag såg föreställningen, naturligtvis, och kände direkt att jag ville dra rollen åt ett helt annat håll. Johan var rolig i sitt svarta lösskägg och sin långrock och hade utvecklat ett fint spel med publiken, men jag kände att jag ville göra en farligare, snitsigare, tjusigare Nils Galilei. Mer av en

undanslinkande pappa och en kvinnotjusare bland mark-
nadsstånden.

Hemma i Malmö gick jag och väntade på besked om rep-
start men då jag inte fick något livstecken från produk-
tionsledningen, ringde jag till slut upp och frågade vad som
var på gång.

-Jo, kan du vänta med att hoppa in? Johan vill så gärna
fortsätta. Du kanske kan spela i Malmö, sista perioden
bara.

Han hade ju så himla kul, fick jag höra, hade aldrig känt
såhär och nu var han som förälskad i cirkuslivet och ville
inte skiljas från detta. Kunde jag förstå det och låta honom
fortsätta.

-Fortsätta? Vi har ju ett avtal.

Nu i efterhand kan jag tänka så här: Han får väl spela
vidare om han nu upplever något så fint. Själv hade jag ju
så många gånger fått njuta av att spela i udda, inspirerande
miljöer, långt från det navelskådande traskandet mellan
Stockholmsscenerna. Nu kunde det väl vara hans tur. Ge
mig lönen bara, så får han spela så mycket han vill.

Men att ha premiär i Malmö inför alla vänner och
kollegor, helt oinspelad, tilltalade mig inte. Jag hade
planerat sommaren utifrån de datum vi kommit överens
om och dessutom talat vitt och brett om att folk skulle få
se mig ta över rollen. Det skulle kännas dumt att ge efter.
Min självrespekt krävde att jag skulle stå på mig.

Många gånger hade jag plågats av minnesbilden av att jag
en gång, sittandes vid ett perfekt restaurangbord med en
fin utsikt, blivit ombedd av andra gäster att flytta på mig
för att de ville sitta där. -Självklart, hade jag svarat och
sedan satt mig trångt i skymundan och kokat av harm över
att jag så automatiskt inrättade mig efter andras vilja. Utan
att hinna tänka efter.

Nu, var ett av de där tillfällena då jag skulle stå upp för den nye Jan.

-Absolut inte. Jag vill repa och ha mina föreställningar i Ystad och spela in mig innan Malmöpremiären. När ska jag vara på plats för repetitioner?

-Vi har ingen regissör.

Desperados försökte verkligen få mig att känna mig obekväm.

-Ok. Jag regisserar inhoppet själv.

Produktionsledningen försökte under några dagar att övertala mig men på överenskommet datum var jag på plats i Ystad. Gick runt bland cirkusvagnarna och drog med mig skådespelare till rep i manegen efter ett schema jag själv snickrat ihop. Några av dem var lyckligtvis helt med på resan och tur var väl det. Med ett totalt motstånd hade jag väl krackelerat.

Efter några dagar åkte Johan hem till stockholm men föga anade jag då att han minsann skulle återvända.

Det blev premiär för mig till slut. Full fart med bra musik och bra skådespeleri. Vad som än fått Dag att lämna arbetet, så hade han lämnat efter sig en fartfylld och spännande föreställning som jag gillade att spela i. Jobbet att förändra rollen gick alldeles utmärkt. Ett exempel:

I den tidigare versionen hade Nils Galilei, under en lång scen som föregick Kiviks Marknad, mitt i manegen, i dunkel, bytt kläder och sedan stått och väntat på entré vid en tältpelare. Länge. Jag tittade på honom och försökte utröna vad han gjorde men kunde inte se annat än att han bara privat väntade på sin tur. Det ville jag förändra och fick till en upplyst scen där Nils gör sig fin inför Marknaden. Raklödder som yrde och kläder som byttes. Ett nummer. Vi berättade något mer.

Jag spelade på och vi nådde fram till sista föreställningen i Malmö på den stora festplatsen bakom Malmöhus, där folkfesterna brukade vara. Fullspikat. Nu skulle som vanligt alla som inte sett pjäsen tidigare trängas in men det var god stämning. Feststämning i ensemblen som efter applådtack skulle till ett stort avslutningsparty.

Johan var nedkommen för att vara med och fira av. Han frågade mig om det var ok att han tog tillbaks en syssla han haft tidigare, nämligen att sälja program i manegen innan föreställningen, trampandes runt på transportcykel. Det var säkert ett alldeles lysande sätt att få publikkontakt men som jag inte tagit till mig. Våra tolkningar var ju som sagt olika.

Föreställningen rullade på och vi närmade oss slutscenerna. Världens Starkaste Man, Per Sandberg, höjde rösten och utmanade vem som helst att slåss mot honom. Där stod han i leopardtrikå med sin ena pungkula påpassligt utslunken utanför resåren. Naturligtvis var det den sturske Nils Galilei, Bombi Bitts pappa, som skulle antaga utmaningen. Här skulle fajtas!

Precis när jag rest mig upp och fyllde lungorna för att utropa: Jag, ska slåss mot dig!, hördes ett grovt malmöitiskt brölande uppe i publikhavet: Jag, ska slåss mot dig!

En över två meter lång och bredaxlad man vaggade nerför träplankorna. Han verkade påtänd och vansinnig. Viftade med knutna nävar och vrålade. Per, som snabbt insåg att han var på väg att bli sönderslagen, backade undan och lät behändigt sin blottade pungkula återvända till rätt sida av resåren. Flera i ensemblen rusade fram och ropade att det var en teaterföreställning. Jag gick också emot mannen och bad honom att sätta sig ner igen. Vi var skärrade och publiken dödstyst.

Den store mannen gick emot Per och katastrofen verkade nära när plötsligt Johan ropade uppifrån en läktare. Varför i himmelens namn skulle han, av alla människor, blanda sig i? Johan kom snabbt rusande ner mot manegen och lyckades knuffa den store mot ryttargången. Helt förvirrad och rädd gick jag ditåt för att finnas till hjälp och kanske skilja dem åt. Johan skulle kunna råka riktigt illa ut.

Mitt för ryttargången riktade Johan ett våldsamt knytnävsslag mot den stores ansikte varpå denne dråsade in bland tygerna. Som i en dimma såg jag sedan Johan återvända mot sin plats uppför läktargången. Publiken satt stum och blekt stirrande. Några höll för ögonen på sina barn.

Skulle vi nu kunna fortsätta med det stora slutslagsmålet? Den våldsamma finalen av föreställningen. Skulle vi nu fortsätta där vi blev avbrutna, med en koreograferad stagefight inför en publik som stumt satt och dolde sina ansikten inför det våld de just tvingats bevittna?

Efter några sekunders konfererande i sågspånet beslöt vi att fortsätta. Det var det enda möjliga.

Aldrig, varken förr eller senare, har jag utropat en replik med större obehag och så lite engagemang:

Jag! Jag, ska slåss mot dig!

Vi led oss igenom våldsamheterna som avslutades med att jag flydde på hästrygg ut ut manegen. Efter applådtack vacklade jag ut i dunklet i ryttargången för att låta tekniken ta hand om min mygga och sändare och där först förstod jag att det hela var ett s.k. "sista föreställningen-skämt".

Johan hade engagerat någon skåning som på givet tecken skulle ta emot hans låtsassnyting. Det var mycket skickligt gjort och till och med ensemblen blev lurad. Säkert ville han bara komma med en kul grej och anade väl inte hur det skulle drabba oss.

Till saken hör att jag aldrig gillat den typen av interna skämt. Glädjen blir bara en intern angelägenhet och publiken hamnar utanför. Andra kan tycka att det är det roligaste som finns och att man måste ha lite humor, men i stunden upplevde jag bara att det var sanslöst okollegialt. Jag var rasande och skrek att det var det uslaste jag varit med om under alla år som skådespelare. Några av de andra i ensemblen stöttade mig men de flesta verkade tycka att det var okej, eller vågade kanske inte säga ifrån.

I rättvisans namn ska sägas att en av producenterna, som jag långt senare mött i ett toppensamarbete på Unga Klara, höll med mig om att det nog var ett tilltag.

Jag rafsade ihop mina saker i logen och stack därifrån utan att ta farväl av någon. Inte ens dem i ensemblen som jag gillade. Jag ville bara därifrån. Ville fan inte sitta på någon fest efter det här.

Jag kunde inte se annat än att skämtet var ett sätt att ge igen för att jag stod på mig så inför repstart. Varför skulle annars avbrottet komma exakt där, i pjäsen? Jag överdriver förstås, men det var så jag resonerade då i min vrede, cyklandes hemåt från Mölleplatsen i sommarkvällen.

Arg var jag, men också upprymd. Det kändes så otroligt skönt att ha visat vad jag tyckte. Jag hade inte som vanligt smitit undan i vånda.

## 49

### Malmöliv

Efter avslutningen av Bombi Bittspelningarna hade jag en kortare semester med Anna. Det var den här sommaren vi for till Gran Canaria och hade ett av våra underbara små äventyr med hyrbil och bad. Jag ser Anna sittande i kvällssolen på en bergssluttning, blickandes ut över havet lyssnande till farsan som läser ur Fridegårds Trältrilogi. Alltid små äventyr med Anna, den perfekta lilla reskamraten.

Sedan åter till Malmö för att börja repetera Ankarström i Gustav III på Malmö Stadsteaters stora scen och därefter gamen Voltore i Volpone på Intiman under våren -93. Det här var en period av intensivt arbete och de veckor Anna var hos mig klarade hon sig oftast utan barnvakt. Hon var trygg, alldeles ensam hemma på Falkenbergsgatan. Ibland hängde hon med hem på fest hos någon kollega och låg då i soffan bakom mig och slumrade tryggt eftersom överenskommelsen var att vi skulle gå hem direkt när hon så ville. Det fungerade toppen.

Annars levde jag ett sorts singelliv under de veckor hon var hos Lena och efter föreställningarna hamnade jag oftast på krogen Brogatan i sällskap med min logekamrat Mats Qviström. Vi skrattade mycket hade riktigt trevligt ihop.

Mats och jag gjorde en soppteaterföreställning som vi kallade "På Styv Pinne". Idén var följande: Till tonerna av "Alzo sprach Zarathustra" dansade två tuppar in på scenen. Det var vidrigt töntigt och pretentiöst på samma gång och den ena tuppen förlorade förstås fattningen och bröt föreställningen inför sittande publik. Den andra tuppen och pianisten klädd som ett ägg, försökte fortsätta utan att lyckas. Om vi nu ställde in föreställningen så måste ju publiken ersättas på något sätt och tupparna resonerade sig fram till att improvisera fram roliga nummer för att sedan be publiken dra ifrån det de tyckte att numren var värda från det betalda biljettpriset. En tavla och tuschpennor dök upp och sedan var det hela igång.

Allt förutom mellansnacken var naturligtvis ordentligt inrepeterat och vi skojade rejält med teatergenren och uppblåsta skådespelare. Riktigt kul var det när vi häcklade varandra för att presterat nummer vi inte tyckte var så värdefulla. Publiken deltog förstås i debatten och hade synpunkter på hur många kronor som skulle dras ifrån. Efter en timme var vi nere på noll och bockade och tackade för applåderna.

Lite förvånande blev senare under våren då vi, inför en öppet-hus-dag på teatern, ombads spela vår spralliga föreställning som ersättning för en stor inställd operaföreställning. Två man och en pianist på ett frimärke på en av europas största teaterscener. Nja, det fungerade väl sådär... Operaälskarna sparade antagligen sina varmaste applåder till en kommande, mer lyrisk afton.

Ungefär vid den här tiden lämnade Anna och jag Falkenbergsgatan och Möllevången som jag tyckte börjat bli alltför skräpigt och inbrottsdrabbat, för en stor lägenhet i Slottsstaden. Lite överraskad av det vänliga mottagandet hos hyresvärden skrev jag under kontraktet för den vackra fyrarumsvåningen som minsann hade trägolv, ståndsmässiga tre rum i fil och burspråk.

Huset stod nära Ribersborgsstranden, "Ribban", dit vi kunde cykla på bara fem minuter och det kändes helt rätt faktiskt, att dela stadsdel med dessa lite bättre bemedlade malmöiter. Slottsstaden var också känd för att inhysa många äldre, därav namnet smeknamnet "Käppastan". Skvadronsgatan 12 var adressen och det fanns en kökstrappa där varubuden och pigorna sprang förr i tiden. Själv hamnade jag i pigkammaren innanför köket medan Anna sov i sitt finare rum mot gatan. Vi trivdes riktigt bra. Jag skrev tidigare om att det alltid var små äventyr med Anna, ett av dem var när hon i sin mörkgröna skinnoverall satt bakom mig på min Zuzuki 750.

Att ha jobbat på Malmö Stadsteater och deltagit i en riktigt stor uppsättning är få förunnat. Musikalen "Teaterbåten" var en sådan och det var fantastiskt att vara med när hela maskineriet var i rullning. Förutom oss solister, deltog samtliga i teaterns balett, kör och orkester. Det var tonvis med folk överallt som man pratade med, hejade på och gladde sig åt. Idag har ingen teater ens skuggan av en chans att samla så många deltagare.

Ronny Danielsson regisserade förstås och jag spelade subrettpar ihop med StinaKajsa Holm. Hon var kort och fnittrig och jag lång som en stång och vi hade väldigt roligt i våra dansnummer. I en av entréerna satte jag full fart långt utifrån sidoscenen för att sedan kana på knä in på scenen framför orkesterdiket i introt. Underbart.

Just de här åren varvades olika jobb och regiuppgifter och det är inte så viktigt att redogöra för kronologin men jag regisserade på Sagohuset och Månteatern i Lund och återvände också till Landskrona för att spela Scrooge i "En Julsaga" mot bland andra Karin Glennmark och Cecilia Frode på nystartade Nya Skånska Teatern.

# 50

## Studioteaterns "Cabaret".

Någon gång under sen vår 1993 kontaktades jag återigen av Ronny Danielsson som ville sätta upp en musikal med Studioteatern i Malmö. Rollen var Konferencieren i "Cabaret". Hoppsan!

Konferencieren, en roll så överlastad av föreställningar om hur den skulle göras att jag omedelbart greps av mild panik. Glad var jag förstås över att få ett sådant förtroende, men samtidigt undrade jag hur det över huvud taget skulle vara möjligt att göra något annat än att blekt upprepa Joel Grays prisbelönade tolkning från både Broadway och filmversion. Det var på det viset alla efterföljare valt att göra, satsat på det androgyna och liksom seglat ovanför och utanför det egentliga dramat. Jag undrade verkligen om det skulle gå att tänka annorlunda.

Ett makalöst ställe hade hittats för Cabaretspelningarna. Bulltoftahangaren. Nu var lokalen en enda täckt gigantisk betongyta men där skulle snart byggas ett mellankrigs-Berlin och sittplatser för 500 personer. Där skulle, på nyårsafton, en av Studioteaterns allra största succéer någonsin ha sin premiär.

Repstart i början av hösten i Studioteaterns lokaler på den smala Skolgatan i Malmö. Roger Johansson, en duktig musiker och till vardags folkhögskolerektor, instuderade sångerna. Vi stod där på varsin sida av det lite ålderstigna pianot, Olivia Stevens och jag, och sjöng "Money, Money", "Two ladies" och naturligvis "Willkommen, Bienvenue, Welcome". "Money" fanns egentligen inte med i Kander/Ebb´s musikal men dock i filmen och jag tror att Ronny smög med den utan rättighetsinnehavarnas vetskap.

Olivia hade med sitt namn och sitt engelsktalande ursprung på faderns sida, en air av musikalvärld omkring sig. Hon sjöng och dansade riktigt bra och var så där lite lagom hemtrevligt divaaktig. Hon skulle ju ändå göra huvudrollen, Sally Bowles, och behövde både svängrum och uppmuntran.

Ronny, som tidigare satt upp flera stora musikaler på Studioteatern och som visste hur han skulle locka fram alla nödvändiga resurser, samlade ett mycket professionellt team runt sig. Grunden var förstås amatörteaterns stora entusiastiska ensemble men liksom tidigare var den förstärkt med professionell producent, scenograf och kostymskapare. Torsten Dahn stod för den fantastiska ljussättningen.

Orkestern, återigen uteslutande proffs, var 11 man stark och dessutom deltog också en handfull avlönade skådespelare och sångare. Koreografin gjordes av den underbare köpenhamnaren, Jens Roed som hade förmågan att både hitta rätt utmaningar för alla amatörer på olika nivåer och avancerade nummer för oss andra. Han var helt öppen, bejakade mina infall och förslag men lyfte och förfinade allt. Lustigt nog kändes det som om jag bara visade honom hur jag ville dansa, men sanningen var förstås att han var skicklig på att få mig att känna precis så.

Med Ronny, Roger och Jens repeterade vi dagtid i flera veckor under hösten och vissa kvällar deltog också alla amatörer. Ronny, som innan regiutbildningen varit lärare, hade planerat allt in i detalj. Förutom de välskrivna schemabladen med information om varje mått och steg höll han i samlingar och repetitioner med sin humor och speciella blick för alla som deltog. Han krävde total satsning av amatörerna men såg dem också som individer och kunde förstås namnen på dem alla redan vid repstart. Han gav dem utrymme och hade alltid tid för personliga möten. Det handlade om drygt 60 personer i varierande åldrar och Ronny var i sitt esse när han med glimten i ögat och med stark vilja förde massorna precis dit han ville ha dem.

Under repetitionsarbetet fick jag tidigt känslan av att alla i ensemblen ville ha just mig i rollen som Konferencieren eftersom de bejakade alla mina förslag. Jag blev allt modigare i mina val och till skillnad från tidigare arbeten där jag någon gång känt avundsjuka eller missunnsamhet och då blivit snålare och betraktat mig själv med kritiska ögon, var jag här i ett självsäkert "skaparmode" som inte kunde stoppas.

Det var en fantastisk upplevelse att bäras av en hel ensemble, men, ännu hade jag inte knäckt min hårdaste nöt. Hur skulle jag göra rollen? Vad skulle jag hitta som skilde ut mig från raden av vesslelika konferencierer?

Ronny och jag resonerade omkring en idé att låta mig deltaga mer i dramat och inte bara finnas på Kit Kat Klub i ett sorts festvakum. Vad skulle hända om han också följde Sallys och Cliff Bradshaws möten? Om han fanns där i deras lägenhet och hörde allt de sa till varandra. Det skulle kunna tillföra att Konferencieren, förutom att påverkas av och ibland blunda för nazistutvecklingen i Berlin, också har kännedom om Sally Bowles kärleksdrama.

Det skulle kunna skapa ännu en dimension och knyta samman historien på ett nytt sätt, men skulle bara fungera om Konferencieren kunde medverka i scenerna utan att sno fokus. En delikat uppgift, men jag menar att vi lyckades. Som publikens förtrogne kunde jag t.ex. finnas som en skugga och ett öra på armstödet till Sallys soffa. Inte alltid i dunklet och bakgrunden men ständigt hundra procent närvarande i deras historia. Det tycktes fungera och betraktarens vetskap om att Konferencieren visste vad

Sally just gått igenom innan hon gick upp på scenen på Kit Kat Klub lyfte musikalen.

Min kostym var en "typiskt androgyn" sådan, med en kombination av svart frack och guldfärgad korsett och den hjälpte mig inte på minsta vis att hitta spåret bort från föregångarna. Jag hade redan försiktigt börjat undersöka hur det skulle fungera med en mer manlig Konferencier i en lek med cigarrer i olika storlekar men vankade lite vilsen omkring på repetitionerna tills en kväll poletten ramlade rakt ner med en rejäl duns.

Min startsång"Willkommen" var tänkt att börja i en helt tom hangar. I den svaga belysningen skulle det inte synas något annat än ett vansinnigt stort slätt betonggolv och sedan avlägset, höras ett piano på vilket öppningsvampen till "Willkommen" klinkades fram. Så var det dags för mig att köra in en stor truck, som på gafflarna bar pianot och en manlig pianist i klänning, sänka ner pianot och börja sjunga. I min svarta frack. Jag hittade inte rätt i den entrén. På genomdragen kunde jag inte skaka av mig känslan av att bara vara ytterligare en kopia.

Varför det var så viktigt att göra något alldeles eget vet jag inte men det plågade mig. Jag kunde liksom inte hitta den där idén om en manligare tolkning i min välskurna frack.

På väggen i sidomagasinet där trucken stod parkerad innan entré, hade jag sett en stor knallgul skyddsoverall i plast med hängselbyxor och jacka. Där fanns också ett par rejäla skyddsglasögon på en spik. Utrustningen hade jag tidigare betraktat i väntan på entré och då undrat när den eventuellt användes. Kanske när de förr tvättade flygplan i hangaren. Nu, när det bara var sekunder kvar innan genomdraget, flög fan i mig och med bultande hjärta krängde jag på mig hela rasket, körde in en fet cigarr i mungipan och hoppade upp i sätet. Plötsligt kände jag mig hänsynslös (mot kostymskaparen!) och komisk, grov och ful. Den slimma Fred Astairefracken som hela tiden lagt krokben för min rollutveckling var nu dold för världen och här satt i stället den illgule och brutale Truckföraren/Konferencieren.

Min pianist, som anade att jag med råge överskred min befogenhet, gjorde stora ögon i mörkret men satte sig tillrätta på sin pianopall och började spela på vampen. Jag stampade gasen i botten och körde in inför Ronny, kostymskaparen Birgitta Hallengren och hela produktionsteamet, som säkert satt och antecknade tilltaget men det sket jag i.

Cigarren pekade obscent rätt ut ur ansiktet när jag med van gest sänkte pianot mot betongen. Länge, länge, gick jag sedan fram och tillbaka utmed gradängen, oblygt stirrande ut genom mina tjocka skyddsglasögon, lyckligt förvissad om att jag hittat nyckeln. Slutligen, när jag tyckte att det dags, svarade jag på pianovampen.

"Willkommen, Bienvenue, Wellcome…".

Birgitta och Ronny älskade kostymidén. Det var inget snack. Ibland kan det vara en så pass liten detalj som förlöser ett rollarbete. Det här grövre och burdusare sättet att gestalta rollen kom sedan att smälta samman med konferencierens förtvivlan över utvecklingen i Berlin och sorgen över Sallys och Cliffs grusade kärlekdrömmar.

Den, i öppningen, dryge och provokative Konferencieren avslutade sin show på Kit Kat Klub som en gnyende och hulkande bäbis, skakad av nazisternas framfart och brustna illusioner om kärlek.

Efter den sparsamma inledningen med pianot på trucken vreds stora trekantiga pelare fram ur mörkret skapande väggar och gator i ett Berlin kryllande av folk. Hela ensemblen bländade sedan i gigantiska koreografier och i öppningsnumret hade jag vid ett tillfälle sju dirndlflickor på var sida i en ändlös corusline. Bara en sån sak.

Ronny och det konstnärliga teamet hade gjort en föreställning som hyllades av alla och pressen öste lovord över oss. De föreställningar som var inplanerade blev omedelbart utsålda när förlängningarna avlöste varandra och med nypremiär året efter spelade vi väldigt många kvällar.

Överallt på gator och torg i Malmö mötte jag folk som ville kommentera sin upplevelse av föreställningen och jag njöt av den ständiga uppmärksamheten. Det kändes som om hela Malmö varit ute i Bulltoftahangaren och sett oss.

Arbetet med Cabaret kom att bli en av de absoluta höjdpunkterna i mitt skådespelarliv eftersom hela upplevelsen; alltifrån cykelturen ut till Bulltofta, glädjen att se de förväntansfulla publikmassorna redan vara på plats, samvaron i logerna där vi var blandade män, kvinnor, barn, proffs och amatörer huller om buller, suget i magen när orkestern värmde upp minutrarna innan portarna öppnades, sångerna, danserna, gemenskapen i det stora kollektivet, budskapet och den varma känslan av att vara mer än uppskattad för det jag gjorde; var helt underbar.

Det har funnits några produktioner i mitt liv där jag njutit av att starta en föreställningen helt utan att vara nervös, utan att riktigt uppleva skarven mellan innan och efter att det hela börjat, men det har ofta varit i ganska lekfulla sammanhang. Här, i Cabaret, var linan på riktigt hög höjd och prestationsångesten som följde med rollen skulle kunnat suga all luft ur mig, men det blev ändå...så enkelt.

Ronny var så nöjd att han senare ville ha mig med till Göteborgs Stadsteater och det var ju en jäkla tur det, annars hade jag ju inte träffat Angela.

# 51

## Min kämpande mamma

September 1995. Pappa ringde och berättade att mamma hade blivit förvirrad och att hon gjorde och sa underligheter. En kort tid senare fick jag beskedet att hon lagts in på sjukhuset i Kristinehamn och att hon hastigt blev sämre. Jag bestämde mig direkt för att resa upp och hämtades som vanligt av pappa vid stationen. Han var dämpad. Satt där lite böjd åt högersidan, så som han alltid satt vid ratten, hållandes sin rattknopp. Få ord växlades under det att vi for upp till sjukhuset.

Mamma låg helt stilla med slutna ögon och andades. Hon tryckte min hand som svar på frågan om hur hon hade det men hon talade inte. Hon hade fått en hjärnblödning och det fanns ingen återvändo.

Hon lyfte sakta pekfingret och riktade det uppåt mot sitt huvud.

-Ja, mamma. Du har fått nåt skräp med huvudet. Men det ska nog bli bra igen.

Jag berättade att jag skulle hälsa, förstås, både från Lena och Anna, och då, med händerna fortfarande liggande på magen pekade hon återigen uppåt huvudet. Jag försäkrade att jag förstod vad hon menade, att det var något tok med huvudet. Senare insåg jag att det inte alls var det hon menat. Hon hade så ofta berättat att halskedjan i guld, som hon alltid bar, skulle bli Annas en dag. Det var det hon ville säga mig, och det svider i mig att jag inte förstod det då.

Anna hade en alldeles särskild plats i Alfhilds hjärta. Efter att ha fött tre pojkar och fått två fina pojkbarnbarn, var det förstås en gåva att äntligen få pyssla om en liten flicka. Ändlösa timmar ägnade hon under sommar och jullov, åt att ösa generositet över Anna. Också farfar Sten var oerhört fäst vid henne. Faktiskt, det var i mina föräldrars sätt att vara med Anna, som jag kunde se all den kärlek de hade att ge. Det verkade finnas outtömliga resurser men omständigheterna under min uppväxt hade varit annorlunda. Nu, kunde de ägna hur mycket tid som helst åt sin lilla Anna.

Jag minns att jag satt i trädgården mot solsidan av huset i Torpa, Bäckhammar, någon försommardag och betraktade pappa när han linkade fram mellan planteringarna med Anna hållandes i sitt pekfinger. Han invigde henne i naturens alla mysterier.

-Där potatisblast. Titta, en fjäril och där, ett bi. Vet du var honung kommer ifrån?

Han älskade sina odlingar och alla fåglarna och nu skulle hans barnbarn få ta del av alla kunskaper.

Bitterljuv, kan man kanske kalla känslan som grep mig.


Morgonen därpå var vi uppe på sjukhuset allihop. Pappa, jag, Per och hans Anita och lillebror Mats. Vi stod och satt där runt sängen och pappa berättade att mammas kropp hade börjat spara på krafterna för att bevara det viktigaste. Cirkulationen i armar och ben blev allt sämre och det skulle inte vara lång stund kvar innan det tog slut.

Där och då fick jag låna Pers eller Mats mobiltelefon och ringde till Lena. Jag berättade hur läget var och Lena, som tyckte mycket om sina svärföräldrar, beklagade att hon inte kunde vara på plats. Både hon och Anna skulle så gärna ha velat vara där för att ta farväl.

Hon övervägde att ta tåget upp under dagen men jag sa att det nog inte var någon idé eftersom de inte skulle hinna innan mamma gick bort. Någon av bröderna kastade fram förslaget om att de kunde flyga till Karlstad. Det skulle ju bara ta ett par, tre timmar totalt men Lena beklagade att hon inte hade några pengar.

-Boka flyg till Karlstad. Ta Annas nyckel till Skvadrons-gatan, gå in och hämta pengar på mitt skrivbord och kom hit.

Mamma andades allt tyngre och jag började undra om det hela ändå var förhastat. Om hon skulle hinna dö innan de hann fram, hur skulle det kännas för Anna?

Ett par timmar senare fick jag låna en bil och en telefon.

-Vi ringer direkt om det händer något.

Under hela bilfärden till Karlstad satt jag sedan och sneglade mot telefonen på instrumentbrädan och undrade när den skulle ringa men inget hände.

Efter en hastig kram satte vi oss i bilen och jag berättade om telefonen som låg där så olycksbådande tyst vid framrutan.

-Farmor lever ännu.

En signal, och farmor är död, tänkte jag.

Snabbare än tillåtet körde jag de 45 kilometrarna utmed E18 mot Kristinehamn och berättade under tiden hur det var med farmor. Att hon bara andades och att hon var okontaktbar. Anna lyssnade och jag såg hennes bleka och sammanbitna ansikte i backspegeln.

Vi parkerade utanför sjukhuset och skyndade genom entrén och nu ville Anna bestämt gå på toa. Lena åkte direkt upp till avdelningen medan jag stampade av otålighet.

-Kom nu!

Den stumma telefonen jag höll i handen vägde flera ton. Äntligen kom Anna ut från toan och vi åkte upp med hissen. Lena stod vid sängen och Sten satt i en fåtölj. Brorsorna hade gått ut för att vi skulle få en stund ensamma. Anna, den modiga lilla tolvåringen steg fram och fattade tag Alfhilds hand.

-Nu du, farmor, nu är jag här!

Det var helt stilla en liten stund. Sedan tog Alfhild ett djupt andetag, lyfte på huvudet och med ett mjukt stönande lät hon tömma luften ur sina lungor i en sista utandning.

Hon hade väntat! Hon hade hört oss tala om att Anna och Lena skulle komma. Hörseln är bland det sista som överger den döende. Hon hade legat där och kämpat! Timme efter timme. Pappa hade flera gånger till och med sagt att det tog ovanligt lång tid med tanke på att cirkulationen i armar och ben avtagit. Som läkare hade han ju flera gånger varit med när någon dött och visste hur det annars brukade vara.

Äntligen fick mamma Alfhild återigen samla hela sin familj omkring sig och då, först då, var det dags att ta farväl. Jag var förstås tagen av hennes död men samtidigt var jag upprymd. Så stolt, så stolt över min kämpande mamma!

En stund senare satt vi tillsammans i korridoren, där personalen bjöd på thé och mackor. De visste att vi var hungriga och att det här var ett jättebra sätt att samlas. En vakande familj tänker väl inte på mat. En fin måltid. Vi satt mest tysta och tuggade. Var och en med sina tankar, men tillsammans.

Under tiden hade undersköterskorna satt på mamma en särk och lagt hennes händer till rätta på bröstet. En liten blomma var instucken mellan fingrarna och ett stearinljus brann stilla på nattygsbordet. Det var underligt och fint på samma gång. Färgen hade redan vikt undan från hennes kinder. Mamma var borta. Här låg bara hennes kropp.

Vi åkte hem till Torpa i pappas bil. På natten väckte jag Lena. Vi hade varit skilda åt i nio år men det var bara hos henne jag kunde få lite tröst just nu. Hon höll i mina händer och lät mig gråta.

# 52

## Angela på Göteborgs Stadsteater

Under den här rubriken kan det faktiskt passa att berätta lite mer om Lena.

Under de åren som passerat sedan vi skildes hade hon genomgått en fantastisk utveckling. Hon var fortfarande samma kloka och varma person men sorgen hade hon lyckats bearbeta. Den var kanske inte helt undanträngd men hon hade åtminstone ersatt den med det hon tyckte var viktigt och värdefullt i sitt liv och hon hade mer börjat leva sitt liv på egna premisser, undvikande allt som på något sätt skulle kunna få henne att sugas tillbaka i svärtan.

Hon var en fin mamma till Anna och vi hade lätt att komma överens vad det gällde synen på uppfostran. Eftersom Lena var en stark och envis person och aldrig lämnade något halvgjort hade hon börjat samtala med mig om vår historia. Hon upplevde att det fortfarande fanns passager vi inte riktigt rett ut.

Själv var jag från början inte helt övertygad när hon föreslog samtal med en terapeut men efter en session var jag glad över att få chansen. Det låter lite udda kanske, med parterapi så många år efter en skilsmässa men det var toppen. Lugnt och stilla satt vi där och berättade för varandra om sådant vi ville nå fram med, under kunnig vägledning.

Vi var inte osäkra på om vi hade gjort rätt som skilde oss men behovet av att reda ut skeenden var antagligen större än jag anat. Något släppte vi taget om, det är jag alldeles övertygad om för efter att ha harvat fram i åratal på var sitt håll med halvdana relationer hände det nu saker.

En fin man stegade rätt in i Lenas liv mitt under en vernissage våren -96 och min Angela skrikskrattade sig rätt in i mitt, bara ett par månader senare. Det var ingen slump att det hände oss båda just den här tiden.

Under våren -96 anlände jag till Stadsteatern i Göteborg. Ronny Danielsson ville ha mig dit för att spela narren Proba i "Som ni vill ha det" och jag promenerade in genom den sceningång utanför vilken jag stått och drömt 25 år tidigare. Nu var det dags. Nu skulle den här teatern bli min.

Vi dansade salsa vid Odinsplatsen och repade under några veckor och fick sedan fem sommarveckor på oss att plugga text. Kul repperiod med bl.a. Cecilia Frode och Ewa Fritiofsson i en stor ensemble. Jag hade hittat ett fysiskt spel där jag for upp och ner och rullade runt med mina mjuka träningskläder i ett hav av gröna korksmulor.

Så kom första kostymrepetition ett par veckor innan premiären. Kostymskaparen AnnSofie Nyberg hade tidigt visat mig skisser på min kostym, men nu var det färdigsytt. Jag kunde inte röra mig och knappt andas. Kostymateljén hade tillverkat en tight uniform med väst i tjockt diagonaltyg som omöjliggjorde alla de roliga scenerier jag hittat på. Jag brukar vara lojal med en kostymidé och det är också det som förväntas av en skådespelare, men nu...

Jag försökte någon dag men bad sedan om ett möte med AnnSofie där jag berättade om mitt problem.

-All lust har försvunnit.

AnnSofie var supercoolt prestigelös och frågade vad jag ville ha.

-Ja, sa jag, han blir ju väckt på natten, Proba, och dras ut i skogen av sin matmor. Han kan kanske ha en pyjamas?

-Avgjort! Kan du behålla västen?

Redan samma eftermiddag repade jag vidare i en mjuk flanellpyjamas. Samma randiga mönster som på min latinamerikanske kollegas, för övrigt, men här var gylfen ihopsydd.

I kantinen på teatern hade jag lagt märke till en underbart vacker skådespelerska. Hon spelade med i "Tre långa kvinnor" och under kvällsrepetitionerna såg jag henne ibland i kantinen i sin scenkostym. Snygg klänning, tunna strumpor. Stylad och fin. Hon såg så kvinnlig ut. Jag hade ännu inte vågat prata med henne men sökte henne allt som oftast med blicken i kantinen.

En eftermiddag kom jag gående i den hästskoformade korridoren bakom rundhorisonten och där stod hon i samtal med en grupp skådespelerskor. Jag passerade helt nära och just som jag gick förbi, skrattade hon åt något och vände sig om. Det var ett sådant där gapskratt som bara hon kan fyra av, och det slog nästan lock för mina öron.

Jag var helt tagen. På en millisekund visste jag att hon vänt sig om för att se på just mig och jag kunde inte ta blicken från de vita tänderna och de varma ögonen. Till och med tungspenen fastnade på näthinnan. Bedövad fortsatte jag längs korridoren.

Angela Kovács!

Någon dag senare hejdade hon mig utanför stora scenen och stack till mig en Plopp, för den skulle jag bara ha, sa hon. Vad skulle jag ge tillbaka? Torr i munnen grävde jag i fickorna på träningsbyxorna och fick fram en näve gröna korksmulor. Varje gång vi skulle gå av scenen fick vi tömma fickorna på kork men några smulor fanns alltid kvar. Angela tog emot dem som vore de av guld.

Det gick en liten tid och utan att egentligen ha talat så mycket mer med henne skaffade jag personalbiljett till hennes föreställning, köpte blommor och skrev ett kort. "Från en kanske inte alldeles okänd beundrare". Senare fick jag höra att hennes kollegor i "Tre långa" hade spekulerat om vem beundraren kunde ha varit, men Angela visste nog.

Vi upplevde ett elektriskt ögonblick i teaterns trapphus några dagar senare, utanför kantinen. Egentligen stod vi bara och såg på varandra utan att säga något. En svirrande känslostorm.

Vi närmade oss premiären av "Som ni vill ha det" och den stora premiärfesten. På anslagstavlan utanför scenen fanns en lista där man skulle anteckna sig om man ville vara med och jag stötte ihop med Angela precis där. När jag frågade om hon inte ville komma med på festen tvekade hon först eftersom hon ju inte var inblandad i produktionen men nu ville alltså någon ha med henne på festen så hon skrev dit sitt namn.

Vi satt bredvid varandra på festen men jag var uppe och sprang hela tiden, var inblandad i presentutdelningen och var väl också lite nervös inför situationen. Drack både en och annan öl och dansade med andra kvinnor men inte med Angela.

Hon satt där i sin blåvita sjömansklänning och hade säkert börjat undra vad hon egentligen gjorde där, när jag äntligen landade hos henne. Vi beslöt att ta en promenad ut i foajekorridorerna, där vi hittade en lädersoffa.

Vad pratade vi om? Det minns jag inte. Men vi kysstes för första gången.

Festen hade vi förlorat intresset för och vi lämnade den och gick i stället till ett nattöppet kafé på Engelbrektsgatan. (hette stället Engeln?). Där satt vi mitt emot varandra i det milda skenet från stearinljusen. Angelas ögon, hennes mjuka läppar och vackra leende. Hennes skratt som ibland exploderade. Jag kände mig helt toppad av hennes uppmärksamhet. Vi hade lätt att tala. Timmarna gick och mot löfte om att snart ses igen skildes vi åt. Hon trampade på sin röda Centurion bort mot Danska Vägen och jag stretade uppför backarna mot Dr Liborius Gata.

Förutom att hon var fin att prata med så var det något med hennes stil som fascinerade mig. Hon hade klass, tyckte jag och tänkte att hon påminde lite om Jackie Kennedy.

Snart blev jag inbjuden till Angelas lilla lägenhet där flyttkartonger fortfarande stod utmed väggarna fastän hon bott där en längre tid. Det doftade underbart gott från köket och jag var jättehungrig men när kycklingen väl kom fram på bordet var den, till Angelas stora förtvivlan, inte genomstekt. Det sved i magen. Jag är annars inte lätt att tas med när jag är hungrig men nu var jag så förälskad att jag kunnat vänta i tre timmar. Fyra.

På morgonen låg jag på högra sidan av hennes breda säng och såg mig runt i rummet. Angela var i köket.
-Killarna! Killarna.", lockade hon. -Killarna, killarna.
De två birmakatterna jamade och kråmade sig inför frukostkonserven där ute. Bara de inte kommer hit in, tänkte jag. Jag var ju allergisk mot katter och ville inte alls ha med dem att göra. Låg där i sängen och tänkte på en tidigare närkontakt med en misse...

Någon gång på slutet av sjuttiotalet fick jag låna Hasse V´s och Marian Gräns lägenhet vid Nytorget på Söder mot att jag matade deras två älsklingar. Jag föste direkt in katterna i köket och smällde igen dörren. De var säkert upprörda över ett så hårdhjärtat bemötande, för lite senare satt de på lur när jag öppnade köksdörren och pep ut förstås. Den ena såg ut som en vit katt som man gratinerat i ugnen. Lite brun i kanterna. Och dyrast...

Den stack! Rätt ut i hallen och vidare upp i trapphuset där dörren stått på glänt! Jag skrek stopp med myndig röst och sprang efter. Den dyraste drog hela vägen upp till översta våningen och smet ut på en liten smal vädringsbalkong med glesa ribbor. Jag närmade mig försiktigt med utsträckta händer medan katten kröp ihop och väste. Den backade ut med ändan hängande sex våningar ovanför asfaltsgården och stirrade skräckslaget på mig. Ramla inte ner nu, snälla, dumma kattjävel!

Jag siktade mot någonstans bakom frambenen, katten backade längre ut. Blir jag ersättningsskyldig? Snabbt högg jag tag om katten och lyfte den bort från dödens käftar och som tack svingade den sin tass rätt in i mitt ansikte. Jag drog katten ifrån mig för att få bort tassen men klorna satt fast och kattarmen blev bara längre och längre! Någon-stans nära ögat satt en klo djupt förankrad och den satt kvar under det att jag med katten framför mig sprang ner mot köket. Till slut lyckades jag slänga djuret ifrån mig och med bultande hjärta vräkte jag igen dörren. Fy farao! Nackhåren stod rätt ut. Senare svullnade min näsa upp förstås och jag kunde inte röra mig utomhus, annat i mörker.

Här fanns nu två liknande katter i Angelas lägenhet. Hmm, hon verkade avguda dem. Det här var nog ingen jättebra idé. Additionen gick inte ihop. Katterna eller jag. Inte alla tre.

Angela var också uppe hos mig i min gästlägenhet på Dr Liborius Gata. Hon var imponerad av att jag hade fixat till det så mysigt. Tänk vad några färgglada pappaskar från IKEA kan göra.

En kväll tog jag med stearinljus och en vinflaska och lotsade henne ut på en klippavsats mellan husen. Ovanför oss oktobernatten och under oss Göteborg med alla sina glimmande ljus. Hon talar om det, än i dag.

Veckorna gick, vi trivdes ihop och träffades allt oftare. Kycklingarna blev genomstekta och katterna höll sig på avstånd.

Här någonstans var det dags att låta Angela och Anna träffas. Det kan väl ha varit i början av december. Jag hämtade Angela vid Malmö Central och körde henne till Skvadronsgatan där Anna väntade. Jag var mycket orolig och visste inte hur jag skulle styra upp mötet så att det blev lyckat. Allt kunde gå så fel. Anna hade liksom haft mig för sig själv i så många år och nu kom det plötsligt en kvinna som konkurerade med henne om min uppmärksamhet.

Anna stod i hallen när Angela och jag kom upp till tredje våningen och innan jag hann säga något drog hon med sig Angela till sitt rum. Jag stod där med skorna på och lyssnade till deras röster och skratt. Naturligvis. Hur hade jag kunnat tro annat än att de här underbara personerna skulle finna varandra. De blev varandras "Bonus" den kvällen.

Till julen skulle jag ta Anna med mig upp till Värmland, som vanligt. Andra julen utan mamma. Det låg väl i luften att Angela skulle följa med men jag ville inte det. Jag ville dit ensam med Anna och var plågad av att behöva säga att Angela inte kunde åka med. Men, Angela reagerade inte som jag befarat. Hon var glad att jag var tydlig och önskade att vi skulle ha det jättebra över julen.

Det här var avgörande. Det kändes så lätt. Inga skuldkänslor. Inget outrett. I något av mina senaste försök till relation hade jag känt mig fastbunden och snärjd av förväntningar, men nu var det annorlunda. Angela klamrade sig inte fast vid mig och det fick mig att längta efter henne ännu mer.

Under ett par år arbetade jag på Göteborgs Stadsteater och var med i olika Shakespeareuppsättningar. Angela hade fått ett jobb i Kalmar och när spelningarna där var slut flyttade vi alla hennes saker till Malmö. Vi hade bestämt oss för att hon skulle bo ihop med mig och Anna på Skvadronsgatan.

Här följde ett väldigt produktiv period med regi av "Romeo och Julia" i Lund, huvudrollen i "Charlie" på Teater 23 i Malmö och dessutom började jag filma en genomgående roll i en serie för Göteborgs-TV, "Sjätte Dagen".

Det var under en av de här fullspäckade dagarna som Angela ringde mig från sin Riksteaterturné med "Bildmakarna".

-Jag är med barn!

# 53

## Knoppens oväntade entré.

Sju månader senare. Vi tänkte oss vårt växande foster som en blomknopp och kallade det Knoppen. Det var sen kväll på Skvadronsgatan i Malmö och Angela låg på sängen och hade ont i magen. Anna var hemma.

-Vi kanske skulle åka upp till sjukhuset?

-Nä, det är nog mest gaser på tvären.

Det kändes inte bra och jag bestämmde att vi ska åka upp.

-Bättre en gång för mycket.

Jag körde Angela i vår vita Opel Vectra till Malmö Allmänna Sjukhus där hon omedelbart blev omhändertagen och fick lägga sig i en säng för undersökning. De konstaterade att värkarbetet hade startat. Det var ju åtta veckor för tidigt! Olika kablar var anslutna till henne för mätning av värkarbetet och annat och hon fick ett medel, en injektion, som skulle få värkarna att avstanna. Tyvärr tilltog bara smärtorna i magen.

Jag stod vid Angelas huvudände och smekte hennes hår. Tog också pulsen på henne. Det var betryggande att känna hennes starka fasta hjärtslag under fingertopparna. Efter injektionen blev hon plötsligt allt blekare och jag kände faktiskt ingen puls längre. Vad var det som hände? Sköterskorna rusade fram och lossade sängbottnen och vinklade Angelas huvud nedåt medan sladdar och kablar dinglade. En läkare hastade in och kände på Angelas mage.

-Barnet ska ut!

Jag hann inte med. Som jag upplevde det höll Angela på att försvinna. Ingen puls. Höll hon på att dö? Var det därför de skulle ta ut barnet?

Personalen bara ryckte loss de återstående slangarna och sprang iväg med sängen. Jag började rusa efter men blev stoppad av en sköterska.

-De tar hand om dig senare.

-Va?

Jag blev lämnad vid den tomma platsen i rummet där lamporna inte belyste något annat än losslitna slangar.

Nu följde den längsta timmen i mitt liv. Helt övertygad om att Angela, och kanske barnet, höll på att dö hamnade jag på en pall. Någon sorts rädslokramp fick mig att sitta fullkomligt stilla. Ingen kom förbi och det var helt tyst. Att avdelningen var svagt bemannad nu under kvällstid och att det kanske inte fanns någon över som kunde berätta för mig vad som hände, förstod jag inte.

Jag letade efter Angelas portmonnä i hennes jackficka. Tummade på legitimationskort och annat. Försökte lista ut vilken blodgrupp hon skulle kunna ha. Som om det nu skulle hjälpa. Jag fokuserade bara på att säga hennes namn. Gång på gång.

Efter en evighet tittade en sköterska in.

-Kom nu, så ska du få se på ditt barn.

Jag fattade inte.

-Angela då? Hur är det med Angela?

Jag tänkte att sköterskan var bra snurrig som ville titta på barn nu.

-Lever Angela?

-Jodå, hon ligger på uppvak. Hon mår prima.

Jag lufsade omtöcknad efter och hamnade i ett dunkelt rum mitt i en korridor. Där stod en liten plastlåda på en ställning med hjul. Sköterskan lyfte upp en liten rulle av vit frottehanduk och bad mig ta emot. Handduken var alldeles varm och fuktig. Jag stod där och höll i paketet utan att veta vad jag skulle göra.

-Öppna du, och titta efter.

Jag vek undan handduken. Det var den minsta bäbis jag någonsin sett. Så liten. Så liten och fin. Tårarna flödade och snoret rann.

-Det blev en knopp med snopp.

En pojke. Men han var ju så liten. Inte ville väl han vara ute i stora kalla världen. Sköterskan stoppade tillbaka den lilla Knoppen i lådan och sa att man varken fick klappa eller smeka utan bara mjukt hålla handen mot handduken som omgav honom.

En stund senare vaknade Angela och vi fick ha vår lilla knopp hos oss. Angela kunde ligga i sin säng och försiktigt sticka in handen till sin son. Nu var det han som hade alla sladdar. Vi tittade på varandra och fattade ingenting. Till slut kom vi väl på att vi skulle ringa till Anna och hem till Angelas föräldrar i Sunnersta.

Jag filmade som sagt under den här perioden. Hade inställelse i GBG bara ett par dagar efter det att Jonatan fötts och lämnade Angela ensam på sjukhuset med allt. Nu många år efteråt inser jag att det inte var bra. Det hade varit det enda rätta att stanna hemma. Jag skulle ha sjukskrivit mig. Men jag var förstås plikttrogen och kanske också lite chockad. Fattade inte riktigt vad som hade hänt. I vilket fall så insåg jag ändå inte riktigt vilken situation Angela var i. Det förstod jag senare.

Under två månader stannade Jonatan på Neonatal och varje dag var vi där och matade honom och höll om honom. Ofta möttes vi av hans skrik redan i korridoren. -"Uihii!Uihii!" och vi skyndade in till avdelningen. Ingen annan lät som han, det var våran lille knopp som gastade.

Under två månader var vi tvungna att lämna vårt eget barn för att åka hem och sova. Många gånger har jag tänkt på att Jonatan så länge låg på avdelningen med så mycket elektroniskt pipande. Ständiga övervakningsdatorer vars mätningar resulterade i olika signaler. Dag som natt. I två månader. Så startade hans liv. I ett ständigt pipande.

Vi ville ju hålla honom i vår famn och skydda honom mot allt sådant. Vi ville inte att han skulle ligga ensam i sin plastlåda på nätterna. Vi ville ha honom hemma och ge honom allt det finaste ett litet barn kunde få. Hur ofta tog någon sköterska upp honom och vaggade honom?

Jo, de var jättefina på avdelningen. Jag minns speciellt en äldre sköterska som verkade tycka särskilt mycket om Knoppen. Det var hon som på bredaste Malmöitiska lät oss förstå att vi måste hitta ett riktigt namn åt honom innan han lämnade avdelningen.

-Ni kan inte åka hem och kalla honom "Knoppen"!

I slutet av maj kom han så äntligen hem till Skvadrons-gatan och Anna var helt salig över att ha fått hem en så underbar liten bror.

Han låg där i sin lilla vagga, lät ögonen vandra runt i rummet och tycktes förundrad över att det kunde vara så tyst. Inga vassa pipande larm, inga sköterskeröster och inga fötter i korridorerna. Bara andetagen från tre familje-medlemmar som beundrade honom.

# 54

## Fredriksdalsteatern

Eva Rydberg och Sven Melander gjorde en show på Palladium i Malmö under hösten -98. Bara några kvarter från Teater 23 och vår välbesökta "Charlie". Tidningarna skrev, "varför ska man betala massor av pengar för att gå på Palladium när man lika gärna, eller hellre, kan se "Charlie" på Malmös egna "23:an"".

Eva kom förstås dit en kväll för att kolla in sina konkurrenter och blev så nöjd att hon hörde av sig angående en roll på Fredriksdalsteatern sommaren -99. Hon skulle producera Poppesuccén "Fars lille påg" och själv spela huvudrollen. Hon döpte förstås stycket till "Fars lilla tös" istället och jag erbjöds rollen som fadern, Valdemar Palm, en virrig professor som hamnade i en massa trubbel.

Repetitionerna startade inte långt efter att vår son fötts och direkt efter att inspelningarna av "Sjätte dagen" i Göteborg var avslutade, så under den här tiden var Angela ofta ensam om att besöka Jonatan på MAS. Förutom på lediga dagar och kvällar förstås, då vi gjorde sällskap.

Den sommaren var det vansinnigt hett när eftermiddagssolen brände ner i grytan av buskage inklämd mellan parkens höga lövträd. Värmen tog rejäl sats utifrån sundet, gled över publikens hjässor och landade med full kraft rakt i våra ansikten. Redan efter ett par minuter brukade jag vara sjöblöt. Teknikerna gjorde allt de kunde för att hålla de dyrbara myggmickarna vid liv, ett välkänt problem inom musikal- och privatteaterbranchen, där det bara är en tidsfråga innan artistsvetten förstör de känsliga små manickerna. Här, försökte man med varierande resultat tejpa fast en sorts hängränna på kinden ovanför micken.

Idén var naturligtvis ändå dödfödd de gånger sommar-
regnen dränkte allt.

Hur mycket det än skvalade ner, spelade vi i våra
genomskinliga regnrockar, eftersom policyn var den att
publiken inte skulle få några pengar tillbaka om de sett hela
första akten. Alltså, det spelades, i ösande störtregn. Första
akten. Sedan avbröts föreställningen om det så krävdes,
och folk fick åka hem. Nåja, de verkade nöjda i alla fall för
de hade ju sett Eva och Fredriksdalsteatern denna sommar
också. Ett otroligt fullbesatt folknöje.

Det var intressant att jobba med Eva. Som dansare i
grunden, hade hon en enorm disciplin och noggrannhet
och släppte inget åt slumpen. Hon var tuff mot regissören
om hon tyckte att något kunde bli ännu roligare och hon
bevakade sin position som scenens stora attraktion, en
tanke hon kanske ärvt från Nils Poppe, som sannerligen
kunde vara riktigt elak mot sina medspelare. Han över-
raskade kollegorna för att publiken skulle välja att sym-
patisera med honom och ryckte brallorna av dem till
publikens stora förtjusning.

Inget av det här hade förstås Eva. Gruppen och
lojaliteten var honnörsord för henne och hon älskade att
hålla i stora samlingar innan föreställningarna där hon
peppade alla med sin entusiasm. Men, alla hade förstås
olika status. Hon var stjärnan, med all rätt, och visste exakt
vad hennes publik älskade.

Hemma på Skvadronsgatan 12 blev vår lilla bäbis allt större
och starkare. Vi ville inte döpa honom men en namn-
givningsceremoni borde vi ha, resonerade vi, med in-
bjudna gäster. Vi talade om att ha begivenheten uppe i
Värmland eftersom det skulle göra det lättare för pappa
Sten att vara med. Slippa det långa resandet.

Rätt som det var, under resonerandet, sa jag..

-Om vi ändå ska bjuda folk, är det inte lika bra att vi gifter oss då också!

# 55

## Bröllop och Namngivning.

Ett frieri, kanske lite från sidan, men ändå. Ett förslag om att vi skulle bli ett äkta par. Angela gav mig en stor kyss och skrattade så där vanvettigt högt igen. Jag har märkt att det går att räkna ut när skratten är på väg, och hinner ofta sätta fingrarna i öronen!

Alltså, vi skulle ställa till ett bröllop och det måste ske nära Kristinehamn och det måste ske på en måndag, eftersom det var den enda dagen jag inte spelade på Fredriksdal.

Mina bröder erbjöd sig generöst att leta upp alternativa bröllopsställen och åkte runt med VHS-kamera för att dokumentera. Sedan kunde vi i lugn och ro sitta hemma i Malmö och titta på alternativen framför TV´n. Vi valde till slut hembygdsgården vid Ölme Kyrka och en måndag några veckor innan den utsatta bröllopsdagen, for vi upp till Värmland för att beskåda stället. Det var helt perfekt, här skulle vi gifta oss! När vi ändå var uppe i stan passade vi på att beställa vigselringar hos Löfgrens på Kungsgatan och tårta och nattamat från Domusrestaurangen, där jag hängt som tonåring.

Anna var med vid söndagsföreställningen av "Fars lilla tös" den 18 Juli och direkt efter applådtack satte vi oss i vår nya grönlyxiga Volvo V70 och körde upp till Jönköping för övernattning. Det enkla och charmlösa Hotel Formula 1 erbjöd ett enkelt och charmlöst boende för en billig penning. Regnet öste ner och tyvärr också i Kristinehamn. Skit! Ingen av oss sov många timmar den natten. Det skulle väl gå att flytta in allt i hembygdsgården om det regnade men den lokalen var alldeles för mörk. Därinne skulle vi ju äta och festa var tanken men namngivningen och bröllopet var tänkt att ske ute i vår fria natur. Det fick inte regna!

När morgonen randades hade de usla molnen skingrats. Den nittonde juli 1999 erbjöd strålande sol i Jönköping så ock i Kristinehamn! Observera att det precis denna dag var ett helt underbart väder. Dagen efter bröllopet öste regnet återigen ner!

När vi kommit upp till Kristinehamn, någon gång på förmiddagen, träffade vi en bröllopsklar Angela som var bedövande vacker! Kortklippt nytonat hår, tight lila blommig klänning och med ett blomsterarrangemang i håret som matchade hennes färger. De gräddvita klackskorna hade jag koll på, det var nämligen jag som hade målat dem! Hon var så fin, så fin. Jag jäste av stolthet och i bilen ut till Ölme fick Angela på allvar be mig hålla ögonen på vägen.

Det rasslade mjukt i björkkronorna från den lätta sommarbrisen. Solen strålade och gläntan utanför hembygdsgården vilade i tystnad, samlande sig inför vad som skulle komma. Vi gick runt och tittade på allt fint som bröderna och min svägerska hade fixat. Lövruskorna, blommorna och dukningen.

Senare stod vi i det åttkantiga lusthuset och spanade ut genom de långsmala fönstren. Tittade upp emot vägen och väntade på bussen från stan.

Vi såg dem komma vandrande över krönet. Där gick våra gäster. Släkt och vänner från alla håll, nu förenade på ett ställe där de aldrig varit förut i sina liv. Förenade denna dag för att närvara vid vår förening. Det var starkt och rörande. Angela pysslade också med vår lille pojke men var ängslig för att klänningen skulle bli fläckad. Se där ett gott skäl till att gifta sig först, och skaffa barn sen.

Gruppen gick mot en liten halvcirkel av stolar, helt nära den stora björk och det lilla bord där ceremonin skulle äga rum och de äldre satte sig medan resten av bröllops-gästerna förblev stående.

Vi var ensamma och väntade. Vigselförrättaren sneglade upp mot vårt lilla hus när musiken började spelas och en av Angelas vänner kom emot oss när vi gick ner mot björk-gläntan. Försiktigt tog hon emot vår son som var alldeles tyst och stilla.

Jag kunde se pappa Sten sitta i stolsraden och hålla i sin förlamade högra arm på det sätt han alltid gjorde. Han såg ensam ut och saknade förstås sin Alfhild. Hon skulle ha tyckt mycket om Angela men nu det var det ju försent.

När ceremonin var över stod vi en lång stund vända mot alla vänner och släkt och badade i kärlek. Tårarna rann men det var bara att stryka dem ur ögonen för nu var det dags för namngivning.

I alla dessa släktingars och vänners närvaro gav vi vår son namnet Jonatan medan vi hällde champagne över hans lilla huvud. Jonatan! Äntligen slipper jag skriva Knoppen, vår son, barnet eller bäbisen. Han heter Jonatan! Det vack-raste namnet i världen. Jonatan!

Min gamle vän Lars T läste Lindorms "Lyckans Minut" om den jublande lyckliga tanken att kunna se sig själv i sitt barns blick, och han berättade också att just den dikten hade varit farmor Alfhilds absoluta favorit.

"Är det sant att jag håller ett barn i min famn…..".

Så fick även hon vara med denna dag.

Mot bröllopsmiddagens slut hölls det tal och jag sneglade bort mot min pappa. Skulle han säga något? Jag ville inte att han skulle känna sig tvingad. Han som en gång verkligen haft talets gåva satt nu där och vred sin arm med vänsterhanden. Jag vet att han kände pressen. Han såg lite plågad ut och förbannade nog sin afasi som slog till extra hårt när han var stressad. Jag reste mig på impuls.

-Pappa. Jag vet att du gärna skulle vilja hålla ett tal och att du kanske söker orden just nu men du behöver inte säga något. Jag vet redan alla fina ord du tänkte säga till Angela och mig.

Mot slutet av kvällen satt vi en lång stund bredvid varandra. Jag höll honom i handen och han verkade så nöjd. Så avslappnad och lugn. En fin stund. Jonatan låg i sin farfars knä och fick minsann återigen höra att han hade en väldigt intelligent blick. Det var det sista vi talade om innan jag lyfte Jonatan ur hans knä. Vi träffades aldrig mer.

# 56

## Pappas sista dag

Sten skulle fyllt åttio år i december men blev bara sjuttio-nio. Han hade haft höga kolesterolvärden redan tidigt i livet och antagligen var det också orsaken till att han fick sin stroke redan 1968.

Det var fem dagar efter bröllopet och livet hade nätt och jämt återgått till det normala för oss i Malmö. Jag var åter på Fredriksdal på kvällarna och Angela och Jonatan fyllde dagarna med allt som mammor och tremånadersbarn brukar göra.

Bror Per och hans Anita hade blivit inbjudna av en bekant att segla en vikingabåt från Kristinehamn till Säffle men just den här lördagen var det tyvärr ganska blåsigt så de tvingades istället att med gemensamma krafter, ro den tunga båten ut genom sundet för att sedan landa på Trineholme. De lade till vid bryggan på ön och började så smått förbereda för middag.

Hemma i Malmö var det dags att fara upp till föreställning i Helsingborg. Klockan var runt 17 och jag var precis på väg att sätta mig i bilen när lillbrorsan hörde av sig och berättade att pappa ringt och klagat över smärtor i bröstet. Telefonsvararen hade tagit emot flera samtal från Torpa och Mats, som inte hört signalerna, hade direkt förstått att det var allvarligt.
-Pappa sa ju alltid att han inte ville ringa och störa men nu gjorde han det tre gånger under bara någon timme.
När han ringt tillbaka hade pappa bara orkat svarat med halva ord och meningar som knappt gick att förstå. Mats

slängde in sin son Albin hos svärmor och åkte direkt ner mot Bäckhammar. I bilen ringde han räddningstjänsten och bad om en ambulans. Det var ingen tvekan.

-Åk! Det ser inte bra ut!

När han nådde ner till Torpa upptäckte han att ytterdörren var låst och att nyckeln satt i från insidan. Det gick inte att komma in och han sprang runt huset för att se om något fönster var öppet. Till slut lyckades han få upp garage-dörren och kunde därefter ta sig upp till dörren i källar-trappan bara för att finna att också den var låst.

Han ville slå in dörren men eftersom han inte visste om pappa låg på golvet innanför och kunde skadas, ringde han och kollade. Han förstod att pappa låg i sängen, slog upp dörren och tog sig in i sängkammaren. Erfaren som han var, förstod han direkt att det handlade om en hjärtinfarkt. Pappas hjärta slog svagt och oregelbundet och lungorna var fyllda med vätska. Han hade mycket ont och var väldigt orolig.

Ambulansen körde upp på gårdsplanen inte långt efter att Mats kommit fram och personalen lyfte in pappa i bilen. När Mats förstod att ingen av dem var sjuksköterska, tog han initiativet att leta fram vätskedrivande i ambulansens väggförråd. Emot gällande regler gav han pappa en injek-tion för att underlätta andningen.

-Det var tjänstefel, men jag var tvungen.

Under färden upp mot stan ringde han Per som nu fick beskedet att pappa var allvarligt sjuk. Vad kunde han göra, så långt från stan, strandsatt på Trineholme, i en vikingabåt som nu inte ens gick att ro i den tilltagande vinden?

Han måste in till land för att kunna ta sig vidare till sjukhuset och gick därför runt bland båtfolket och letade efter skjuts. Till slut hittade han en person som erbjöd sig att ta honom in till land i sin jolle. Denne var rejält berusad

316

men lyckades ändå få dem över till fastlandet. Väl iland lyckades Per sedan hitta en familj som skjutsade honom upp mot Kristinehamn. I bilen berättade mannen i familjen om egna erfarenheter av släktingars plötsliga hjärtproblem.

Jag, för min del, satt helt maktlös i norrgående fil på E6.an. Hur gärna jag än ville hoppa över föreställningen och fortsätta upp till Värmland, så kunde jag inte. Att frånvara från spelning eller be dem ställa in var helt otänkbart eftersom det handlade om så stora pengar, så litande till att brorsorna stöttade och gjorde pappa sällskap fick jag vackert vänta till efter söndagsspelningen. En repris av förra helgens resa till bröllop.

Uppe på akuten kopplades pappa omedelbart till EKG och den tokiga kurvan visade det Mats redan anat. En stor hjärtinfarkt. Läkarna konstaterade snabbt att det aldrig skulle gå vägen och Mats gick in till pappa och berättade att det var på väg att ta slut. Pappa, som redan hade sådana smärtor och sådan ångest, bara böjde på nacken som bekräftelse på att han förstått. De talade inte om något särskilt och pappa svarade bara med enstaka ord eller nickningar. Mats satt där vid pappas sida och beskrev möjligheten att få sprutor som skulle dämpa smärtan och ångesten men han berättade också att om pappa tog emot dessa sprutor, skulle han domna bort och somna. Pappa accepterade. Det stod klart att de skulle ta farväl. Mats, som också jobbade på IVA, gick ut till läkarna, bad om de två sprutorna och gav sedan själv dessa till pappa.

Sömnen och vilan infann sig ganska snart och när Per lite senare kom upp till avdelningen låg pappa stilla och okontaktbar. EKG-kurvan flimrade allt svagare.

Efter föreställningen fick jag beskedet. Han hade varit rädd in i det sista och ville inte dö. Per och Mats hade suttit där hos honom under den sista timmen, gått ut i korridoren en stund men snart blivit tillbakakallade.

-Ni måste komma in. Det händer saker.

Hållande i sin pappas händer och följde de EKG-kurvornas avtagande slingor tills de inte längre rörde sig utan stannade i ett vågrätt streck. Klockan var 21.22.

Personalen bjöd på kaffe under den stund pappa gjordes iordning och när de åter kom in i rummet var han klädd i en vit långskjorta och ett litet ljus brann på sängbordet.

Efter ett tag skildes brorsorna åt och for var och en hem till sig.

Vilken oändlig tur att de funnits där och kunnat trösta och stötta pappa. Han, som alltid varit så mån om att veta allt och ha koll på allt, hade legat där och klamrat sig fast vid livet och vid sina närvarande söners händer.

Under hela sitt liv hade han varit rädd för åskan, men nu hade det funnits något annat framför honom som skrämde honom ännu mer.

När mamma dog fick jag ju faktiskt vara med, jag var i rummet och hörde hennes allra sista andetag, så det kändes så bra att Per och Mats kunde vara med nu och ta farväl.

När första tillfälle gavs åkte vi upp till Kristinehamn för jag ville i alla fall se honom. Anna ville också, fast hon bara var sexton år gammal. Jag frågade henne om det verkligen var hennes önskan, hon var verkligen inte tvungen att följa med men hon var helt övertygad. Trots att hon var lite skärrad inför det hela ville hon absolut se sin käre farfar en sista gång. Vi hörde av oss till krematoriet och fick en tid då det passade att komma.

När vi gick från bilen försökte jag ta reda på vad jag kände. Jag hade en gång varit med och stöttat en vän då hon skulle se sin kusin på bårhuset. Kusinen som inte ens hunnit bli tjugo år, hade inte orkat leva längre. Jag kände honom inte och när min vän upprörd bad mig känna på hans bröst, hur kallt det var, hade jag gjort det men varit väldigt tveksam och ängslig. Jag hade aldrig träffat honom, och ändå höll jag min hand mot hans bröst. Skulle samma känsla dyka upp nu?

Krematorievaktmästaren hade rullat fram en bår och där låg pappa. Eller hans kropp. Han såg mindre ut än jag mindes honom och huden i ansiktet var aningen insjunken. Anna och jag klappade honom varsamt och lade hans arm tillrätta eftersom det såg lite obekvämt ut. Jag frågade först vaktmästaren och han var helt med på det.

En stund stod vi på varsin sida och höll våra händer på hans bröst.

-Lilla farfar, sa Anna. -Lilla farfar.

Det kändes inte alls obehagligt. Våra tårar rann förstås och vi snorade men allt var precis som det skulle vara. Här låg han och det var alltså sant att han inte levde längre. Det gjorde däremot vi, och livet, det måste fortsätta. Jag beundrar Anna för den styrka hon visade i detta.

# 57

## En syster?

Någon vecka senare begravde vi pappa i Visnums vackert röda träkyrka. Samma kyrka där mamma redan låg och där pappa ofta stått på knä och pysslat med graven. Säkert hade han många gånger sneglat mot den tomma yta på stenen, bredvid Alfhilds namn. Där skulle en dag hans eget namn ristas in. När skulle det ske?

Precis runt graven sträcker sig några kraftiga tallar mot himlen i tävlan med själva kyrktornet och under deras milda skugga skulle de nu vila tillsammans, som man brukar säga.

Jag är inte där ofta, nuförtiden. Har ändå mina minnen att ta fram och fastän jag inte är det minsta troende, tänder jag då och då ett ljus för dem när jag är i Angelas kyrka. Jag tror de skulle gillat det. Per och Mats, däremot, är oftare vid sina föräldrars grav i Visnum. Mats allra mest. Han tar dit sina barn, fixar och donar, köper vackra blommor och vårdar och sänder bilder på det fina resultatet.

I samband med att jag var uppe för begravningen gick vi också igenom kvarlåtenskapen i huset och delade upp lite saker emellan oss. Sådant som vi ville ha kvar som minnen eller använda. Redan tidigare hade jag bett om att få ta hand om pianot, som Sten och Alfhild köpt i Örebro på 50-talet när de skulle pryda sin läkarfamiljbostad på Kungsgatan och som jag så många gånger suttit vid när jag varit hemma på Torpa. Det piano som Anna så entusiastiskt bearbetat med en blockflöjt att stora flisor var borta ur de vita tangenterna. Per och Mats ville gärna att jag skulle ha det.

Resten av bohaget skulle säljas på auktion i granngården. Knepigt att tänka på. Möbler, böcker, konstverk, husgeråd, kläder och personliga saker som säkert betytt mycket för Sten och Alfhild under hela deras liv tillsammans, skulle slås bort för en spottstyver till grannar som ville förgylla sin auktionssöndag med en bra affär. Men, så är det väl för oss alla, en dag. När vi inte längre finns till och vårdar det vi finner värdefullt kan det bli helt värdelöst.

Vi öppnade kassaskrinet som alltid brukade stå parkerat under det stora skrivbordet i vardagsrummet och fann ett brev till oss söner vari pappa berättade att vi högst troligt hade en syster. En dotter till läkarsekreteraren från 50-talets Örebro! Flickan hette Lena och bodde i Malmö. Pappa hade tagit kontakt, stod det i brevet, och hon hade fått sig tillsänt en större engångssumma. Skakade tummade vi på brevet och undrade hur vi nu skulle göra.

Historien med pappa i den igendimmade bilen hade alltså ytterligare en twist och inte nog med det.

Jag såg på mina bröder.

-Jag vet vem hon är.

Ett par år tidigare hade jag nämligen träffat denna Lena, i samband med att vänner till mig deltagit i en föreställning i Lund. Jag hade skakat hand med henne och pratat en stund efter föreställningen. Mina vänner, som hade haft mycket med henne att göra under hela den sommaren, hade samarbetat bra och tyckte mycket om henne.

Nu, vid kassaskrinsöppnandet, får jag alltså veta att hon kanske är min syster.

Så snart jag återvänt till Malmö skrev jag ett brev till henne. Hon svarade direkt och föreslog att vi skulle träffas hemma hos henne i Rörsjöstaden och dit gick jag en afton med en underlig känsla i magen.

Väl uppe på rätt avsats tryckte jag på dörrknappen och hörde steg innanför dörren. Skulle jag nu möta min syster? När hon öppnat, tyckte jag direkt att hon liknade en av mina gotländska kusiner. Alltså ett av barnen till pappas äldre syster Karin.

Lena uttryckte olust med hela situationen och plågades av att hon hade haft kontakt med Sten. Pengarna hade hon sänt tillbaka, berättade hon, och också att hon utan framgång försökt få ett svar på hur det förhöll sig från sin mor. De hade inte den bästa kontakten och det här var bara ytterligare en sak som fick det att gnissla dem emellan. Modern hade blivit mycket upprörd och kort svarat att Sten minsann inte var inblandad på minsta vis.

Under vårt samtal tog Lena upp möjligheten att kunna göra en DNA-analys för att konstatera ett eventuellt släktskap, men det var bara en tanke. Hon verkade olycklig över det hela och ville helst ha det som det var innan Sten hade tagit kontakt. Jag ville verkligen inte heller plötsligt ha en syster och låg därför lågt. Det kändes overkligt.

Ett antal korta kontakter senare meddelade hon att hon bestämt sig för att hennes egen far hela tiden varit den rätte.

-Det känns lättare att leva med.

Därmed gick saken i graven. Ja, det är klart, lever hennes mor ännu så är hon kanske den enda som verkligen vet. Men nog var hennes dotter lik min kusin på Gotland.

# 58

## Stockholm tredje gången gillt

Angela hade fått förlängt kontrakt på Dramaten och det kändes omöjligt att hänga kvar i Malmö. Det hade inte fungerat för henne att komma in i det kulturMalmö där jag sedan länge var etablerad utan hon hade sedan flytten till Skåne jobbat i Helsingborg, på Rikstetern och nu, på Dramaten. Sista tiden hade hon bott i en gästlägenhet på Erik Dahlbergsgatan och haft Jonatan med sig vissa veckor.

Vi gick med barnvagnen på Djurgården och resonerade runt en flytt till huvudstaden. Angela var positiv.

-Vi prövar. Trivs vi inte och får vi inga jobb, så flyttar vi tillbaka igen.

Jag var lite skärrad över att lämna tryggheten och alla kontakter i Skåne men ville absolut pröva det nya. Först skulle jag bara klara av spelningarna av mitt återbesök hos Eva och Fredriksdalsteatern. Denna sommar, 2001, spelades "Kärlek och Lavemang", en riktigt välgjord friluftsversion av Molieres "Läkare mot sin vilja" med stora delar av Wahlgrenfamiljen på scenen. Bianca och Benjamin, våra mascotar, sprang runt överallt och var hur gulliga som helst.

Genom en kontakt Angela hade i Göteborg lyckades vi hyra en lägenhet på Tunnlandsvägen i Abrahamsberg och dit körde vi, i Augusti 2001, allt vi behövde. Resten behöll vi i vår Malmölägenhet som vi hyrde ut till ett företag. Mitt ibland flyttlådorna firade vi min 50-årsdag i strålande solsken.

Jag sökte jobb hela hösten utan resultat. Hur fan skulle det gå att slå sig in i Stockholm vid min ålder? På allvar böjade jag misströsta när Benny Fredriksson, då ensemblechef på Stadsteatern, som också basade också över Stockholms Parkteater gav mig ett erbjudande. Jag hade bett om ett möte på hans kontor och blev förbluffande väl emottagen.

Benny hade full koll på mitt skådespelande och hade också sett flera av de produktioner jag regisserat. Han omfamnade mig och erbjöd mig omgående ett tvåårsengagemang. Först regi av "Delfinen" och sedan att spela en monolog, Jonas Gardells "Sheherezade" under sommaren -02.

Jag träffade de fina skådespelarna AnnaMaria Käll och Mats Hedlund som skulle vara med i Delfinen. Vi fann varandra direkt och repade i skamfilade lokaler ute i Sätra, som kan anses vara Stadsteaterns och Bennys första satsning på förortsetablering, och hade en lyckad premiär.

Under sommaren spelades sedan Delfinen ute i parkerna medan jag började repetera Sheherezade med Johan Huldt som regissör.

Det första vi bestämde var att jag skulle lära mig så mycket text som möjligt innan vi satte igång tillsammans och därigenom blev nog Johans första två veckor nog rätt behagliga. Själv satt jag på tunnelbanetåg och pluggade. Jag hade klippt av manuset till liggande A5-sidor i ett lösbladssystem och fann vagnarna perfekta för textjobb. Som en lite frånvarande man, småmumlade för sig själv, fick jag vara helt ifred. Mumlandet fortsatte utan avbrott på perrongerna vid ändhållplatserna.

Sheherezade var en entimmes monolog med ett oavbrutet ordflöde i ett rasande tempo. Många gånger tittade jag på min digra A5-bunt och suckade. Hur fan ska jag kunna lära mig allt det här?!

När Johan och jag till slut satte igång med repetitionerna ute på Djurgården i Parkteaterns dåvarande lokaler (nuv. Spritmuseet) var det fantastiskt att ändå ha så mycket text på gång i huvudet. Jag skulle spela körande runt med en rullstol den första tredjedelen av pjäsen och det hade nog varit rätt jobbigt med ett manus i handen. Jodå, vi hade en sufflör också.

Mot slutet av maj flyttade vi ut till gräsmattan och Scenvagnen. En riktigt gammeldags scenvagn med en långvägg som fälldes ut mot publiken och som användes som scengolv. Solen värmde och folk gick förbi, stannade till och kollade. Ibland stod de kvar riktigt länge och det noterade jag till pluskontot!

På premiären i slutet av Juni på Långholmen satt ettusenfemhundra personer på bänkarna! Märklig känsla att vara helt ensam om allt ansvar men också en glädje att själv kunna styra monologen i samspel med publiken.

Det gick jättebra och jag spelade runt omkring i parkerna hela juli och en bit in i Augusti. Efter spelningen i Humlegården kom Gardell själv in bakom scenen. Han hade själv satt upp sin pjäs på Dramaten något år tidigare med Börje Ahlstedt i rollen och det hade tyvärr inte fungerat så bra. Nu var han översvallande lycklig. Kanske hade Johan Huldt gjort så att han äntligen fick se sin Sheherezade.

Benny hade blivit chef på Stadsteatern och ville att jag skulle in i huset och spela på Soppteatern men Gardells förlag nekade Stadsteatern rättigheterna till ett färre antal utspridda förställningar. Förlaget ville ha betalt för 50 på raken och det kunde Benny inte lösa. Synd. Monologen var kanon, och hade kunnat bli en av Soppteaterns långkörare.

# 59

## Agnes!

Angela var gravid igen och det närmade sig förlossning. Efter Jonatans dramatiska uppdykande, var vi naturligtvis oroliga att något skulle gå snett när nu ett nytt litet barn växte i Angelas mage. Men, veckorna som gått hade blivit till månader och allt var precis som det skulle.

Angela ville ta revansch på den förlossning hon gick miste om i Malmö -99 och hade mycket noggrant skrivit upp exakt hur hon ville ha det. Barnmorskan och personalen skulle inte behöva tveka och dessutom ville Angela föda helt utan bedövning. En riktig old schoolnedkomst.

När det var dags, for vi in till BB på Karolinska. Brevet med Angelas alla önskemål togs emot och det försäkrades att vi skulle få det precis som vi ville. Efter en del vandrade i korridorer fick vi stoppa ner Angela i ett underligt badkar som man kunde kliva i från sidan. Processen fortgick helt enligt regelboken. Värkarna kom, och vi andades och slappnade av mellan varven.

När barnmorskan, som vi genast fattat tycke för, meddelade att hon snart skulle gå av sitt skift, bestämde sig Angela för att nu jäklar, skulle hon föda.

Sittande på huk, lutad mot mig, som höll om henne, gick hon in i utdrivningsfasen. Jag minns att jag förundrades över att barnmorskan och sköterskan bara stod och hängde över en sänggavel och pratade fritidshus. Fritidshus? Och här kämpade Angela för livet! Senare förstod jag att de kunde tala så avslappnat om husen eftersom allt ändå gick så perfekt.

Nog är det jäkligt underligt ändå, med ett nytt litet liv som föds. Angela kunde känna det lilla huvudet med handen när det trängde fram. Mörkt hår. Och så, en flicka! Alla fingrar och alla tår. Det var vid 7-tiden på morgonen. Vi blev omkramade av den avgående barnmorskan och grät förstås, av glädje och lättnad. Själv hade jag ju blivit van vid de här förossningskänslostormarna och bara lät det flöda. Systemet som stått på högkant under de långa natt-timmarna slappnade av och det kändes fantastiskt. Jag var så otroligt stolt över Angela som kämpat så och så lycklig över den fina lilla flickan. Nu hade vi en av var sort! Och så Anna förstås.

Vi fick kaffe och smörgås, denna lilla men så välkomna ritual svensk sjukvård alltid tycks vilja erbjuda både födande och sörjande, men denna gång med en liten flagg-stång på brickan. Den underbara lilla människan vi skulle kalla Agnes låg tryggt och sov på Angelas mage.

Nu var jag trebarnsfar och femtiotvå år gammal. Anna var redan vuxen och skulle hitta både jobb och kärlek, först i Köpenhamn och sedan i Stavanger. Jag skulle komma att få vara med om det hisnande äventyret att, hand i hand med Angela, följa Jonatan och Agnes uppväxt. Alla vardagens kära stunder, de magiska, då jag ofta tänkte, och ibland sa högt:

-Det är det här. Det är det här som är lycka. Det här är att leva. Just nu. Det är det här som är, livet!

Alla semesterresor kors och tvärs. Skogspromenaderna, läxstunderna, kivet och bråken, sångerna, utlandsresorna, födelsedagarna och julaftnarna...

Jag skulle få vara med om massor av upplevelser tillsammans med mina barn och min Angela, men...

...min berättelse handlar inte om den delen av mitt liv utan om de tidigare årens upplevelser som etsat sig in i minnet extra tydligt. Det är också därifrån de flesta av mina bilder fått sin färg. De senare årens upplevelser har betytt mycket men skapar inte samma virvlar, inte samma chock-vågor i minnescentrat.

Kanske är det det som kallas att bli lite äldre?

Nå, har jag blivit lite klokare då, av att låta det bleka dagsljuset falla på de dryga femtio år jag släpat upp ur källarens mörker?

Jag tycker det. Jag ser mönster i mitt liv och hur uppfostran och upplevelser i unga år påverkat mig och mina livsval, men jag ser också att jag vridit ut och in på mig själv och ägnat mycket kraft åt att skaka av mig just den påverkan. Jag ser hur mina val, som så länge anpassats till vad andra omkring mig ska tycka och tänka, allt oftare blivit just mina egna. Ingen självklarhet för den unge Putte som ville bli Jan.

Jag hör också en varm och ljus ton, som klingar genom alla åren, och återigen tänker jag Sten och Alfhild. Det var nödvändigt för mig att skaka ner dem från piedestalerna för att kunna skärskåda dem så som de verkligen var. Det var omöjligt utan att riva upp och engagera och en förutsättning för att kunna förstå mig själv. Som jag ser det hänger de ihop, mina föräldrars kris och min egen. Utesluter jag det ena, hänger det andra i luften.

Det är också viktigt att förstå att de delar av berättelsen som handlar om mina föräldrar och barndom, är min och inte mina bröders. Trots att jag delat uppväxt med dem, kan jag inte göra anspråk på att berätta deras historia, utan bara återge mitt eget perspektiv.

Det perspektivet krävde tydligen att jag hittade den ömmaste punkten i mina föräldrars äktenskap, för att kunna förstå min egen sorg.

Men jag vet också att Sten och Alfhild, trots sina respektive svårigheter, givit mig mycket kärlek och att det nog är tack vare den som jag, längst inne i mig, ändå bär en sorts trygghet och självtillit.

Jag har erövrat övertygelsen att jag duger som den jag är och känner en lust och en glädje som ständigt fylls på i mötet med mina vänner och den kärlek jag känner till Angela, Anna, Jonatan och Agnes.

SLUT